LONGUE MARCHE III
Le vent des steppes
Bernard Ollivier

徒 步 丝 绸 之 路 III
大草原上的风

〔法〕贝尔纳·奥利维耶 著　朱艳亮 译

人民文学出版社
PEOPLE'S LITERATURE PUBLISHING HOUSE

著作权合同登记：图字 01-2023-1790 号

Bernard Ollivier
LONGUE MARCHE III: Le vent des steppes © Éditions Phébus, Paris, 2003
Published by arrangement with Éditions Phébus, through The Grayhawk Agency, Ltd. Simplified Chinese translation copyright © 2023 by Shanghai 99 Readers' Culture Co., Ltd. All rights reserved.

图书在版编目（CIP）数据

徒步丝绸之路.Ⅲ,大草原上的风/(法)贝尔纳·奥利维耶著；朱艳亮译. —— 北京：人民文学出版社,2023
（远行译丛）
ISBN 978-7-02-018217-6

Ⅰ.①徒… Ⅱ.①贝…②朱… Ⅲ.①游记 – 作品集 – 法国 – 现代 Ⅳ.①I565.55

中国版本图书馆CIP数据核字(2023)第173369号

出 品 人　黄育海
责任编辑　朱卫净　　何炜宏
封面设计　汪佳诗

出版发行　人民文学出版社
社　　址　北京市朝内大街166号
邮政编码　100705

印　　制　山东临沂新华印刷物流集团有限责任公司
经　　销　全国新华书店等

字　　数　188千字
开　　本　890毫米×1240毫米　1/32
印　　张　9.75
版　　次　2023年10月北京第1版
印　　次　2023年10月第1次印刷

书　　号　978-7-02-018217-6
定　　价　59.00元

如有印装质量问题，请与本社图书销售中心调换。电话：010-65233595

一九九八年四月，退休后第六天，无法从妻子过世的悲伤中自拔、儿女亦已长大成人的贝尔纳·奥利维耶，从巴黎出发，徒步前往孔波斯特拉①，以此决定余生将如何度过。行走了两千三百公里后，抵达终点。他回来时带着两个计划：帮助陷入困境的年轻人，通过远足重塑自身，一如他自己不久前的行动；还有就是继续行走在历史之路上。一九九九年四月，他着手徒步丝绸之路（一万两千公里），并于二〇〇〇年创办"门槛"协会，致力于帮助失足青少年，组织他们徒步远足，以此代替牢狱。

---

① 孔波斯特拉（Compostelle），西班牙古城，加利西亚自治区首府，是欧洲著名的朝圣地。中世纪时，由于地理位置偏远，孔波斯特拉被称为"世界的尽头"。——译注（本书脚注除特别注明外，均为译者注）

目 录

1　帕米尔之巅　第三次旅行（2001 年夏秋）

3　一　出　发
18　二　奥马尔
36　三　历史的钟摆
48　四　索塔娜德
65　五　托　康
86　六　重商之城喀什
94　七　沙漠中的水洼
109　八　野　店
126　九　事　故
144　十　刘先生

161　戈壁之风　第四次旅行（2002 年春夏）

163　一　沙尘暴
170　二　穷　人
176　三　天　山
182　四　尸　体
194　五　警察！

206　六　葬　礼
219　七　长　城
227　八　抑　郁
238　九　黄　河
244　十　神圣的渭河
253　十一　生　病
263　十二　千年古国

294　后　记
297　附　件
299　门槛协会
300　参考书目
305　致　谢

帕米尔之巅

第三次旅行
（2001 年夏秋）

一　出　发

万事开头难。重新开始则难上加难。

瞧，这是从撒马尔罕出发，重新踏上这条让我痴迷、陶醉、恐惧了整整两年的丝绸之路的第二天。我的身体在抗议：疼痛的肌肉，拒绝走长路的双腿，身体为排斥这突如其来的内热而产生的不可抑制的口渴，不愿屈从抑制的性欲令夜晚被春梦困扰……最难的不仅仅是第一步，最初的日子里，每一公里都是残酷的。而最残酷的是与我所爱的人分离。毫无疑问，那些爱美元的小偷和警察、必须穿越的帕米尔的冰天雪地、塔克拉玛干沙漠——维吾尔语中"有去无回的地方"——这一切都将是我二〇〇一年一百二十天行走中的命运。然而，更可怕的噩梦在于，在到达吐鲁番，那个被中国人称为"火洲"的炙热绿洲之前，我将沉没于难以忍受的孤立状态。我不习惯孤独。我比以前更渴望冒险，渴求相遇，以及这条醉人之路至今给我带来的所有快乐。

离开我的撒马尔罕楚库洛夫家的朋友们已经两天了，细心的萨贝拉根本不帮我准备启程，反而背道而驰。她被等待着我的苦难所纠缠着，在自己位于郊区的温馨的房子里精心照料我，强迫我吃东西。果盘里盛满了摘自花园的水果，浓浓的绿茶，强健身体的手抓饭——由米饭、蔬菜和肉类制成的乌兹别克国菜。吃饱了，还得再多吃一点。"这对心脏有好处。"我每吃一勺她重复一遍。她的一双善良老奶奶的眼睛在眼镜后满是笑意，大大的镜片遮住了她的脸。为了让我准备好去地狱，她把露台变成了天堂。傍晚时分，伴着一篮子肉质肥嫩的樱桃，她的孙女尤尔杜兹和玛丽卡和她的儿子法鲁克一起陪着我。我带来了我的书，讲述了二〇〇〇年的征途[①]，以及这个家庭给予我的兄弟般的欢迎。穆尼哈翻译了出来，萨贝拉感动得泪流满面。"在我丈夫那个的时代（整个苏联都热衷文学评论），每年大约有五十位来自世界各地的作家在这里住过。从来没有一个人在书里写过我的名字。"

去年冬天冷得要命，零下二十五度。埋在墙里的管道爆裂了。今年春天，旱灾把井里的水汲空了。住在郊区的人闹水荒，杏子提前一个月就熟了。情况从前天开始变得更加糟糕，持续四十天的三伏天开始了。再过几天，将是"萨拉丰"，连续一个月的酷暑最高峰，我必然会被它的火矢钉在地上。

我选择了最坏的时机出发。但我有选择吗？是在启程时直接把自己扔进费尔干纳山谷炙烤，还是提前出发但在最糟糕的时间到达塔克拉玛干沙漠，我不得不做出决定。吐鲁番，我的终点，是中国最热的地方——有着最火辣的夏天。我选择了先热后凉。做人一辈子都在重复着这个童年的难题：先吃面包还是先吃巧克力……我还不得不计算行程从而能够在八月份穿越帕米尔，或者最迟在九月初，以避免坏季节来临时可能出现的暴风雪，并赶在这个世界屋脊的山口关闭前到达。

在我离开的前一天，我在穆尼哈·瓦希多娃的小公寓里最后大

[①] 原注：《徒步丝绸之路Ⅱ：奔赴撒马尔罕》，菲比斯出版社，2001年。

吃一顿。她的法语说得非常流利，还带着优雅的卷舌音。在这个友好的巴别塔里，她的每一个朋友，塔吉克人和乌兹别克人，都用自己的母语来表达，因为大家都会说这两种民族语言，孩子们用俄语玩耍和交谈，而穆尼哈和我则说法语。在中亚式的餐桌上，并不讲究上菜的顺序，从荤到素，从甜到咸，没有任何过渡。这顿大餐可以随意挑着吃：肉饼、烤花椰菜、胡萝卜、拌了罗勒和莳萝的鲜奶酪、芸豆炖肉、四季豆、洋葱、鸡肉、土豆、粽子、甜椒嵌肉、烧烤串……

打算出发就算我有功劳了。萨贝拉在她绿色清新的花园里为我搭建了一个"克拉瓦特"——在这个类似舞台的地方，我们吃饭、聊天、睡觉。在那里，我凝视着硕果累累的果树，桃树、樱桃树、李树和黑莓树、杏树、葡萄藤、无花果树、木瓜树……一个个涅槃的幻影，被我印在记忆里，以便日后面对高山的碎石和荒漠的沙砾时重显。在我还没有完全清醒的时候，我的胃里就已经塞满了洋葱煎饼、肉馅饼、奶酪、蜂蜜和美味的杏子果酱，这是萨贝拉前一天做的，我把它涂在了叫"利皮奥什卡"的面包上。在这个无疑出产了世界上最好的杏子——乌鲁克杏——的国家，果实没有一丝浪费。果核经烤箱后干燥，制成高品质的杏仁。萨贝拉把杏仁装进我的背包。我徒劳地解释说自己在集市上已经买了些葡萄干和杏仁，她坚持她自己做的更好。

我继续每个菜都吃一点，因为"对心脏有好处"，同时也为自己面对道路做着准备。今年我还会有美好的邂逅吗？交织着文化与友谊、历史和暴力、征服、交换、财富和掠夺的丝绸之路渐渐地显山露水，以我从伊斯坦布尔开始徒步六千公里的节奏，我已完成了一半的路线。第三个年头，我打算在沙子或熔化的沥青上印下我的鞋底。四个月后，在穿越富饶的费尔干纳山谷、吉尔吉斯高原和塔克拉玛干沙漠后，我将到达吐鲁番。但我能做到吗？六十三岁的我会体力不支吗？在六月二十八日清晨的温润中，在楚库洛夫家的露台上，在眩晕中，我发出疑问。

天还没有亮透，我蹑手蹑脚地准备着自己的东西，因为我在前一天已向东道主辞别过了。但是我忽略了他们固执的善良。睡眼仍惺忪，他们一个接着一个聚拢在我的身边。我们保持着安静，手掌朝天，萨贝拉念一段简短的祈祷文，最后我们做"法提哈"，即中亚穆斯林的"阿门"，这也是人们离开餐桌时要做的，包括将手从前额移到下巴。

然后我迅速地让自己从他们的友谊中脱身，取道北上，离开撒马尔罕。我把鞋子的灰尘留在了客厅里。但萨贝拉今天不会扫地，因为朋友不会再回来了。

这不是最直接的路线，远远不是，我将至少绕行一百五十公里才开始今年的旅途。原来的路线盘绕在塔吉克斯坦和乌兹别克斯坦的边界之间。但如果我想避开穆贾赫丁的卡拉什尼科夫步枪和乌兹别克军队的大炮，我就得离得远远的。没有任何正式公布的消息。但是，旅行社已接到消息，不要把游客送往费尔干纳，尤其是贝卡巴德地区。总之我已经被警告：所有的边境都已关闭，不能过境塔吉克斯坦。北上，我会到达昂仁镇，并从那里向东通过最高海拔为两千三百米的卡姆奇克山口。加上正值伏天高温期，这段路不可能轻松。我甚至不确定，在这块连接被塔吉克斯坦切成两半的乌兹别克斯坦的狭长地带，能否避开每年夏天涌入该国的在阿富汗经过训练的极端分子的小部队。

我学会了战高温：我拿了三个塑料壶，也就是十二升水，我把头埋在我的阿拉伯头巾里以避免水分丢失。"尤利西斯"忠实地跟着我。我的朋友马塞尔·勒梅特用不着环游世界去寻找智慧，因为他内秀于心，帮我改造了这辆躺在阁楼上的旧高尔夫球车，取代了我去年给了撒马尔罕的孩子们的昔日两轮旅行伴侣"四不像"。他用神奇的焊枪改造出这个可折叠的结构。尤利西斯，我希望和它一起进行这次"伟大的旅行"，带着我的十二升水、装满最必需的衣服的背包、今年体积增大了一点的药箱和一些食物。在一个水手包里，我已经放好了露营设备，我希望尽可能少地使用这些设备，我总是更喜欢在旅馆与人相遇，当然最好是有可能住在当地居民家里。聪明机灵——或者说我们自己这么认为——我和马塞尔保留了尤利西斯最初配备的全橡胶轮毂，所以不用担心被刺破。

但我们还是失算了。刚走了四天，当我在被俄罗斯人称为"苦难草原"的烈日下接近目的地吉扎克城的时候，一个可疑的声音让我转过身来。尤利西斯的一个轮胎真的熔化在滚烫的地面上，成了毛茸茸的碎片。我用一小根绳子把碎片绑在一起，可是才走了两百米，小车就直接靠轮辋钢圈滚动。这是个坏兆头。如果我的小拉车经受不了这条平常的路，那么在山路或者沙漠上又会发生什么？离城市还有四五公里路，我把尤利西斯折叠起来。我和它在拥挤的公交车上很占位置，五十双单凤眼一眨不眨地注视着我们。

从中国出发西行，载着著名古生物学家皮埃尔·泰亚尔·德·夏尔丹的黄色大篷车走了没多久就不得不停下来：履带的橡胶开始熔化了。在继续上路之前，必须要等从欧洲运来新履带。这意外发生在一百五十公里行程之后。尤利西斯，在一百二十公里之后崩溃。想到我在模仿这样杰出的前辈，我兴奋不已。好吧，我还不至于那么可怜，我的朋友马塞尔也不是。

我在旅馆（gastinitsa）拿到了一个房间，这个地方在提供家庭养老的同时，也是一个无赖的巢穴。国营宾馆被"私有化"，也就是说，经理把它占为己有。他的大家庭，十几个无事可做的人，以此为生。其中一个儿子，三十多岁，衣着邋遢，又长又瘦，鼓着蟾蜍般的眼珠，他在我到了一个小时以后呵斥道：

"你的房间号是多少？"

"问你姐姐，是她租给我的。"

"她不会告诉我。"

既然他这么愚蠢地提醒我他要来参观我的房间，我第二天早上就给背包的口袋装上了挂锁。晚上我将会发现它们被撬开了。劫匪从阳台爬进来。他只偷了几页笔记，我现在正在重建。所有可能让他感兴趣的东西——钱、相机、GPS——我都带在身上。次日晚上，我恢复了手握打开的刀子睡觉的习惯。

水到不了三楼，但人们把问题解决了：一个白发苍苍、身上散发着廉价香水味的可怜老奴给我拎来了几瓶水用来冲厕所。水的颜色非常混浊，我不敢用在自己身上。

另一个儿子给自己起了一个异国的名字，叫胡安。他看起来不那么贪得无厌，但比他哥哥更嗜酒。总之，我更愿意和他打交道，我们彼此产生了好感。他几乎不碰我邀请他分享的手抓饭，一边用光速干着啤酒的同时，一边爱抚送上新啤酒的女服务员的臀部。他答应第二天早上八点开车送我去集市。他保证我在那里可以找到修复尤利西斯所需要的一切。临走前,他把我介绍给了格里沙和米夏,两个俄罗斯人,他们负责维护酒店的锅炉,锈迹斑斑,到处漏水,似乎是出自帖木儿时代的古董。

次日上午十点,在花了两个小时叫醒昨晚离开我后继续喝酒的胡安后,我和米夏、格里沙一起上了胡安的车出发。车是偷来的。我们必须从后门上,因为前门被锁住了。这流氓把两根导线搭在一起发动了汽车。担心遇见车的前主人,胡安在排挡杆附近塞了一把巨大的刀,几乎是一把砍刀,以保护自己的"财产"。

两个俄罗斯人很安静,效率也很高。格里沙长着一张很斯拉夫的脸。在伏特加的帮助下,他看起来不止五十岁。白发,鸦眉,他笑得很好看。米夏比较年轻,头顶一簇黑发,两鬓早白,不能说苗条但是比较瘦削,他永远夹着一支点燃不久就会熄灭的用报纸卷的烟。他们很快就找到了一对与尤利西斯相当般配的轮子,而且还带着充了气的轮胎。但我们得花上一整天的时间来改装它们。格里沙把从悲剧中幸存下来的旧轮子带回家,晚上修理后再带回来给我,让我作为备用胎。一整天,胡安蹲坐在他的脚后跟上饶有兴致地看着我们工作,在他无所事事借酒打发时光的人生中,度过了美好的一天。我可以上路了,却不是很放心,因为尤利西斯显然不适应我在吉尔吉斯斯坦和中国将要走的路。

凌晨四点,温度计的读数是三十二摄氏度。中午时分,我被热气熏得头晕眼花,好不容易才吃完旅馆老板放在我面前的开价三百苏姆的一大盘菜。由于我啃过的骨头上还有肉,他又还给我五十苏姆,他会把骨头卖给另一个客人……我坚持要他留着钱,但他比我还固执。在等待热气消退的时候,我们就天气和风俗聊了几句。

"怎么看出谁是我们这里最漂亮的新娘？"他问我，一脸狡黠。看我答不出来，他给了我答案。

"她不能走路，因为全身戴满了珠宝。"

在苏维埃以前，一个妇女可以随时被休弃。她从母亲那里继承的珠宝因此成了她唯一的财产，唯一的保障，也是她可能独立的来源。所以她总是把珠宝随身带着。如果说休妻已不再可能，新娘在婚礼上佩戴所有珠宝（通常是银饰），这一传统则被延续下来。

在树荫下，我停下脚步，与正在桑树荫下准备手抓饭的小老头们聊天。山羊胡子和"多帕"——传统的方形无檐小帽——戴在头上，瘦削的脸庞，锃亮的靴子，他们让我想起了凯塞尔[①]笔下的"骑手"——马与渐弱的力量。

在帕克塔科村，科马尔和我撞了个正着。他是个三十来岁的胖子，自以为说得一口好英语。来了一个外国人对他来说是一件大事，也是证明他们是全世界最好客的人民的最佳机会。可是那一天，我只想迎接我的是一张床。我的身体被酷热吓到了，仍然无法满足我要求的努力，我累得只想睡觉，连饭都不想吃。

但我没想到会遇到科马尔，这个最善良也最有侵犯性的男人。首先，他把半个村子的人都招到了我寄宿的旅馆，让大家都看到他用英语和外国人交谈。与此同时，他还准备了一盘巨大的手抓饭。我吞下几粒米、一两块肉，做出要回房间去的样子。但他挡住了我的去路："来逛夜市吧。"

[①] 凯塞尔（Joseph Kessel，1898—1979），法国作家、记者。

小广场上的夜市由一个烤肉串的小伙子和他那些又细又肥的羊肉串、三个用婴儿车运输和贩卖馕饼的女人组成。面对我的失望,科马尔想弥补一下。他把我拉到音乐厅,那里有一支来自塔什干的摇滚乐队在表演。吉他手在十几个萎靡的小伙子和十五个由母亲陪护的少女面前咆哮着。看我兴致不高,他带我去参观夜总会,还特别指出老板娘以前是个妓女。那实际上像个小酒馆,有几个用帘子遮住的包厢。你可以听到笑声和窃窃私语,但没有什么可害怕的,夜美人前辈正监视着小姐们的品行。

相信这些文化激情已经掏空了我的胃,科马尔点了一份烤羊肉,肉串用香喷喷的酱汁烹制,佐以肉汤和胡萝卜。快半夜了。我乞求着上床睡觉的权利。我们穿过陷入黑暗中的泥泞小巷,脚蹬人们胡乱丢弃在门前的垃圾。科马尔怕我摔倒,扶着我的一条胳膊。他就利用这一点,时不时地把我拉到一户人家门前,把我介绍给他的朋友们。根本没有办法拒绝人们请我们喝茶的请求,那将是最无礼的举止。我已近崩溃边缘,突然,我的朋友惊呼:

"啊,我才想起来,我连洗漱的时间都没给你,走吧,我们去澡堂,是朋友开的。"

他把我拖到了一个滚滚热浪令我窒息的桑拿房。擦洗完毕,也更筋疲力竭,如果可能的话,我想直接奔回旅馆。科马尔又挡住了我的去路:"你绝对要见见我的工程师朋友。"

当我们喝着我希望是最后一盏茶的时候,澡堂的主人告诉我,他晚上在铁路上工作,值十二个小时的夜班。

"连续十二小时扳道岔!但是,会不会有出事故的危险啊?"

"没有,五年来这里没有夜班车经过。我把时间都用在了学习英语上。你觉得我的英语如何？"

我想，等他说英语时不再用乌兹别克语发音的时候，那就更容易听懂了。但因为我心地善良，我给了他一个鼓励的微笑。

我们终于回到了酒店，我急忙跑回房间。我还没有完全脱光衣服，科马尔就冲了进来，和这里的人一样没有敲门的习惯。

"饭厅里有的人从来没有见过外国人。他们很想见见你，我真的很高兴你能来一下，就一分钟。"

我迷迷糊糊地跟他去了。楼下的十几个聚会的人已经喝了不少伏特加。但是为了庆祝这个事件，他们点了一瓶乌兹别克的沙姆帕尼酒，他们嚷嚷着，要我讲新鲜事。酒很难喝。可因为我总是很礼貌，我宣布这酒可以媲美法国香槟。他们很高兴，又点了一瓶，给我倒满了第二杯。我干的好事，可我本该知道每个谎言都是有代价的……

差不多半夜一点钟的时候，睡得正香的我……被摇晃和巨大的音乐声惊醒。一个喝醉了的女孩尖叫着要和我跳舞。我把她打发走了，但一小时内科马尔的朋友们十次进入我的房间，打量尤利西斯，和我交谈。我无法关门，门上没有锁也没有门闩。我快休克了。两点左右，喊声停止了，但音响还在继续，如雷声大作。我忍无可忍，起身在空荡荡的屋子里走来走去，终于在一个空荡荡的房间里发现了高保真系统，正刺耳地播放着一盒爵士卡带。科马尔在院子里，坐在椅子上。

"你告诉我你要早起，所以我尽量不睡着，好在天亮的时候叫醒你，可是没有音乐，我就会睡着。"

我们都知道，地狱是用最善良的意图铺砌而成的。

我关掉音响,给自己提供了两个小时的睡眠,太可怜了。我离开时,科马尔握着拳头缩在椅子里睡得很香。我小心翼翼地没有吵醒他。但九点钟左右,他骑着自行车来与我会合,向我保证,他会把我介绍给我计划停留的城市里的朋友们。我打发他回帕克塔科,态度温和而坚定。和他在一起,我走不了三天,就会累死。

风景均匀单一。昔日的"苦难草原",因为建立了严密的灌溉渠网而致富。杏树被果实的重量压弯了腰。很多果子落在地上,像在树干周围铺上了黄色的地毯。

晚上,我在一座清真寺过夜。其实,这座清真寺就是一个废弃的工厂,人们在它的顶上嫁接了一个巨大的锌皮圆顶,架上相同材质的新月形。迎接我的阿訇要求我不要和别人谈起他。在乌兹别克斯坦,穆斯林做人非常低调。最重要的是,当局害怕宗教势力,因为只有宗教势力才有可能使它黯然失色,或者促进出现像邻国阿富汗的极端主义运动。

到目前为止,我始终在北上,但马上就要接近哈萨克边境了。该地区的国界是划定的。"共和国"彼此如此紧密地交织在一起,以至于人们得不断地跨越边境线。只要中亚的这些共和国实际上是莫斯科的外省,那就无所谓。但自从他们建立了自己的国家后,情况就复杂化了。乌兹别克斯坦领土的某些部分位于距其边境二十或三十公里的邻国境内。从撒马尔罕到塔什干,你必须跨越五十公里的哈萨克领土。机动车司机在边境甚至不会减速。边检人员是俄罗斯军人,没有任何阻止他们的意思。

在加加里村,我想了解一下像我这样步行所需的手续。我得在哈萨克斯坦过夜,我需要在塔什干申请签证。如果运气好的话,我可以在三个星期内拿到。这显然不现实。所以我不得不再绕一圈远路，沿着边境线走到安格伦。这个想法让我精疲力尽。我在一个有荫凉的露台坐下来，点了一杯温热啤酒，查看着我的地图。一个家伙来到我面前。他的背心展示了摔跤手般饰着蓝色文身的胳膊，浓密的黑胡子弥补了让他头皮发光的秃头。他在我的鼻子前挥动一串钥匙，指着他的出租车，然后对我吼了起来，好像他在和一个孩子或傻瓜说话。

"我叫阿舒尔·穆哈马迪夫，他们告诉我你在做什么，而且你还想再走上四十公里。不行，你看看你。你看起来很累，很脏。你需要洗个澡睡一觉。跟我回家吧，斯韦特兰娜会给你洗衣服，给你做吃的。"

我的第一个冲动是把他轰走，但他笑得很温暖，眼睛也弯弯的。我拿起一只杯子，放在他面前，倒了一半啤酒。几分钟后，尤利西斯安全地躲进了汽车的后备厢，阿舒尔停在大大的车门前，很有权威地按了一下喇叭，一个穿着超短热裤的长腿少女为我们打开了车门，给了我一个灿烂的笑容。

"这是扎丽娜，我的女儿。"阿舒尔简单地说道——但我能感觉到他语气中的自豪感。另一个漂亮的少女走过来，他也给我做了介绍："西蒙娜。"

不久后，斯韦特兰娜从她工作的火车站赶了回来。三个金发女人都有着令人着迷的眼睛：从陶瓷蓝到翡翠绿，简直是天神之作。因为家里来了个外国客人，她们浑身散发着快乐和幸福，阿舒尔表现得像事不关己，但谁都知道他很自豪。在中亚，俄罗斯男人从不娶当地女人，相反的情况却很普遍。阿舒尔——他是塔吉克人——

娶了一个斯拉夫女人，这对我来说一点也不奇怪。不一会儿，美丽的斯韦特兰娜就递给我几件她丈夫的衣服，把我推进蒸气浴房。我洗澡的时候，她忙着和她的女儿们做饭。吃过午饭，我晃荡在阿舒尔的衣服里，而我的衣服已被晒在晾衣绳上。我享受着佳肴，更享受款待我的神圣的目光。

饭后，主人邀请我和扎丽娜和那个年少的面如天使的西蒙娜一起上了他的出租车。她们的母亲要留在家里腌制大黄瓜，喂养后院的八头牲畜，捡回那些在菜园小径刨土的母鸡下的蛋。我们驱车穿过热浪蒸腾的城市，来到一座被高墙包围的房子前。在院里的树下，一位乌兹别克妇女向我们走来。

"我太太。"阿舒尔介绍道。

"但是……斯韦特兰娜？"

"我有两个老婆。"

这个是合法的太太。阿舒尔的宗教信仰不妨碍他有多位妻子，而乌兹别克斯坦法律禁止这样做。但没有人觉得这样有什么不妥。在他的第二个家庭里，阿舒尔还有三个女儿，但最重要的是有一个小男孩，小家伙已经清楚地知道，这些女人和他的父亲等的就是他。他已经有了小暴君的样子和姿态。

在回家的路上，阿舒尔告诉我，他很喜欢我能在这里。他说，几年前，他在哈萨克斯坦开推土机，和其他六七个工人一起住在一个条件恶劣的棚屋里。有一天，当他特别沮丧的时候，一个哈萨克人提出带他去家里去洗澡、休息和洗衣服。他对他感激不尽，并发誓，如果有机会，一定要把他认为的人情债还清。我给了他这个机会，他感谢安拉，这一经历正好让他明白他的热情欢迎让我的灵魂多么愉悦。

傍晚时分，在露台上，我和可爱的扎丽娜聊着天，修长的腿、迷人的笑容和一双宛如碧海蓝天的眼睛。我问她多大了？

"十七岁。"她告诉我，再过两年她就要结婚了。

"你有男朋友吗？"

"没有，我爸爸禁止我和男孩约会。"

我为这些男孩感到难过。

"是你爸爸为你选择丈夫吗？"

"这是传统。"

她告诉我，她喜欢上了一个大学同学。目前，她在学习法律，帮妈妈做家务。不能指望阿舒尔，他是个男人，所以在家里不用动一根手指头。

"如果你丈夫娶了第二个妻子，你会怎么说？"

她耸了耸漂亮的金色肩膀。

"没什么，这是传统。"

我们安静下来，有些出神。我看着这个漂亮的女孩，觉得混血儿长得总是很好看。

我在黎明前出发，阿舒尔和斯韦特兰娜的热情接待让我干净而充满活力，这段记忆将伴随我前行。我与幸福同行。美丽的邂逅令我振奋。这一周来，我一直在磨炼自己。腿部肌肉在我的努力下强壮起来，肌体适应了炎热的环境，大量内啡肽分泌出来，这种天然的兴奋剂是步行者的幸福，让我在沿着哈萨克边境线行走时边走边唱。这里象征性的边境很像我们围鸡窝用的栅栏。

我与扎丽娜的这次谈话向我证实，伊斯兰文化在阿姆河和锡尔河之间仍然普遍存在，特别是在社会的组织方面。

自七一二年阿拉伯人占领撒马尔罕后直到二十世纪初，伊斯兰教逐渐成为这里唯一的宗教。但是在他们到来之前，情况并非如此，当时琐罗亚斯德教（曾是波斯国教）和景教已在此地根深蒂固。

征服者们意识到两河之间贸易和金钱的重要性，宣布凡是改宗伊斯兰教的人都将免去税收。聪明的想法，可是聪明过了头。弃绝旧教的人数太多，国库没过几年就干涸了。人们遂决定征收新税，从而引发强烈的抗议和骚乱，直到七五〇年左右才平静下来。

二　奥马尔

中午,我在一家满是鲜花的小茶馆停了下来,点了一杯茶。老板娘来到我的桌前坐下,用法语告诉我:"我的名字叫莎丁莎。"这是她小时候住在安集延时在那里上学记住的全部法语。然后她给我端了十来个我没有点的菜,在鼓励我尝尝的时候还特别强调,不过是用俄语:"这是免费的。"

晚上,在米尔扎乔村,我发现快乐是很好的燃料;自撒马尔罕以来,我第一次顺利地走完五十公里。这次我选中的小茶馆由四位女人打理,母亲和她的三个女儿。她们笑着、唱着、聊着,用我一句也听不懂的乌兹别克语和我聊天。最年轻的玛蒂娜给我看了她的女儿玛尔哈德,一个被姨妈们和外婆宠到天上的婴儿。玛蒂娜指着孩子,把食指放在她的眉毛上,我表示不理解,她这次把手指放在鼻子下面,说"爸爸,没有"。她是个未婚妈妈!在这里,这是比年轻女子拒绝透露罪犯的姓名更加严重的罪行。

她们在露台上为我铺了一张床。在被睡意攫取之前,我看到了这个爸爸。他蹑手蹑脚地到来,轻轻地敲门,然后在天亮前离开。玛蒂娜见我醒了,对我会意地眨了眨眼。这是一个多么奇怪的国度,阿舒尔可以公开有两个老婆,但在隔壁的村子里,一个男人和他孩子的母亲睡觉却得偷偷摸摸地进行!在离开前,我准备给接待我的女主人们拍照留念,五六个喝茶的男人和少年走了过来,站在了镜头前。我赶走了这些雄性动物，我向你们保证这些女人当时非常高兴。作为女人，被如此尊敬，而且还是个外国人……

我接近锡尔河，这是中亚最大的河流之一。像我去年越过的阿姆河，它最后注入咸海。在这两条河流之间构筑了一块宽阔而富饶的土地，罗马人称之为特兰索西亚纳，阿拉伯人称之为穆瓦兰。在离横跨河流的大桥一百米左右的地方，我遇到了警察设置的路障。到目前为止，我还没有被查。但我有被提醒，乌兹别克的警察见钱眼开，而全体导游一致警告我说，费尔干纳山谷的警察是真正的流氓。他们甚至会脱掉游客的衣服来抢走他的美元。所以，当我被示意列入帆布棚前等待检查的司机队伍时，我已有所戒备。去年，我不得不在那些想把我弄进警局以避开众人视线的警察面前保护自己。显而易见，他们的目的就是要抢我的东西。令我惊讶的是，到目前为止，今年我遇到的警察几乎都无动于衷。这下可好，我又得被修理了……

倒霉的司机们都知道他们要付钱，所以每个人都一手拿着汽车文件，一手拿着给警察的钞票。

警察的首领，一个面无表情的矮胖子，正舒舒服服地坐在椅子上，帆布可以为他遮挡阳光，却不妨碍他清点他面前堆在桌子上的钞票。他把这些天上掉下的捐款交给一个下属，由他把钱存放在后面的一个小房子里。首领一定是觉得被他抢劫的人站在那里盯着他看是一种冒犯。所以，他的前面挂了一块布，降至他眼睛的高度。这样，司机要跟他讲话，只能蹲下来从下往上仰视他，甚至得跪着。我无法接受任何滥用权力的行为，更别提这种了。我被激怒了。

轮到我的时候，我的决心已定，我决不会向这头猪屈膝。这种微妙的羞辱被敲诈者的行为令我紧张、急躁、反感。我绕过帆布，靠近这肥佬，把护照扔到那里。他看了看我，拿起那份他没有翻阅的文件，还给我，并示意一个手下让我走。此时，我已经确认，警察已经被命令不能碰外国人，这个胖警察知道，我一个人的钱比所有在他面前鞠躬的人还多，如果他连一张钞票都不试图向我勒索，那是因为他有严格的指示，乌兹别克斯坦警察对游客金钱的追捕结束了吗？国家官员终于意识到这样做是在杀死下金蛋的鸡吗？

锡尔河已经完全不是我去年穿越时的模样。彼时汹涌的大海此时成了一洼池塘。一点点清水懒洋洋地游走于种着杨树的高堤之间。翠鸟巡逻着寻找小鱼苗。这无疑是因为上游在引水灌溉。法鲁克和我提起的干旱也可能是造成这种低水位的原因。

在河对岸，我有一刻担心又得被查。十几个穿制服的警察正坐在树下。小茶馆供应一种当地的炸鱼，在这个时间点，我无法抗拒。坐在我桌子隔壁的一对好奇的夫妇向我打听我的旅行。我们聊着天，然后那个男人站起来，走向警察，和他们的负责人（另一个矮胖子）交谈起来——仿佛这个职务能让小军官们迅速增肥，或者说人们是通过体重来提拔干部。他们俩一起回来，很快其他警察也跟了过来。负责人问了我千百个问题，我固执地拒绝了他们纷纷请我重新吃鱼的建议，吃完了我自己的饭。他们的钱很可能也是掠夺来的。但无论我多冷淡，都无法阻挡他们的热情，其中有两个人拿出相机，非要我和他们合影留念。在负责人的要求下，我说了我的年龄，他打了个嗝。出于谨慎，他要我出示护照核对。他以为念出了我的姓，却看错了行："贝尔纳，安德烈，米歇尔……"在这个过程中，他向我要亲笔签名，为了不把他弄糊涂，我签了"贝尔纳，安德烈，米歇尔"。当我想付钱的时候，老板告诉我已经有人帮我结了账。左岸是强盗警察，右岸是慷慨警察：这个国家绝对不缺乏对比。

一连串的善意还没有结束，因为两天后，在阿尔马利克的小村子里，被当地人提醒后，三个警察在傍晚时分来到我的旅馆……向我道晚安。说到这个话题……

并非只有他们会表现出善意。有位和我简单交流了几句的男人给了我一个大西瓜，他的村子原来叫"社会主义"，后来改名为"帕克斯塔克尔"。我问他为什么不选择"资本主义"，这把他逗笑了。他向我解释说，现在人们对政治都敬而远之。年轻的娜菲莎，下巴上有一个深深的梨窝，她给我拿来两只水壶，温水洗衣服，冷水用来冲洗。这里缺水。就因为我是外国人，才允许我浪费水。谢谢你，可爱的娜菲莎。

灌溉过的棉田，新割的麦子，这里的麦茬被留得很高。在这平坦得没有丝毫起伏的地平线上，隐约可见我即将要攀登的斑驳的山峰。我停下脚步打量一户正在劳作的人家。一个小男孩高高地坐在拉犁的马上。父亲用一只手稳稳地扶住他以拉出笔直的犁沟。两个孩子，一个男孩和一个女孩，将种子扔进裂开的口子里。在他们身后，一个女人用耙子仔细地将种子覆盖。一棵树下，一个正在准备开饭的女人和她的女儿请我喝茶，为我的"成就"而欣喜若狂。我无法用言语告诉他们，与她们的工作相比，我的步行是多么容易，这份工作将他们钉在这灼烧着他们赤裸皮肤的地狱般的烈日下。

渐渐地，最初日子里的疑问与遗憾被抛在了走过的路上。慢慢地，我进入旅行状态，一步一步，走向帕米尔的高山。

保存在我记忆画廊中的美丽邂逅在继续丰富着。瞧这个十五岁的乌鲁别克，从早到晚在小茶馆打工。他梦想着上学、旅行，但他是五个孩子中的老大，必须要让弟妹们吃饱上学。所以他带着青春的笑靥上菜倒茶，一周七天周旋于餐桌之间。有时，他的老板给他一天假。就像做梦。

还有这个库斯尼丁·伦库洛夫，他在路上一看到我就不肯放过，把尤利西斯从我手里抢过来，带我们去他的餐馆。他最近看到的外国人是一九九九年骑自行车的丹麦人。但故事已陈旧，他很高兴有另一个故事可讲，我的故事。同时，他给我讲他自己的故事。

他曾随党的代表团去过法国，在波尔多待了三四天。回国时，他在转机前有三个小时的时间。他从巴黎机场出来，像个疯子一样一刻不停地走着。他想看看法国的首都。"巴黎很美，但我没有看到埃菲尔塔。"他说话时，仰望着天空。我不敢告诉他，他看到的可能只是郊区的安东尼或克里姆林-比克特镇……在阿富汗战争期间，他被一枚毒刺导弹击中，当时他在一辆俄军的坦克里。他是唯一的幸存者，昏迷了二十一天后幸存下来，但从此一身伤病。仅靠国家给他的微薄的抚恤金难以维持生计，于是开了这家餐馆，每天工作十八个小时。他既没有得到荣耀，也无遗憾，他别无选择，睡眠很差。何况他要支付两个儿子和一个女儿的学费，还有他自己每天三包的烟钱。我不能在卡姆奇克山口附近露营，因为他说，这些通道已经埋了地雷，以诱捕塔利班在阿富汗训练的"圣战者"。在讲述着他的不幸的同时，他为我准备了荞麦汤、胡萝卜、茄子泥，上面还加了两个煎鸡蛋。

美丽的迪拉拉是名叫"伟大的丝绸之路"的餐厅的服务员，我在那里停下歇脚。她的微笑和恩惠并不是完全无私的——说不准出现一个英勇的骑士（诚然他已经六十三岁了，但人无完人），会绑架她带她去西方天堂，什么都不能忽视。她有一个很强的竞争对手，就是同样在这里工作的法蒂玛。她给我一张小纸片，上面写着她的地址，以此来试探她的运气。如果我去看她，她发誓给我洗衬衫。于是我选择了去住旅馆……

德尔芭·阿布杜拉耶娃是安格伦镇的副市长，这个拥有十七万人口的小城，在五十年前发现了大量的煤矿，从"苦难草原"中脱颖而出。我被带到她身边，因为她是镇政府唯一会说外语的人，她在二十多年前开始从政，之前是一名英语教师。我正在找一台电脑查看我的电子邮件。她答应为我解决问题，却马上叫来当地小报的两个记者，对我进行了一次无休止的采访。德尔芭告诉我，十年前，像其他被宣传洗了脑的人一样，她认为所有西方人都是自私和愚蠢的怪物。她向我坦言："我们以为我们是唯一的好人。"可她遇到的几个欧洲人与人们描绘的典型肖像毫无相像之处，这让她惊叹不已。

乌兹别克斯坦的民主是特殊的。市长已经被免职了。

"被谁？"

"哈基姆。"

哈基姆既是行政长官，又是军事长官，一个强势的省长，他统治着安格伦赖以生存的省份，不分享任何权力。

"你们要选一个新市长？"

"是的。"

"有没有候选人？"

"还没有，哈基姆会给我们介绍一个。"

"只有一个？"

"是的。"

"如果他没有得到多数票怎么办？"

"这是从来没有发生过的。但如果有的话，哈基姆会给我们介绍另一个。"

"……"

我迷失在安格伦的集市中。农妇们坐在石桌边，四周围着精心洗过的蔬菜，笑得露出满嘴金牙。在穿着束腰裙的俄罗斯妇女与穿着宽松杂色连衣裙的乌兹别克人、塔吉克人、哈萨克人之间，一位驼背的长老穿着灰色长礼服外套，腰间系着一条花哨的围巾。

德尔芭到旅馆来接我。我在那里租了最昂贵的套房，一晚上一个半欧元。这个价格，我拥有一大堆装满了水的塑料瓶来弥补坏掉的抽水马桶。淋浴房只有一个水龙头，人们都懒得装个假热水龙头。副市长告诉我，她在一个公共服务机构给我找了一台可以上网的电脑。我们寻找着荫凉走向那里。这个地方位于一座教堂前，乌兹别克儿童挤在那里，急于享受这里提供的东西：廉价的糖果和录影带……目的很明显，就是要让他们改宗基督教。我知道这个机构是由韩裔美国人资助的。所以说政治之道，就像上帝之道，说到底是难以识透的……

当我离开安格伦时,我知道自己将离开从撒马尔罕开始就一直在行走的广阔平原,并面临此行的第一个真正的困难,最高海拔为两千三百米的卡姆奇克山口。乌兹别克斯坦的形状近似于一副夹鼻眼镜:两大片领土在北部由一条狭窄的通道连接。乌兹别克政府意识到,这条与塔吉克斯坦接壤的连接其两部分领土的道路是一个陷阱。于是,他们不惜重金,决定在北边的哈萨克边境和南边的塔吉克边境之间的山沟里,开辟出一条新的道路。巨大的工程机械撕裂了岩石。

中午前后,毫无征兆地,尤利西斯的拉杆彻底断掉了。我试着用棍子修理,无济于事。考虑到时间问题,我先到了三百米以外的一家小饭馆,在那里我给自己点了一顿午饭:我想先吃点东西,在逆境中保持士气。我完全不知道该如何解决这个问题。但在隔壁桌吃午饭的卡马尔却心中有数。我还没有吃完,他已经把尤利西斯装到他卡车的车斗里。他把我们拉出十公里远的地方,在那里,一个焊工放弃了一台生病的推土机,花了几分钟时间,给我的小车焊接了一根可以抬起大金字塔的钢棒。一切都进行得非常疾速,绝对是一辆机械急救车!在我们的铁匠忙碌的同时,我注意到一个被认为坚不可摧的轮胎正在开裂。昨天晚上我重新计算了一下,如果按照原来的计划行走,我将在签证到期两天后到达吉尔吉斯斯坦边境。该死的签证——我将不得不跳过一些歇脚点,而且至少需要一天的时间来给尤利西斯嫁接真正的轮子。进行如此危险的冒险实在是太反常了……这也正是我对自己说的,惆怅地想念着我在诺曼底的玫瑰园……为什么我要去面对这些凭着一纸文书决定我有权在三十天内参观他们的仙境的官僚，一天也不能多，就像逼着我像库斯尼丁那样，在三个小时内戴着手表去参观巴黎。

我对尤里西斯的手术成功相当满意，和卡马尔一起一头扎进了养育了安格伦的湖水中。扎入水中，表达有些夸张……水很浅……这倒也方便了我的救命恩人，因为他不会游泳，只会在大水坑里溅水。面对追赶行走节奏和解决尤利西斯问题的双重挑战，我越来越焦虑。当务之急，我必须给它换上装有充气轮胎的大轮子，这样才能更好地抵抗高温和震动。

在通往山口的坡底，一家客栈的老板拒绝为我提供晚餐。"只为部队服务。"他斩钉截铁地说。到处都是军队，紧张而又专横，每隔两公里就有士兵，带着犀利而又怀疑的眼神，向我索要证件，围着尤里西斯绕圈子，尽管心里痒痒的，他们仍不敢搜我的行李。他们担心"恐怖分子"的渗透——的确，这个地方很理想，走完这条南有塔吉克斯坦、北有哈萨克斯坦的羊肠小道用不上一天工夫。客栈老板不愿做我的生意，这里一切他说了算，我于是空着肚子开始爬坡。幸好我重新加了水，因为尽管时间已晚，但我仍然汗流浃背。

夜幕降临，我决定在希洛拉的小屋附近搭帐篷。

希洛拉今年四十岁，以前绝对是个很漂亮的女人。现在的她已经筋疲力竭，未老先衰。她在小屋里向过往的卡车和汽车司机出售果汁和香烟。但这个地方太陡了，很少有人停下来。希洛拉二十三岁的儿子在旁边帮忙——但他能干什么呢，天哪！——还有一个正在做饭的十二三岁的女孩。她趴在椅子上，说话的语气单调而平淡。吃饭的时候，孩子们像魔鬼一样出现，有的像婴儿耶稣一样赤裸着身体，但都脏得一塌糊涂……

"都是你的吗？"

"我有二十个。"

"二十个孩子！"

"我肚子里还有两个，我受够了……"

她带着讽刺的微笑告诉我，卡里莫夫……国家总统曾为她授勋，因为她拥有乌兹别克斯坦最大的家庭。因了肚子里的双胞胎，她将进一步巩固她的"纪录"……

"贾卡，贾卡！（热，热！）"

希洛拉的孩子们的父亲擦着额头，一大早回来了。他带着大儿子，开着奇迹般居然还能动但不时尖声抗议的破车，闪电般地穿越了一个晚上。车上满满的都是旧油罐和焦油罐。不和妻子造人的时候，这个男人就修整废旧五金，他的对话一成不变："贾卡，贾卡。"而他怀孕的妻子，她不热吗？这种念头根本不会掠过他的大脑。这一站让我无比郁闷。面对她所承受的不幸，意识到自己对此的无能为力，让我难以自拔地泄气。与这些幼虫的存在相比，一只短暂的苍蝇的生活在我看来似乎更值得向往……

我继续攀登卡姆奇克山口，只在警察检查时才停下来。我慢慢地、小步小步地爬着，用双臂拉着尤利西斯，车轮斜压着太阳刚刚升起但已在熔化的柏油路面。我吸食的盐丸似乎没有任何效果，因污垢而僵硬的衣服在汗水中变软了，但里面的盐在蚕食着我身体上因摩擦而破损的部位：髋部、大腿和臀部之间。经过每一分钟都是永恒的五小时攀登，我终于到了顶峰。在山口的天然顶峰下约五十米处，人们挖了一条通道，两个士兵向我索要证件，不过没有让我填太多的表格。我不能被放行，他们要先请示领导。我耐心地坐在石头上等着，看着被无休无止炙烤着的平原。我的视线陷入被雪峰紧紧包围着的光秃秃的深邃山谷中，那边是哈萨克人或塔吉克人的领土。我开始失去耐心，我想尽快下山，但士兵们非常严肃。最后他们带来一个镶着三颗金牙的副官，再次翻阅我的证件，凑得那么近，紧盯着我看，我都能说出他从今天早上开始喝的伏特加的牌子。最后，他给两个士兵下了命令，于是我跟着他们出发了，他们带着我，双手紧紧地握着突击步枪。在隧道中间，我被交给了另外两个前来接应的大兵。在出口处，他们把我的护照拿给了另一个负责人，他翻看了很久，想必都能背下来了。最后，他们把通行证还给了我，我拔腿匆匆离开了。那里还有其他的士兵，大多数人的武器是一把刀。一座堡垒占据了道路，两个人在瞭望塔上看着它。我想我已经完成了检查。不幸的是，往前走了才二十米，一名警察拦住了我。

"护照。"

"但我刚刚……"

"护照！"

争论是没有用处的。这些人都紧张。大家都耐心点吧。我说的没错，一切都很顺利。

尤利西斯在后面推我，我也像脚下生轮般走得飞快。我知道我会付出惨重的代价，因为下坡最费腿劲，但我不在乎，我想尽可能地走得越远越好。就这样，我走完陡峭的下坡，终于在开始昏暗的光线中见到了巨大而平坦的费尔干纳山谷。对于丝绸之路上的旅行者来说，它曾是必经之路，是在进入帕米尔冰山和塔克拉玛干燃烧的沙漠之前的一角天堂。对于大量不越过中国边境的商人来说，这里意味着他们的商旅的终点——或者说是中转。接下来，在公元二世纪托勒密的地理记载中所描述的石塔附近，他们可以出售或交换货物，然后带着丰裕的收获回去他们的快乐老家。费尔干纳的殷实是众所周知的，它的马匹质量达到了无与伦比的地步，乃至还给它带来了一些麻烦。

我在野外露营。次日中午，我在一棵大树下停下来吃午饭。大树前有家客栈，在只要有些荫凉的地方都摆上了桌子。在一张卡片的背面，我画了一张草图，打算向霍坎德的自行车商解释我想对轮子所做的改变。吃完饭后，我迟迟不愿动身。昨天的下山，正如我所担心的那样，让我的两条腿剧烈疼痛。巨大的疲劳，又被能将一切烤熟的烈日加剧，渐渐地将我拖向无法抗拒的睡意。这时，我的邻桌，一个高大瘦长的魔鬼，头发凌乱像顶着一把干草，向我质问道：

"这画的是什么？"

中亚男人有一种不拘小节、完全不受约束的好奇心。我更想打瞌睡而不是谈论我的机械烦恼。但这个人有让我喜欢的直率的眼神。我做了解释。这个魔鬼男人继续沉思了一会儿，然后去仔细观察尤利西斯，然后他跨上自行车，对我说：

"我住在离这里两公里的奇纳巴德。我叫奥马尔，你来我家吧，我们一起吃西瓜。"

又是同样的理由。我真的没有时间也没有心情去吃西瓜，日程的限制压迫着我，还有签证的到期，像在一个醒不过来的噩梦中向我眨眼。我睡了半个小时后,把自己扔回燃烧的路上,已经忘记了那个纠缠的人。但当我经过奇纳巴德时,他就正站在十字路口,一手拿着瓜,一手拿着大刀。

"我一直在等你来吧,我家离这里才五十米。"

"可是我赶时间,而且……"

"用不了多久。"

他的声音很平静,让人安心、温暖。还能拒绝吗?我跟在他身后,答应吃完他的一块西瓜就离开。经过一扇宽大的门,我们最后进了一间棚子里,里面堆放的杂物几乎和我自己的阁楼一样凌乱,这让我对这个男人产生了好感。墙上挂着一辆旧的儿童自行车。他指给我看:

"你的小拉车的车轮。"

各种大小的工具都躺在灰尘中;一台电线裸露出铜丝的小车床和一个落漆斑驳、油腻腻的电焊台就是全部装备。奥马尔挥刀切瓜,他递给我一块西瓜,向我示意角落里一个开了膛的卡车座椅。

"你坐一会儿,我来解决这个问题。用不了多久的。"

说到底,这里和霍坎德有什么区别呢?我拿出我的草图,但奥马尔似乎并不重视它。他好像很清楚自己想要什么,要做什么。他去后园,在废品堆里声音很大地翻弄着,回来时带着几根生锈的铁棍。一个小男孩跑来和我握手,是拉齐兹,他的儿子,一个十四岁的小男人,神情坚定、开朗、礼貌。他穿着一件大概从年初开始就没洗过的T恤,拖着一双用绳子马虎修补的拖鞋。他的父亲简单交代了一下情况。他就去解开自行车,他的自行车,开始拆卸轮子,检查轮毂,紧固辐条,和父亲一样利索。他的父亲在几分钟内就把老式的尤利西斯轮子切开了，使我有些害怕，他明白我向他解释的内容吗？他的儿子似乎读懂了我的眼神。

"爸爸以前是霍坎德一所大学的技术教授。"

前教授切割、焊接、弯曲铁棒，几乎不需要进行任何测量，他是那种在头脑中构筑图表然后自信地埋头动手的天才工匠。电弧猛烈地照亮了工具间的黑暗角落。近两小时的时间内，父子俩不停地忙乎。然后突然地，不同的部件在几分钟内被合并在一起，这就是我的尤利西斯，有着两个直径约六十厘米的轮子。我的手推车配上这样的高脚后，有了一种单座两轮马车的优雅与明显的脆弱。当我似乎怀疑它的坚固性时，奥马尔以一种不属于他这个年龄的人的轻松，在我的同伴身上蹦跳起舞。

"和它在一起，你可以毫无畏惧地爬山。"

我们欢天喜地地庆祝，又吃掉了一个西瓜，喝下了两壶茶水。拉齐兹点了火。

"我请你吃晚饭。现在走太晚了，你就在这里过夜吧。"

他给我指了指葡萄树下的棚床。

半小时后，他做了一盘奶油棕色酱汁的羊肉，我毫不客气地吞下了。作为甜点，拉齐兹爬上椅子摘了三大串葡萄，天鹅绒般美丽的蓝色浆果就挂在我们头顶。奥马尔善于随意地营造工作或放松的氛围。"电焊工"所需的专注力过后，他很放松，对客人很细心。他告诉我，他最珍贵的愿望之一是到巴黎参观卢浮宫，对此他问了我一千个问题。就我而言，我很放心，尤利西斯处于正常工作状态，我可以考虑挑战山谷，特别是吉尔吉斯山脉。

忽然，花园大门开了，进来了一个警察。我很紧张，一天十次的检查已经足够了。他们不会一路追我到这里来吧！奥马尔安慰我，我不用怕这个人。他每天晚上都会来，想在象棋上打败我的房东。他们摆好了棋盘，趁这当儿，拉齐兹在二十步左右的时候先把我淘汰了。他的父亲赢了，几乎总是这样。儿子和警察下了一盘友谊赛，拉齐兹输了。警察笑得下巴金光闪闪。有的时候我都怀疑中亚宝宝的第一颗牙是不是金子做的。

在我的机械师东道主的棚床上，鼻子嗅着被葡萄藤滤过的星光，我舒舒服服地睡着了，度过了一个甜蜜的夜晚。早上，奥马尔提着一个冒着热气的大茶壶来了。他天亮前就起床了，准备好尤利西斯，又做了几次检测。接下来就该我付钱了，我怀疑这将是一场斗争。

"我得给你多少钱？"

"你把你拍的照片发给我就可以了。"

"我一定要补偿你，不是为了你的工作，而是你提供给我的巨大服务。"

他犹豫了一下，然后开口了。他的开价相当于两欧元。我给了他一张二十元的美钞。在他蓬乱的头发下——我敢肯定，这屋子里没有梳子——他的脸变成了紫红色。

"我要用苏姆支付。"

拉齐兹来救我。他在集市上认识一个换钱的人，可以解决问题，他父亲问：这个值多少钱？拉齐兹告诉他，差不多是他一个月的工资。奥马尔把钞票放在我面前：他不想要。

我只好把钱给了拉齐兹，拥抱了他的父亲后，我上路了。尤利西斯里装着我的天才工匠送的西瓜。与他的神奇会面使我得以避开霍坎德，一个历史悠久但现在已无关紧要的城市。在十八和十九世纪，它与布哈拉和希瓦一样被残暴、蒙昧和专制的汗国统辖。而且这三个城市不断互相攻击。它的老城被认为是中亚最崇高的宗教场所之一，有大约六十所古兰经学校，据称，共有五六百座清真寺。

他们的财富可以追溯到两千年前。公元前一世纪，居住在中国北方的游牧民族匈奴从未停止攻击那个财富使他们着迷并被他们称为"伟大的辉煌"的帝国。汉武帝需要一支名副其实的骑兵，因此派使者去费尔干纳购买马匹，费尔干纳的名声是通过张骞西去寻找盟友而得来的，张骞也是丝绸之路在中国的第一个"开路人"。

肌肉发达，耐力持久，帕米尔以外山谷出产的马匹比他的军队或敌人使用的草原小种马更强壮。自从上一次对匈奴的战役耗费了十万马匹后，皇帝就更需要公种马了。中国人被他们自己的想象和旅行者的故事所驱使，把费尔干纳马神话化了，他们称之为"龙马"或"天马"，传说它是一匹母马和一条龙的爱情结晶。它有坚硬耐磨的蹄子，不需要打铁蹄，最重要的是，它有一个令人热血澎湃的特征：它出的是血汗。后来人们将发现，原来是一种隐藏在它皮肤下的微小寄生虫所引起的小出血……

达万国王和费尔干纳的主子们不想和匈奴人（近在咫尺）失和，也不惧怕中国人（远在天边）。所以拒绝出售他们的坐骑。汉武帝大怒。一支六万人的军队带着伙夫和仆人上路了。他们带着充足的军粮：十万头牛和大约五万匹马、骆驼或骡子。军队的半数人马，即三万人，到达了富饶的山谷，当地居民躲在城墙内避难。为使被围困者干渴，中国的将军们带着工兵改道，使河流疏远了城市。四十天后，抵抗被攻破，胜利者侵占城市，并砍下了军事首领的头颅。但城市的首领们在中央堡垒中避难,并威胁说如果他们被攻击,他们会在杀死他们最美丽的动物后自杀。也有传言说,盟友将前来救援,罗马工匠已加入堡垒,将打井解决饮水问题。那么大家就开始谈判。中国人走的时候,带走了几十匹最漂亮的"天马"种马和三千匹品质稍逊的公马或母马。

特殊的种马场建立起来了。武帝付出的代价也很高昂:当初出征六万人中,最后只有一万人回到西安。但是武帝现在拥有了他认为可以阻止游牧民族的武器。而且,还有一个重要的细节,他拥有了陪他升天的马匹①。

霍坎德经历的第二次悲剧距今不远。十九世纪末,费尔干纳河谷被沙皇军队入侵后,变成了富饶辽阔的棉田。一九一七年,布尔什维克革命胜利后,霍坎德居民摆脱俄国的统治,建立了伊斯兰共和国。之后城市被攻下,宗教建筑被火烧或摧毁。这座城市再也无法恢复了,如今城中唯一能参观的就是末代大汗的宫殿——那个俄国人设立的傀儡,他让整个山谷的人挨饿,给自己建了一座约有百十间房的住宅。

我离开了一直往南的道路,在看到第一批房屋的时候,往东走去。傍晚时分,我得到了阿富汗人米查的款待。他是一个不折不扣的嗜酒而迟钝的士官标本。他开了个小酒馆。我在那里吃饭,疼痛的双脚泡在沿路的下水道中,每个人都在此汲取他们需要的水并扔掉他们手中的所有东西。与此同时,在我到达时已经醉得差不多的米查,和另一名阿富汗老兵一起喝掉了两瓶伏特加。彻底醉后,

---

① 原注:卢斯·布尔诺瓦,《丝绸之路:诸神、战士和商人》,奥利赞出版社,2001年。

他下令要我睡在他家,并且摇摇晃晃地拖着尤利西斯穿过小镇的街道。

在家里,他粗暴地对待妻女,吓唬儿子,为了让我刮目相看而穿上军装,然后跳上自行车,去找一个英语老师,让他把自己在阿富汗的军功全盘翻译出来。我睡在外面,被一群蚊子裹着,看着老鼠在夜里散步,把我的床当作环岛。

三 历史的钟摆

我刚刚在他那栋典型殖民风格的白房子对面的小茶馆点了餐，塔利布就对我说，我绝不可以在他家以外的地方吃饭或睡觉。这是个与周围环境格格不入的男人。在这个以醒醚为王道的地方，每个人——包括我自己——都只穿沾了千百污渍的衣服，塔利布就是一个活生生的洗衣粉广告。虽然已经是晚上八点了，但他的蓝色下巴却刮得干干净净。他的圆顶帽和亚麻外套都纤尘不染。虽然他坚持让我睡在房子里，但我选择把帐篷搭在巨大的木质阳台上，在那里我将免受蚊子的侵害，并更接近夜晚的凉爽。我们在室外吃饭，和他的两个儿子一起，围着火；他的妻子和女儿在火堆边忙碌着。他话不多，几乎不下达任何命令，但只要手或眼睛不易察觉地一动，人们就会执行命令。此人对身边人的态度应该和对他的装束一样不妥协。他不委托任何人做茶道仪式——包括将茶三次倒入杯中，再倒入茶壶。第一道是邪恶、危险、火。第二道用水加以中和。第三道才是好的，可以请客人饮用。

疾速的行走使我筋疲力竭，胃里塞满了俄罗斯水饺，一种用羊肉和南瓜做馅的大馄饨，我坐着就入睡了。早上四点半，当我打开帐篷的时候，塔利布已经在了，刚刮过胡子，戴着一顶新帽子，穿着一件新熨烫的外套。如果听他的话，我得在这里待上一天、一周、一个月，他的好奇心和他的善良同样无边无际。为了上路我得奋力告辞。一边喝着他给我带来的茶水，一边吮吸着一片加了甘草汁的甜瓜，我与他的儿子们结盟，向他解释我旅行所受的限制以及我不得不按期到达边境的原因。但这无法阻止他：

"你得来参观我的瓜田。"

"谢谢你，塔利布，但我得走了，因为我必须……"

"得得得，别告诉我你急得要……"

"我得趁着凉爽上路，你总不会让我在午后行走吧？"

"不，但你可以推迟到明天。我们去看看我的种植园，瓜和果树，然后我想让你参观我们美丽的清真寺，然后我们和几个朋友一起吃午饭……"

"塔利布，我现在就得走了。"

他沉默了。他不习惯自己的意愿被质疑，更不用说他的指令了。他有些反感，好像我是一只在他外套上拉屎的麻雀。然后我转向他的儿子们。他们为我辩护，但很糟糕。因为塔利布坚决反对我离开。

"你知道我必须尊重你们国家的法律，你不想让我拿着过期的签证被抓吧？来吧，我给你和你的儿子们拍张照片就走。"

他勉强地接受了拍照。但是由于我把照片和我的即将离开联系在一起，他……几乎要崩溃了。

"好吧，我只给你看我的瓜田。"

"那么最近的一个。"

"它不是最漂亮的。我还有一个，十分钟就到了……"

"不，就这个，塔利布，我相信这里的甜瓜一定很出色。"

时辰已晚，太阳已经升起。当我的手表温度计显示三十二摄氏度的时候,我终于摆脱了主人难以摆脱的友谊,可以上路了。无论往哪里看,到处都是棉花地,时而点缀着几棵杨树。受益于昨晚睡的好觉,我走得很顺利。下午一点我就如期而至目的地。但是,如果我想准时过境,这还不够。所以我吃了一大盘面条,等太阳不那么毒辣了,重新上路。在我停留的小饭馆,老板用俄语背诵大仲马的作品清单,并不漏一章地给我讲基督山伯爵的故事。虽然我用"亚兹纳尤,亚兹纳尤(我知道,我知道……)"来打断他,可他毫无反应,我不得不听完整个故事。他的一个顾客去年看到了骑马的西尔万·泰松(Sylvain Tesson)和普里西拉·特尔蒙(Priscilla Telmon)①。我无法抵挡带点男性和民族自豪感的愉快:

"当你看到普里西拉的时候,你有没有意识到不只是在乌兹别克斯坦才有美女?"

他很遗憾,他错过了普里西拉的美貌:因为炎热和尘埃,她像我经常做的那样,用阿拉伯头巾包住了脑袋。

他悄悄地离开,十五分钟后回来,带着一把崭新的匕首,送给我"防身"。我好不容易说服他我的小刀已经够用了,我不想带武器,也不能接受礼物,否则我就得用牛车代替尤利西斯。然后我继续前行,到更远的一片密林里扎营,令人惊讶的是这里也见缝插针地种上了棉花。

一路狂赶,我提前两天到达安集延。天气炙热如地狱,赤裸着栗色皮肤的孩子们从灌溪里出来,在太阳将他们吞食之前又潜回水里。小女孩也扎入水中,不过穿着衣服。卖冰激凌或碳酸饮料的小

---

① 原注:《草原骑行:骑马穿越中亚三千公里》,拉丰出版社,巴黎,2001年。

贩身边蜿蜒着长长的耐心的队伍。

我住的旅馆很奇怪，很不协调，总之我离开伊斯坦布尔后还没有遇到过类似的酒店。想象一下，干净的地毯，标有红点的水龙头里流出热水，印有蓝点的水龙头提供大量的冷水。在窗口有一层没有破洞的防蚊网，床单在上一个客人走后已经换掉。此外，他们没有向我要美元，而是用当地货币报价，而且价格公道。所有这一切是如此不可思议，我决定把我从日程表上赚取的两天之一拿出来享受这种清洁。我还得填饱肚子。我的体重下降得太快了，在卡姆奇克山口积累的疲劳感从那时起就没有真正减轻。

我打车去集市，手里拿着尤利西斯轮子，去买新的轮胎和内胎。拉齐兹的轮子是用橡胶和补丁拼凑起来的，非常艺术。自从我离开奥马尔和他的儿子后，我已经有两次爆胎经历，幸运的是每次都是在修胎铺子附近。路上有很多修轮胎的人，他们也不是等闲之辈。

在集市上，在对我产生好感的出租车司机的帮助下，我买了俄罗斯轮胎。他建议我不要用中国的轮胎，价格便宜，但用不了多久。那就支持俄罗斯吧……

在这个地区有两颗已经装上雷管的炸弹，稍有不慎就会引爆——它们就是国籍与水源。边界和国籍问题构成了"巴尔干"式的威胁。在苏联时期，这个问题没有任何意义。被人为地置于乌兹别克斯坦的某座城市，人口中的大多数是塔吉克人，这又有什么关系呢？全体居民都是光荣的苏联的成员。苏联解体后，接受国际主义立场培育起来的新领导人却没有发现更好的治理方法。仅吉尔吉斯斯坦族就分布在近八十个国家。就历史而言，乌兹别克斯坦、塔吉克斯坦、吉尔吉斯斯坦、哈萨克斯坦和土库曼斯坦的人民不分国界。他们因为意外的变动、工作、自愿迁徙或被迫流离失所，在这里或那里落户定居，就像鞑靼人或大量定居在乌兹别克斯坦的朝鲜少数民族一样。自阿富汗爆发内战以来，数百万难民越过边境，压力更大了。几乎所有的居民，不管是什么民族——俄罗斯人除外——都有相同的宗教和相同的价值观。但是，一旦发生经济危机或特殊的紧张局势，谁能保证情况不会有所不同？在奥什地区，一九九〇年一项政策决定优待两个民族中的一个，暴力事件立即将乌兹别克族和塔吉克族分开，造成近三百人死亡。

自从乌兹别克政府下令不讲母语的人不能从事公共工作后，俄罗斯人就集体移民了。在塔什干的阿米尔-铁木尔公园里，我看到俄罗斯人，站在小巷里，用小硬纸板标明他们公寓的面积和价格——以美元为单位，以便尽快逃回俄罗斯。一位乌克兰老妇人告诉我，她现在只想去埋葬她父母的村子里死去。他们是中亚的少数民族移民，为什么他们要学习当地的语言呢？应该是当地人学说俄语，而且他们过去也曾经这样做过。然后，历史的大钟摆向了另一个方向。

水的问题也同样令人担忧。在旅馆里，我和美国的水问题专家吉奥夫以及他的合作者和伴侣——尼娜，一起吃饭。尼娜是一个高大的金发俄罗斯女人，她有一双浅色的眼睛——这灰绿色的瞳孔里透出的深邃让人心神不宁。如果你有幸尚未领教这样的眼睛，再看一遍或者赶快去看看帕维尔·隆金的《婚礼》和由克里斯·马克评论照片的《如果我有四匹骆驼》。啊！那能够让你去做所有蠢事的俄罗斯双眸……但吉奥夫是个严肃的家伙,他现在最在乎的不是尼娜的眼睛。他详细地告诉我他在这里受命做什么。让我们来总结一下……一八六一年,当内战在北美爆发时……全世界都被断供了南方各州的棉花。于是俄国人在这里发展这种作物。种棉花需要阳光和水,大量的水。水从帕米尔和巨大的天山——中国话里意味着"天上的山"——通过两条河流——阿姆河和锡尔河——流下来。苏维埃政权为了满足日益增长的对"白色黄金"的需求,从这两条河流大量抽水,在此过程中造成咸海干涸的生态灾难。在中亚,整个夏季,每天晚上都有几十亿立方米的水被浪费掉,因为大家都在院子里浇水降温。各个国家已经开始实行农作物多样化,减少棉花产量,但这不是一朝一夕的事。而如果上游有人决定把水据为己有,那肯定会发生战争。

靠近吉尔吉斯边境的格兰尼察让我安心,我轻松地走着,摆脱了每当遇到行政手续问题时就会不知所措的沉闷的痛苦。我对此相当过敏。

风景再次呈现在眼前。我曾经遥望的南北两条山脉渐渐靠近了。巨大的费尔干纳山谷缩成了一条绿色的沟壑。自卡姆奇克山口开始一直被闲置的高度计又派上了用场。踩在脚底下的,是我在今后几周将要攀登的令我惊叹不已的大山山麓。这里,葡萄树生长在山坡上。往更高处,冬天的霜冻和夏天的烈火已杀死了所有的生命,风把大地锉成了岩石。在灌溉过的果园里,最后的杏子落在地上,木梨树上挂着硕大的果实。山谷里随处可见的油泵,像大型钢鸟在用喙慢动作地扎刺着——抽吸着因为缺乏管道而无法出口的石油。

当一辆车贴着我身边停下时,我离库尔甘特帕已经不远了。车内的两位乘客探问我,很惊讶,很赞叹,毫不含糊地绑架了我,说要在他们工作的地方——咫尺之遥的集体农场招待我。一个留着白山羊胡的小个子男人,腰间挂着一把大匕首,让我坐在桑树的树荫下,给我带来面包和水果。我们的前面是一栋漂亮的小木屋。阳台上,一个男人坐在桌前查阅着大大的登记簿,敲打着计算器。会计?当我到达时,他很吝啬地向我示意了欢迎。我不敢去打扰一个看起来如此全神贯注的男人,数字,在今天是神圣不可侵犯的。我的两个东道主都消失了。一个小时后,当我准备动身的时候,他们又回来了,身边还有一位面容和善顺从的年轻人。"我们的朋友德米尔会在他家里接待你。"两人告诉我。很快,在他们的交谈或眼神的交换中,我明白了刚刚发生的情景。在邀请我之后,他们来到了木屋,在那里,农场负责人——那个拿着计算器的人——告诉他们,这里不可能接待一个外国人。也许他怕我把鼻子伸进他的钞票里,也许他认为,就像在苏联的美好时光那样,每一个外国人都有可能是——因此也等于是——间谍?为了不丢面子,两个同伴只好在农民中转来转去,直到找到一个同意收留我的人。我应该感谢谁:他们还是德米尔?负责人对事情的结果很满意,他走过来向我伸出手。我假装没看见,我不希望他和一个可能是——也就等于是——间谍的人握手,这对他的升迁是有损害的。

我得说,德米尔·阿舒罗夫有一张与天使相差无几的脸,无论如何,这就是我想象中的小天使……他很像穆鲁吉,在我孩提时代,这位歌手用一首有关虞美人和滴血的心的歌曲让我感动哭泣。

我的这位被指定的东道主带着我，拉着他的牛和我的尤利西斯，穿过镇上的泥泞小道，那里住着集体农场的职工。院子里散发着浓浓的粪便味。他与妻子和三个孩子住在两间小屋组成的房子里。较小的那间屋做了厨房，第二间屋是个客厅，他请我在那里坐在一个垫子上。他自豪地告诉我，这部分房子是他自己搭建的。他们在这里生活、吃饭、睡觉。家具可归结为一个木箱，木箱上摆放着一台电视，电视上显示着比白色要黑一点的图像，总之根本看不清楚。我们喝茶的时候，他的妻子忙着做饭。他向我解释说，农场最近有很多工作要做。他们割了麦子，烧了麦茬，种上将在秋天收割的玉米。德米尔有一头奶牛，它的奶水养活了他的孩子。集体农庄允许他耕种十五苏地的土地，也就是门前那块被围墙包围的小块土地。我估计约有五十平方米。除此之外，他们给他的报酬不是钱，而是他在巨大的农场里辛苦种出来的粮食。拿着计算器的老板，他的账本一定要有条理，因为即使在后苏联时代，这种制度也更像是农奴制而非商业制。对德米尔来说，幸运的是——如果这也可以算幸运的话——他因工伤每月可以领到三千苏姆（四个半欧元）的养老金，用这笔钱，在精打细算的前提下他可以买些制成品。

他的妻子端来一盆手抓饭，放在铺了一小块桌布的地上，全家人围坐在垫子上，两个孩子共用一把勺子，因为只有五把勺子。五只杯子三只碗似乎就是这家全部的餐具。我装作已经吃过了，只是尝了一口手抓饭，因为孩子们显然馋得不得了……然后我在农场的工具棚里铺上毯子睡了一觉。早上，当我和这家人告别时，德米尔的女人给我送来了她前夜给我烤的圆扁面包。我给孩子们一些钱，我要给德米尔夫妇钱，他们却干脆地拒绝了。自从我离开撒马尔罕后，我只花了一百六十欧元，大部分是在我住的两三家旅游饭店里。其余时间，我在餐馆或私人家里打地铺时，我的钱总是被拒绝。他们为我省下了一大笔钱——两万两千苏姆——对我却是微不足道的——二十二欧元——我必须在到达吉尔吉斯斯坦的格兰尼察之前花掉它。

我在汉阿巴德度过乌兹别克的最后一夜，所以我在吃饭上开始大手大脚，在小饭馆里一个人点了四个人的食份。小服务员拉斐尔和老板艾尔肯以一种非西式的礼貌争相引起我的注意。因为我发现晚上很凉爽，他们带来了很多的"库巴切"——这些羊毛毯子，让打地铺的我感觉像睡在羽毛上。早上，艾尔肯告诉我，他拒绝收我付的钱。通过劝说，我说服拉斐尔接受了一叠钞票，无疑要比他一个月挣得更多。明天起我需要的不再是乌兹别克的苏姆，而是吉尔吉斯的苏姆。

我终于在签证截止日期前一天到达，带着些苦涩的失望，自撒马尔罕以来我未找到丝毫丝绸之路的痕迹。除了宗教古迹，这些中亚国家正在抹去他们的记忆。在土库曼斯坦，作为丝绸之路上重要城市的梅尔夫被成吉思汗的儿子夷为平地后，至今仍是一座死城。在乌兹别克斯坦，撒马尔罕的荣耀来自帖木儿的杰作，是战争的代价，而不是贸易带来的财富。历来与贸易有关的事情通常被人们忽视。"关注的焦点是统治者的荣耀，而不是人们的物质生活。"[1] 只要回顾一下我们的历史书，我们就会明白：战役、事迹、背叛、条

---

[1] 原注：卢斯·布尔诺瓦，同前。

约，我们祖先的生活似乎被简缩为战事或政治决策……而且，当"跛脚魔鬼"的城市已经沦为废墟的时候，现代建筑师拯救了雷吉斯坦，基本上重建了比比哈尼姆清真寺。昨天，苏联领导人把清真寺夷为平地，建成电影院；今天人们又把他们的雕像拆走来建超市。时光在快速交替中。刚收起铁锹，人们又拿出了锄头。

几分钟后我就要跨入吉尔吉斯斯坦边境，在那边我又能找到什么呢？总是听人肯定地说那里困难重重，说要准备一千份文件，说俄罗斯军人贪婪而心胸狭隘……我紧张得像被拉长的弩一样。但我像做梦般通过了检查。我甚至还得坚持让示意我直接过关不用打扰他们的边检人员给我的护照盖章。我不会上他们的当：不给盖章，就不走人。吉尔吉斯士兵也一样轻松，十分钟后，当我把手表往后调拨了一个小时后，手续就办完了。但这并不意味着我已经结束了官僚主义的麻烦。甚至在我进入酒店之前，我必须向负责管理外国人的机构 OVIR（签证与登记处）支付登记费。这是所有原苏联共和国的法律，外国人必须向监视他们的警察支付费用。

在我离开这个国家时，我必须出示一份在七百公里外的首都比什凯克才能签发的证件。由于不可能绕道而行，所以我试图联系法国领事馆。未果，因为是周末。明天是星期一，我将进入大山中，无法通讯。我给勒内·卡尼亚特[①]发了一封邮件，他是我在巴黎遇到的名誉领事，是中亚地区的专家。我希望，凭借他对这个国家和行政迷宫的了解，我可以得到那张宝贵的通行证。

贾拉勒阿巴德，是我在路上遇到的第一个吉尔吉斯斯坦小镇，

[①] 原注：勒内·卡尼亚特，《草原的喧嚣》作者，巴黎，帕约出版社，2001年。

在阳光下打着呼噜。因海拔而迟钝的太阳散发的光线，与其说是抓挠，更像一种爱抚。我在这个国家迈开的第一步以美丽的邂逅为标志。一群欢乐的老人，在葡萄架的荫凉下准备着手抓饭并向我打招呼。路过一家茶馆时，茶客们聚集在一起看着我拉着小车经过门前，邀请我分享绿茶。他们都说我不显年纪，而他们却显得比实际年龄老。收成不好的时候缺衣少食，艰苦的工作和气候，过度的伏特加：五十五岁的他们，已经成了小老头。在中亚，长者受到尊重，不愁填饱肚子；如果他们愿意，也可以免去工作，由子女们照顾。吉尔吉斯人，不管是年轻人还是老年人，都戴着一顶尖顶帽——"卡勒帕克"，白色的毛毡和棕色的翻边；穿着奢华柔软的马靴，薄如袜子，像第二层皮肤一样闪闪发光，他们把马靴套进木屐里，以防止磨损。这里充满欢声笑语。一个女孩从身边走过，她的头发是如此的金黄，似乎捕捉并反射出阳光，眼睛是海藻般的深绿。这里的俄罗斯人比在乌兹别克斯坦要多。我明白他们为什么要给我一把匕首：在这里不佩匕首的男人就像没有穿衣服。

在我花一天时间用来休整的城市里，我用糖果填饱肚子来恢复体重。我发现了"萨姆斯基卡普里克"，一种夹满了葡萄干和覆盆子果酱的甜酥饼；"普里安尼克"是在融化的糖浆里滚过的另一种甜酥饼；还有"鲁利克"，有两层巧克力的蛋糕，上面浇了奶油和草莓，非常好吃……但有点腻。旅馆的女人，裹着一条五颜六色丝绸的连衣裙，听我的姓，笑得很开心。奥利维耶，在这里是一个沙拉的名字。我很想知道更多，但她忙着笑，我的姓氏对她来说是取之不尽的欢笑之源。

早上，卡斯和露丝得知我在的消息后坚持要见我。这对三十多岁的夫妇骑着双人自行车要去巴基斯坦。她是澳大利亚人，他是英国人。他们有着优秀运动员那种同时用身体与语言表达自己的气质与直率。去年，他们来到这里，和湖边的一户人家住在一起，为他们拍了不少照片。与其把这些照片邮寄过来，他们决定直接自己送回来。他们沿途露营，但有时也会在旅店停留，为他们的电器设备充电。卡斯有一台数码相机，露丝用它给那些要求拍照的人拍照。她在相机屏幕上展示她拍的照片，让他们欣赏自己，然后删掉，为她的相机内存腾出空间。我拍摄的那些人将不得不等待，甚至等上很长时间，才能自我欣赏。

当我离开贾拉勒阿巴德时，在心里衡量东边的山峰，我知道小腿肚子要紧张了。这条路在晾晒着烟叶的土墙之间急剧攀升。大片阶梯状的杏树被太阳晒得发蔫，它们将在下个冬天来临时恢复原形。那些干巴巴的——俄罗斯人叫科瓦尔加，吉尔吉斯斯坦人叫作图沙克——是一种为过冬储备的能源：晒在人行道上的粪块。

我看到了第一批骑手。他们头戴卡勒帕克，穿着鲜艳的衬衫，跟随着他们的牲口慢腾腾的步伐。在这里，时间不是金钱。路面不再铺着柏油，变成了通向山丘的碎石和卵石路，我希望尤利西斯能够表现英勇。尽管海拔很高，但还是很热。我的手表上显示一千米，三十六摄氏度，山坡上，数千公顷的向日葵缓慢而美丽地摇晃着它们毛茸茸的、发黄的光晕。我就这样向着大山进发了。再下山的时候，那将是在几百公里之外的中国了，当然前提是我拿到那该死的比什凯克文件。

四　索塔娜德

哈拉乔，哈拉乔（好，好）。农民们，鼻孔朝天，似乎想喝下进入暑天后第一次落下的几滴雨水。但他们的幸福是短暂的。高处的风，赶走了云朵。路边，妇女们正用小勺子往塑料桶装着溪水中稀少而浑浊的臭水。在这里，就像在平原上一样，一些人的下水道就是其他人的喷泉。

在通往接近米哈伊洛夫卡村时，路边放着一具狼的残骸。尸体周围放置了石块，以便驾车者避开它。令它致命的子弹从肋骨射入。陈尸示众，可能是"杀鸡儆猴"，就像人们把猫头鹰钉在谷仓门上一样。活着的狼像猫头鹰一样对同伴的遗体毫不在乎。只有人会以这种方式保持他们的恐惧。而被尸体吓了好几个晚上的孩子们，只要能举起猎枪，他们就会准备成为狼的杀手。自贾拉勒阿巴德以来，人们不停地警告我在高海拔地区有狼出没。人们对我说，我至少应该像其他人那样给自己配备一把匕首。但我是用乐观和鲁莽武装起来的，在这个季节，我不怕狼。起码我觉得人比狼更让我害怕。

我固执地朝山顶走去。一条从岩石间开凿出来的小路，我和尤利西斯不得不在坑坑洼洼的石头间踉跄而行，这种地形无疑更适合骑马。但谁会在这里徒步行走呢？最穷的人至少也有一匹坐骑。当两匹马的脚步声让我转过头时，我刚爬上一个嵌在橡树林中的狭窄山谷。伊申贝克和他的同伴阿布登贝正在返回山里的营地。他们都有那种特殊的肤色,来自曝晒与伏特加。伊申贝克问我要去哪里的时候,甚至没有放慢他的坐骑。

"你要过山口吗?今晚你就睡在我这儿,接住。"

他扔给我一条绳子,把绳子的一端拴在他的马鞍上。我在尤利西斯的手臂上做了同样的动作。就这样,我一下子被解脱了,开心地在他的马屁股后面小跑起来,一边与牧马人聊天,他们养育小马,每年夏天在高地度过,在第一场雪降临的时候下山回到贾拉勒阿巴德。

营地由几个蒙古包组成。我的主人把我带到最大的那间。村长把他平时占的主位让给我坐,在最里头,正对着门;他坐在我身边,靠男人的一边。我们左边是妇女和儿童,右边是男人。外面的小马驹被绳子拴住,以免它们过分吸吮母马的乳汁。人们挤马奶做库米斯——这种发酵的马奶是吉尔吉斯斯坦的国酒。他们请我喝了几杯。微微发酸,酒精含量低。我很快就提出想上床睡觉。跑在马后面的上坡路让我筋疲力竭。

早上,我有些焦虑;我还没有储备足够的食物,可能会挨饿。我不确定会在高地遇到游牧民族,以前买的袋装面也吃得差不多了。山谷现在变得很绿、很窄,大部分地方流淌着激流,边上是高高的悬崖。在一个拐弯处,我遇到了一个帐篷村。其中最大的一个,标有联合国难民事务高级专员办事处(UNHCR)的字样。里面有两三张桌子,这是一家餐厅,人们为我端上了丰盛的面汤。扎伊努拉是一位有着蒙古族面孔、个头矮小的吉尔吉斯族年轻女子。她告诉我,她昨天看到了卡斯和露丝。比我先走一天的两位骑行旅游者，想必正在大山里费力地推着他们的重载双人自行车。但他们很幸运。昨天，他们目睹了扎伊努拉所谓的"乌拉克"，在中亚更多被称作"布兹卡什"：一个农民为此花钱来庆生，当然，生的是儿子。对于女孩子来说，就没必要设宴庆祝了。对于一群骑手来说，乌拉克是指争夺一只被砍掉了头的羊。赢家是那个设法把死兽带到圈内的人，任何方式都是被允许的。骑手们嘴里叼着鞭子，将他们的马匹推入混战，靠着腿部的简单冲力，带领马匹前进。人兽一体。游戏非常暴力，下次乌拉克将计划在国庆节举行，不到一个月的时间。但那时候我将在中国了……至少我希望如此。

我又开始爬山了，上坡变得非常陡峭。夹在岩石中的路悬垂深渊。远处那些小白点是羊还是石头？似乎都像。屹立的悬崖，咆哮的洪流，白雪皑皑或云雾缭绕的山峰，如此狂野的美景让我目眩神迷。天气不是很热，我却满头大汗，刚从一块石头上扯起尤利西斯，又撞上另一块石头。我以蚂蚁的速度前进着。两只老鹰在风中滑翔，仿佛是慢动作镜头。我时不时要穿过一条石子拌着泥浆的小路，卡车像山羊一样灵活地追上我，超过我。在有些地方，它的右轮擦到了崖边，司机在毫厘之间掌握着方向盘。稍后，山沟底的几具扭曲的尸体让我知道，这个游戏不一定每次都能赢。卡车后厢里装满了不同年龄的打工人，后来我才知道，他们是去卡扎尔曼找工作。他们提出让我也爬上卡车一起走，当我拒绝后，他们向我发出欢乐和挑衅的告别：拜拜……他们本该更低调一些：半小时后，我追上了漏油的卡车。司机和他的助手躺在发动机下面。坐在矮草丛中的乘客沉闷无聊，而且在这个海拔高度，一些穿着单衬衫的人正在发抖。他们想聊天，但我大汗淋漓，加上害怕着凉，我继续攀登。差不多一个小时后,当我接近山顶时,卡车超过了我。但它并没走多远又崩溃了。后来我再没见到过它……

牛群在山坡上自由地游荡,胸部淹没在花丛中。这座山被装扮成三种颜色,阳光灼出的橘黄弧线;绿色的山谷,在这个季节,有时会有近乎干涸的水流在那里歌唱;高处,从虚无缥缈的云雾中剥离而出,不时可见的山峰上有原始白雪和残酷闪烁的冰川。

我到达山口巅峰时已是下午两点半了。如果我没有理解错的话,这里即是山口也是顶峰。眼前宽幅的全景美得难以置信。我又一次自省着,这种因独享无垠景观而油然而生的深沉,这种无言的喜悦。一种高潮时喑哑而强烈的欢呼。这个世界的"大人物们"在统治民众时是否也体验到这种无法抗拒的快乐?这可以解释他们为捍卫自己高傲的地位而使用的恶毒手段。我差不多逗留了半小时,裹着外套的身体随疾风拂过草地而瑟瑟发抖,我吃着干果,一边让上山时流了很多汗的身体干燥下来。我爱山,爱它的力量,爱它的多样性,也爱它的残酷性。那里是世界的本来面目,尽管风吹雨打,人来人往,仍然原封不动,就像这些亿万岁的岩石保持着它们最初的狂野。这座山不像光秃而荒凉的卡姆奇克山口。这里生长着草和花,每一根茎上都依附着生命。向东眺望,我看到的是一望无际的山峰,天山和帕米尔山在争论谁是世上最高峰,又是谁划破天际吓坏了渴望攀登的人。

当我两天后辗转到卡扎尔曼时,眼里仍存着这些景象。人们告诉我,在这个每年出产一吨半黄金的小城中有一家旅馆。我很想在那里懒洋洋地待上一天,剥去我在山里积攒的污垢。昨天晚上,我只在一个小村庄的粪堆边找到搭帐篷的地方;继续上路后,我就一直闻到它的味道。可惜小旅馆的女老板一个字就毁了我的希望："客满"。

"没有其他旅馆？"

"没了。"

开始下起了冰冷的细雨。我站在那里，束手无策，尤利西斯的轮子陷在泥泞中。怎么办，去哪里？就在这时，我的守护神为我送来了一个天使……一个青年女子走近我。她在隔壁开了一家小店。索塔娜德穿得像个俄罗斯人——更确切地说像美国人——紧身T恤、牛仔裤和棒球帽，但她的脸是吉尔吉斯斯坦女人的脸，浓密的黑发、细腻的棕色皮肤和微微有些上挑的眼睛。她的声音有力，略带沙哑。她能说一口流利的英语，带着明显的愉悦和令我惊讶的健谈。半小时后，在吞下她为我准备的一大盘意大利面后，我在她父母的小公寓里的一张厚厚的羊毛垫子上睡了一大觉。她和她的哥哥达卡和两个表兄妹住在一起。然后，她带我去了公共浴室，我沉浸在热气腾腾的浴池中时，我的衣物正在她的洗衣机里旋转着。与索塔娜德的对话很简单：你问一个问题，她就回答一个问题，说话毫不犹豫。作为一位才华横溢的学生，她赢得了一次全国比赛，唯一的奖品是在美国逗留一年。她的父亲是工程师，母亲是教师，两人都在贾拉勒阿巴德工作。他们都是卡扎尔曼人。她的父亲家那边有十二个孩子，母亲家那边有十个孩子，几乎所有的男孩们都留在这里成家了。我在城里走不到十步，索塔娜德就会给我介绍一个姑姑或叔叔。通过成婚，她在这里有四十多个姑叔，还有很多表亲。有时候，你会觉得这个城市被整个部落的人占据着。

她的父母回到卡扎尔曼看望家人，顺便逃离贾拉勒阿巴德夏天的大火锅。索塔娜德在这里和哥哥一起过着快乐的日子，开着一家卖饮料、糖果和饼干的小店。但他们的主要业务是从孩子手中收购城里酒鬼留下的伏特加空瓶。这些年轻人很快将刚挣的钱再投资到小店的糖果上。当女孩为他们提供服务的时候，达卡敏锐的眼睛仔细检查收回的瓶子，确保它们没有任何碎裂。瓶子打包后，被……一位有卡车的叔叔带到了比什凯克。

另一个叔叔，在城里的高中教书。留我在他家过夜。整座小城笼罩在雨中，我的整个休息日都在睡觉或者在年轻朋友的店里聊天。

索塔娜德今年二十一岁，在比什凯克上大学。我问她所有我迄今为止没能问到的关于吉尔吉斯斯坦社会的问题，她都很乐意回答。她在美国的逗留使她以一种有距离而宁静的方式审视她的国家和人民。她和她的哥哥是我在卡扎尔曼遇到的唯一没有金属牙齿的人。当她告诉我金矿作为这座城市唯一的产业是由加拿大人管理时，我大笑起来：

"矿区产量不大。而最大的矿脉应该不在周围的山上，而是在墓地。"

吉尔吉斯斯坦人非常喜欢金牙，年轻人为了尽快拥有金灿灿的笑容，往往不治疗蛀牙——尤其是影响门牙的蛀牙。用一克黄金作为生日礼物送给亲人，让他们植入一颗美丽闪亮的牙齿，并不是什么稀罕事。索塔娜德回忆说，有一天她在抽屉里发现了四颗牙齿。母亲告诉她，那是她奶奶的牙齿。我的假设是错误的：这里的死者好像在去墓地之前会先去趟牙科诊所。

吉尔吉斯斯坦人是一夫一妻制的穆斯林,据她所知,没有一个男人有正式的情妇,就像我在阿舒尔身上看到的那样。她在比什凯克认识少数几个与男友发生了性关系的活跃女孩,但女孩子绝大多数都是以处女之身结婚的。她们也最好这样做。因为虽然男孩们会偶尔寻花问柳,却希望自己的妻子在新婚之夜是纯洁的。按照习俗,新婚之夜的次日,男方要在他的全体家庭成员面前保证新娘是处女。如果不是,这个不幸的女人就会被贬为仆人,在所有场合受到公婆的羞辱。

一双会笑的眼睛,未经化妆却拥有自然光泽的嘴唇,以及高高的颧骨,索塔娜德是一个善解人意、光彩照人的美女。她的身材也很诱人,这一点我也看出来了,因为她在美国养成了穿紧身衣服的习惯,而吉尔吉斯人喜欢把自己的魅力隐藏在宽松的衣服下。我问她有没有追求者。是的,那是她在大学认识的一个维吾尔族学生。虽然她父母知道这个男孩的存在,但并不知道索塔娜德对他有好感。她不敢告诉父亲,因为父亲想把她嫁给一个当地人。与乌兹别克人不同,吉尔吉斯人不要求子女按相仿年龄结婚。毫无疑问,索塔娜德和扎丽娜一样,尽管被西方文化涂了一层漆,但在择偶问题上,她会遵从父亲的意愿。在中亚,父母亲的权威仍然是毋庸置疑的;而社会金字塔的顶端是由长辈把持的——没有一个吉尔吉斯人、乌兹别克人、土库曼人,不梦想着自己老去的那一天。那是人间天堂。年长者拥有一切权利。他们的建议就是命令,他们的奇思妙想也会被毫不松懈地得到满足。索塔娜德告诉我,有个老人坚持要去遥远的首都比什凯克玩。为了支付他的旅行、旅馆和他的愚蠢行为,整个家族聚集在一起,毫无怨言地为他省吃俭用凑足盘缠。

留我过夜的索塔娜德的叔叔极力劝阻我不要按原计划往东走向纳林。所以我走了一条向南的路。我在露天金矿附近扎营。过去，中亚的山地人习惯于在溪流底部铺上羊皮来捕捉金砂。这种习俗据说是金羊毛神话的起源。

一些牧民邀请我分享他们的早餐——牛奶、奶酪——然后给我一块面包。在这里，除了大城市外，没有面包店。妇女们只在饭前烤面包。她们每隔三四天用面粉、小苏打、盐和一种与土耳其一样被称为"艾兰"的液体酸奶做好面团放在盆里。吉尔吉斯小男孩乌别克和他的妹妹陪我走了差不多三个小时。他们周末回家，平日在学校寄宿。周六和周日一个来回得走二十公里。在离开我之前，他们指给我看他们家在山谷中的帐篷。再往前走，一个剪羊毛的牧民请我喝了两杯羊奶酒，他装酒的羊皮袋是一张头部和四肢的洞被紧紧扎住了的羊皮。一个老妇人给我一大碗酸奶，她看起来很穷，在我的坚持下，她收下了钱。

我喜欢与游牧民族的接触，他们粗犷朴实，热情好客。此外，他们的蒙古包只用一个简单的帘子关闭就是一个标志，任何旅行者都可以进入，他是受欢迎的。离开草原后，欢迎就不那么热烈了。在有人居住的村庄，比如我晚上到达的科什多巴，不在家的居民都用俄罗斯大锁锁上家门。我一出现，母亲们就叫唤自己的孩子让他们回家。我被从这家推到那家，感觉进了衙门。我生气地离开，敲响了村长玛纳斯的门。是他的父亲纳西尔，一位老者，他打开门，又当着我的面关上了门。但他的孙女古尔雅不听他的话，她骂了爷爷，给我上了茶，开始准备饭菜，而我则给她讲我在她的国家的旅行。听我们说话的老人改变了主意,他跑到村里,带回他所有退休的朋友来看新闻,让他们佩服他的大方热情。

古尔雅在一个空荡荡的大房间里给我摆了一张床。早上,玛纳斯已经在了,他给了我热烈的欢迎。他是个大块头,身板很结实,头上当然戴着必不可少的卡勒帕克。他既是村长,又是行政区的老大,在俄语里叫"柜台"。所以我马上叫他掌柜的。好吧,这个玩笑不太好笑,但是那天我需要安慰……我们分享了一大碗"嘉玛",一种用牛奶、面粉和酸奶做成的咸味凉汤。他送给我一顶黑色的毛毡卡勒帕克,上面有白色的图案和一个绒球,但是拒绝了我作为交换递给他的我的破帽子。的确,我的帽子戴在他头上,他可能会觉得像我戴着他的卡勒帕克一样可笑。在这寒冷的大山里,他送我的帽子让我头顶暖洋洋的,我把自己的帽子放进包里。父女俩似乎很有默契,我猜古尔雅把昨晚爷爷拒绝招待的事告诉了他。赠送卡勒帕克大概是为了抹去对我的冒犯。

玛纳斯带着我穿过村庄,指给我正确的道路。我们经过他教书的学校前,他的妻子是英语老师,但是今天不在。科什多巴的学校有近八百名学生,而人口只有三千五百人,这体现了这个国家人口非凡的活力。我的东道主拥有在吉尔吉斯斯坦最出名的姓氏:玛纳斯是玛尼西(Manishis)发明的民族英雄,这些吟游诗人挨个部落讲述玛纳斯的事迹。据说,玛纳斯的功绩加在一起,就像一部百科全书,他的故事被称为"草原伊利亚特"。乌兹别克斯坦则选择了一位大人物帖木儿,为其洗脱罪名。吉尔吉斯人的玛纳斯更值得同情,因为他和他的儿子塞梅蒂和孙子塞泰克的军队只存在于玛尼西的想象中,他们在漫长的冬天,在蒙古包里传播着他的事迹。一些较真的人因此指出，玛纳斯不是吉尔吉斯人的专有，他的故事在整个中亚地区都有。而在这里它却被占为己有。

从历史角度而言，边界在这个地区不过是最近的新发明。对游牧民族来说，剑的长度就是他们领地的极限。如果我们今天可以就某些历史事实来谈论吉尔吉斯斯坦，那也只是一个地理上的定位。此外，由于受到大半个世纪以来苏联的笼罩，这些国家只能以极缓慢的速度回到公众视野中。今天，有多少欧洲人能在世界地图上指出吉尔吉斯斯坦？然而，在这里发生了我们自己的历史中不少重要事件。

吉尔吉斯斯坦的历史与其强大的邻国中国息息相关。从丝绸之路上的第一批商队开始，中国就一直试图通过外交，特别是通婚，来建立自己的地位。那些以教养和美貌而闻名的中国公主嫁给了"野蛮人"的首领，不计其数。马可·波罗之所以能离开大汗的宫廷，是因为他提出要陪伴一位"赐予"西方国王阿贡为妻的公主。当青年女子到达宫廷时，"丈夫"已不在人世。但是没有关系，她将嫁给他的儿子。另一个被中国人珍惜的流放公主的命运，是刘细君。一个乌孙族的首领，他的族人养马，游牧于今天的哈萨克斯坦和吉尔吉斯斯坦之间，他也想要一个中国新娘，并送来一千匹马作为订婚礼物。年轻的刘细君以动人的诗句，唱出她作为一个移民的苦恼和对定居安逸生活的怀念。

> 穹庐为室兮旃为墙，
> 以肉为食兮酪为浆。
> 居常土思兮心内伤，

愿为黄鹄兮归故乡。①

面对如此多的乡愁,再听到这样的传说也就不足为奇了:另一位中国公主冒着生命危险,将蚕藏在发髻中,她唯一的希望是在流亡他乡的寒冷中,不至于只穿着粗糙的羊毛,能在接触美妙的织物中找到一点安慰。

在征服了西域之后,大唐帝国对权力的渴望欲罢不能,大军一直到达了布哈拉。但是野心也给他们造成了最严重的损失。两千多年来,一直到八世纪初,中国人始终成功地守住了丝绸制造的秘密。任何冒险出口蚕或其虫卵的人都会被处以死刑。一场发生在今天吉尔吉斯斯坦边境线外的不幸的战争,将摧毁所有这些预防措施——公元七五一年的著名战役发生在该国北部,这场战役改变了中亚的面貌。大唐帝国军队在怛罗斯遭受了最屈辱的失败。数千名中国士兵被俘并被流放到撒马尔罕,然后被流放到巴格达。正是他们向西方世界透露了当时最隐秘的三个秘密:丝绸、瓷器,尤其是纸张的制造。后者将对西方产生最重大的影响,因为,通过取代羊皮纸,纸张将改变知识和技术的传播,这是一场革命,紧随其后的是另一场革命,即印刷机的革命。西方是这些技术最年轻的继承者,但将把它们提升到最高水平,而与此同时,发明者——中国却通过关闭边境而陷入致命的保守主义中。

一些历史学家还在吉尔吉斯斯坦找到了"石塔"。希腊地理学家托勒密提到,这座塔在公元二世纪就已存在。他认为,来自中国

---

① 原注:毕梅雪,《汉人的中国:历史与文明》,法国大学出版社,巴黎,1982年。

或波斯的商人就是在这著名的塔脚下交换货物，然后踏上归程。不难想象，在这座建筑物的脚下，几百年前曾经是一个多么繁华的市场。然而我们今天无法确定它的确切位置。有人说它在吉尔吉斯斯坦，有人声称有两个，其中一个在中国，还有一些人认为它在塔什库尔干……但没有一个人能够提供无可辩驳的证据来证明石塔曾在这里或那里。

过了科什多巴，那天在路上，我和穆罕默德一起同行。他的靴子已经磨破了，但他的步伐很快。这是因为他受过训练，在离科什多巴八公里的地方做灌溉工作，他得每天来回步行。接着，洛兰陪我走了一段。这孩子可能有八九岁，他不知道自己的年龄。他穿着一件比他大一千倍的毛皮大衣，覆盖了小马的臀部，就像穿了玛纳斯的斗篷一样。他的靴子估计有四十五码，但它们让他的小脚得以保暖。当你在马背上，鞋子的大小有什么关系呢？他的腿太短，够不到已经升到最高的脚蹬，于是他把两只脚卡在连接脚蹬的肚带之间。出于好奇，他在离我几米的地方骑了半个小时。当我挥手让他靠近时，他犹豫了。我亮出相机，他靠近，露出灿烂的笑容，我刚按下快门，他就疾驰而去，消失在远处。半小时后，他带着两个表兄弟，像他这样年轻的半人马回来，让我再拍一张。为了优雅，他脱下他的大外套，把它扔到了马鞍上。

在奥索维亚村，巴克特很高兴。他为儿子庆生，请了约二十位客人。但我这个意外嘉宾才是本次活动的亮点。孩子在奶奶的怀里，被紧紧地绑着，像烤肉一样。他的手腕上戴着一个装饰着黑点的细玻璃珠子的手镯，这是"戈兹曼楚克"，字面意思是"珍珠眼"。如果佩戴者受到诅咒，珍珠就会爆裂，诅咒就会消失。除了儿童，成人也有这些护身符、手链、项链或脚链。从我到达起持续到午夜，我们已经吃了三顿饭。每餐之间，我们吃着干果，喝着茶或伏特加，就着无数的烤面包。巴克特微醺，给我们弹起了"科米斯"，一种三弦吉他。疲惫不堪的我，请求他允许我去睡觉。他提出让我在屋后用来庆典的巨大的蒙古包里过夜。我的主人将它出租用来举办仪式、婚礼或聚会。蒙古包有好几种型号，这个是最大的，可以容纳十五人。帐篷用"雪达克"和"图切图克斯"装饰得非常精美——这些吉尔吉斯斯坦制造的地毯，在原坯色的毛毡上用艳丽的羊毛编织而成。巴克特给我讲解了蒙古包的不同部分，尤其是"通杜克"，帐篷顶部的一个木圈，三根木棍在上面交叉两次。通杜克出现在吉尔吉斯斯坦国旗上。它是团结的象征，把人聚集在一起，因为在蒙古包里，它支撑着"乌尼"——支撑屋顶的木条。最小的蒙古包有五十个乌尼，这个最大的，有一百一十个。白天，通杜克的开口向上敞开，让光线进来。到了晚上，用绳索滑动一块毛毡，将蒙古包封闭保暖。睡在这里可不是超级享受。在这个海拔高度，每天晚上都会结冰，即使在夏天也是如此。次日早上，巴克特提醒我，玛纳斯送给我的卡勒帕克是冬天的帽子，太热了，尽管我百般推脱，他还是送给我一顶轻便、洁白的夏帽。

吉尔吉斯斯坦让我着迷，我是西部片的忠实爱好者，而在这个国家我发现了那种特殊的气氛。风景、骏马、骑手们艳丽的衬衫和轻松的神态，一切都在那里——除了被卡勒帕克取代的宽边牛仔帽。在镇上，邮局门前有四五匹马，就像在索塔娜德居住的大楼院子里一样，耐心地等待着主人的归来。我遇到过被伏特加灌醉的男人被他们的马儿勇敢地抬回蒙古包。

在山里,我独自行走,但随时会有骑手从草原上出现,从山丘或山谷中疾驰而来,向我要……一支烟,这显然是一种相互了解的方式,虽然我不抽烟,但我还是买了两包烟来回应向我提出的要求。

在一个山口,迎面过来一个也叫玛纳斯的青年,骑着一匹漆黑的母马。他从马背上下来,跟我说起了他的烦恼:他的一头牲口走丢了,他正在寻找。他告诉我,这可能需要一天或一周的时间。抽完烟,他骑上马,顺着几乎陡峭的斜坡奔下,迅速消失在高高的草丛中,不知去向。一大群绵羊在四五个骑手的带领下冲进山口,然后从北面的缓坡下来。远远看去,这群人黑色的背影,就像是一块颤抖着的毯子,慢慢地从山坡上滑下来。

风声之外,一片寂静。循着老鹰的飞翔,在这饱经风霜的风景中,我发现了类似地平线的高原。远处,沐浴在蓝光中的是白雪皑皑的山峰。在下往山谷的路上,一个骑手踩着高大的雪莲,在开满蓝色花朵的灌木间曲折前行,全速向我冲来。这条将带我去巴埃托瓦的路,简直让人迷恋。我经过坐落在鲜花盛开的山谷中的小村庄,沿着溪流走在开满鲜花的小路上;它是那么狭窄,尤利西斯自己必须变得非常谨慎;头顶上方,参差不齐的山峰直冲云霄。一片红色石头挡住了我的去路,垂直的岩石,光秃秃的,没有明显的破绽。但在最下面,我发现了一条狭窄的通道。我不得不经过搬运和三趟往返来爬上这条陡峭的小路,路面散落着的大石头在我的鞋子下滚动,沿斜坡滚下去,声音很大地跳跃着,坠入百米以下的草地,伴着无力的呻吟。我先搬上去背包,接着是装着露营装备的水手包，最后是折叠起来的尤利西斯。我误以为到了平地，错误地过早打开了小拉车。还有一个陡坡，我弓着身子拉着车柄，动弹不得。三个年轻的牧羊人停了下来，询问我，决定把我推到坡顶。其中一个人拿着一副大望远镜。他们也在寻找一头走失的牲口。他们所有的食物只有一升牛奶，塞在年纪最小的那个人的夹克外套内。

巴埃托瓦村——名字的意思是"水之女皇"——拥有电话和邮局。今天是星期五，法国驻比什凯克的领事馆应该开放。我一定要拿到这份文件，没有这份文件，我就不能通过吐尔尕特的边检从而离开吉尔吉斯斯坦领土。不知道为什么，人们最不建议经此边检站进入中国。只要任意一边稍有人员聚集，边关人员就非常紧张。几天前，他们以雨太大为借口关闭了所有的边检站，就这样，事先毫无预兆。有人告诉我，当他们在那里时，两边都比其他任何地方都更挑剔游客。数不清的人从比什凯克——七百公里外的地方——长途跋涉到边境——以为自己手续齐全却不得不回头，有的甚至折返好几次！不过，我固执地坚持，那是我想去的地方。因为那里是离古老的丝绸之路最近的地方，人们都知道我对自己制定路线的严格要求……中国最著名的旅行家之一，僧人玄奘，在七世纪初，就在那儿附近的现已关闭的库克特穿越了帕米尔。据说马可·波罗也走过这段路——尽管有人声称他穿越了阿富汗。总之，这是离开费尔干纳山谷最自然的方式。

事实证明，繁文缛节在边境两边是平等的。但在中国方面，我的巴黎朋友已经做了必要的工作。我现在要做的就是从比什凯克拿到那份该死的文件，而不用荒唐地亲自去领取。给法国领事馆打电话时，让我同情起这个国家的公民面对管理他们的行政人员所受的煎熬。我打电话给法国的领事馆，但接我电话的古尔切娃·卡拉巴舍娃是纯粹的经过法国人检查和修改后的苏联官僚体制的产物。这让我发现了一种新模本。她会说我们的语言，带着一位老英国管家的干巴巴语气。

"我上周给你发了封邮件，然后……"

"我什么也没得到。"

"我把它寄给了勒内·卡尼亚特，领事和……"

"只是名誉领事，而且他没有转发给我。"

"我如何得到这份文件？"

"必须向外交部提出申请，取得文件的期限为十五天。这个国家有法律，必须遵守。"

这个我没有意见，可总得知道这条法律的存在吧。我是在极其偶尔的情况下才得知需要这份文件的。她的声音是如此尖刻冰冷，让我觉得耳朵都快冻僵了。

"能不能不用到比什凯克，在较短的时间内拿到呢？如果必须要付钱，我准备好了……"

"你必须来比什凯克，然后我们提出申请。"

"但我在五百英里之外，我在徒步而且……"

"听着，先生，如果你想侥幸……"

而且，为了打倒我，这个讨厌的女人欲擒故纵……

"不要以为没有这份文件可以过关。我们的大使也曾被拒绝过，因为他没有这份证明。虽说他是外交官，但也花了三天时间才给他弄到。就这样吧……再见，先生。"

接着，古尔切娃，一个完美的普通官僚，挂断了我的电话。

63

我现在只能求助于我在巴黎的亲爱的奇迹使者——请他们给他们在比什凯克的联络员打电话,并答应将文件一式五份传真给在边境小城的我。

你看,古尔切娃,这很简单……

五　托　康

　　过了巴埃托瓦，小路蜿蜒于绵延的山岭，我希望能在三天后看到山的另一边。早上十点左右，在海拔两千两百米的地方，地面上覆盖着一种低矮稀疏的、带着芬芳的古铜色植物，类似欧石楠，为山体披上了一层天鹅绒。过了海拔两千七百米，我停下来吃了一顿面包加奶酪的午餐。我坐在小路边，两脚悬空。景色壮观，一如俯瞰无垠的阳台。我视力所及的远方，与天空融为一体的雪峰，距我六十、八十、一百公里？如何赞美如此广阔的地平线？我从未呼吸过如此纯净的空气，凝视过此般浩瀚。眼前，在我的下方几百米处，自由的羊群在大片低矮的野草中穿越。顺风而下的云朵在地面上画出高速滑行的形状，令我想入非非：我依次看到了长胡子的小恶魔、狐狸、奔跑的玛纳斯、大臣伊兹诺古德和非洲地图……一条血色岩壁的峡谷切开了草原，仿佛利刃割开皮肉。稍远处，我天亮前离开的巴埃托瓦的那些波纹铁屋顶像镜子的碎片一样闪耀。远方，一堵巨大的白垩山墙形成了一个硕大的圆环，然后，在我视线的极限，黑色岩石和白雪覆盖的高峰挡住了地平线。一阵清风掠过山间，贪吃的绵羊和山羊对这壮丽的美景无动于衷，它们从我身边经过，对我同样视而不见。下面，两个孩子在一辆失事的卡车里玩耍，这辆车想必是在我身处的这个弯道失控后掉到一百五十米下的深渊。

傍晚时分，疲惫不堪的我在白天爬升了一千多米后，来到了托康的蒙古包，这头白色的巨兽躺在绿色背景下，在山谷的凹陷处，俯瞰着山路。烟从屋顶的管子里冒了出来。最先闯入我眼帘的是两个坐在草地上的妇女，从她们的背影看去，似乎正在和气地聊天。北面，一名骑手正策马奔腾，带回从营地跑远的母马。阳光坠落到山峰，将山峰染成血红，再把它们变成中国的皮影戏。此情此景，如牧歌、如壁雕，庄丽郑重，时光静止。我这个幸运的过客在这儿呼吸着永恒的空气。在这幅常年美丽的画作面前，我想到了那些深谙描绘静止的波斯细密画，他们用天真和纯洁，试图让永恒和日常生活共存，愉快地让转瞬即逝的事物成为不朽。

我的高度计读数达到三千四百米。太阳落山后，天一下子就冷了。今晚我不想露营。我在尤利西斯的推动下，飞快地往下跑，这也是它欠我的，从早上开始我就一直拉提着它。我向两位妇女打招呼，吃了一惊的她们听到我从背后走来，开始显得有点害怕，但马上就对我微笑了，那是奶奶和她的孙女。黄麻袋里装满了生火用的干粪。不用说，我已经是她们的客人了。我们一起向着蒙古包跋涉。我把奶奶沉甸甸的包袱放在了尤利西斯的身上。刚才看到的那位远方的骑手飞奔而来，跳下小马，接过女孩的包，他是她的弟弟。

托康在他的毡房附近等我们。他和我同龄，个子比我见过的吉尔吉斯人要高，他的脸被高原的太阳晒得黝黑，蓝色的圆眼睛亮晶晶的，仿佛里面燃着火光。他和妻子、孙子孙女、一群羊、几头牛和母马在这里度过整个夏天。小男孩把袋子扔到了角落里，凑近爷爷。他大约十二岁，头上戴着俄罗斯坦克手戴的皮头盔，有带子可以调节松紧，红色毛衣外套着一件毛皮马甲，不用任何指令，他的小马自觉地跟在他身后。他把小马拴在附近的木桩上，但不时地跳上马在繁花似锦的草原上穿梭，给在周围山坡上无政府式放牧着的畜群带去秩序。他的姐姐勉强比他大一点点，是这家人中真正的主妇。奶奶，又老又累，只负责做一些琐事。小姑娘和爷爷一起给牛和马挤奶；清点赶回山洞过夜的羊；一个在炉子上烤面包，一个往旧炉子里塞入干粪烧火。我们坐在小板凳上，围着蒙古包中央的圆桌，靠近炉子，炉子打着呼噜，令室内保持着暖和的温度，而外面则已经天寒地冻。饭菜很简单：一个扁圆的馕，托康把它掰开分给大家，最大的一块给客人。我们用馕交替地蘸取桌上两个碗里的奶油和发酸的黄油。饭后托康和我分享了一杯马奶酒。

天黑了，我们点起了防风煤油灯。小姑娘让我们把桌子搬到外面去，她并排铺了五张大羊毛垫，然后是五条大毛毯，我们就光着脚丫子睡觉，但不脱衣服。床很暖和，但被子很短，为了不让脚冻着，我得蜷腿而睡。

早餐的茶是咸味的，里面加了牛奶（马拉卡），这是我离开伊斯坦布尔后第一次不喝纯茶。托康的妻子给我准备了一大包"库洛斯"或"库洛托斯"——硬邦邦的球般大小的奶酪，无疑是用有力的手搓出来的。我费尽口舌才说服她，我不能接受黄油或奶油，它们会化在我的包里。

在这个海拔高度上，景色如梦。天冷得微微有些刺骨，阳光充足，适合步行。前几天的努力让我精神抖擞，我几乎完全从昨天的疲劳中恢复过来，如同状态良好的运动员。长满绿草的山中有许多土拨鼠，当我经过时，它们会吹口哨，然后钻入它们的地洞。我还看到傻乎乎的田鼠，它们在洞口等着我靠近时入洞寻求庇护，甚至还有几只"拉贡尼斯"，那些淘气地跳跃着的小野兔。清晨，天刚蒙蒙亮，牛群和羊群就兴奋地向山里走去，直冲清澈云霄的烟雾向我展示了有无数牧民的营地坐落在山谷中。十一点左右，我下到一个巨大的山谷，那儿均匀地覆盖着矮草。远远地，我看到一个隐蔽的村庄。我后来花了两个小时走到了那里。

天气很好，这里的自然风光是如此美好，让我有些流连不舍。我于是不慌不忙地走着，重新发现缓慢前进的微妙乐趣，大量的内啡肽将我推向徒步旅行者的天堂。更何况，我没有要求，但是慷慨的吉尔吉斯斯坦当局给了我三个月的签证。但正如天堂不属于这个世界，我还是有一个顾虑：我饿了。考虑到我的体力消耗，我的身体在饥荒中叫苦连天，而昨晚托康的那一块块浸泡在奶油中的馕未能完全给我补充体力。况且为了公平起见，我还把他给我的那块馕分了一些给了他的孙辈们……我已经吃完了所有的食物，包括冻干的巴斯克鸡——没有鸡肉，是西红柿和辣椒的混合物，名字却起得很浮夸——这是我从巴黎带来的最后的储备。但无论如何，今天早上，尽管饥饿，我还是很快乐。

阿贝特村没有杂货店。一个叫乌鲁马特的吉尔吉斯小伙子说要给我做点吃的……并立即让他的姐妹们去做，而他则在正午寒冷的阳光下晒着太阳，向我打听旅行情况。

晚上，被雷雨吓到，湿透冰冷，我在库拉克山口（吉尔吉斯语意为"耳朵"）附近的一所房子里避难。

"两个星期前,四个法国人骑着自行车从这里经过。"房屋的主人告诉我,一边把食指放在喉咙上。

我跳了起来。

"被宰了?"

他现在一定还在笑,因为,在吉尔吉斯语中,这个手势意味着我们所说的那个人已经被喂到了喉咙口……

在他的房子里进进出出着一群奇怪的人。其中有一个人脸部被毁坏、缝合、变形,据说是马蹄铁匠,他被马踢了一脚,脑袋糊成一团。四名身穿军用迷彩服、手持步枪的男子骑马从山上下来。他们正在寻找一名逃犯,但不肯多说。我们喝茶的时候,他们中的一个人不停地在磨刀,磨了很久。

我无法让自己暖和起来,晚上相当一部分时间,我就在那条确保零下十五度使用的超级棉被里瑟瑟发抖。经过库拉克山口,我发现了一个巨大的山谷,它将带我前往吐尔尕特。但我眼下的目标是"塔什拉巴特"。我已经梦想它好几个星期了。毫无疑问,它将是我今年的路线上能够找到的唯一一座与丝绸之路直接相关的建筑。在过去的几天里,我看到了两个沙漠旅馆的废墟,土质的建筑几乎什么都没有留下。塔什在突厥语中是"石头"的意思。在这些以毛毡筑墙的地区,石砌的房屋显得非常与众不同,而该地的名称也强调了这一点。塔什拉巴特,是"石头城"。

抵达塔什拉巴特要穿过一个山谷,红宝石色的岩石之间削切出一条湍流。景致非常迷人。以前去中国的商队大篷车都走这条山谷,如今通往中国的道路绕山而行,这条古道便成了死胡同。到了纪念碑前,我屏住了呼吸。这个沙漠商队旅店矗立在一个贫瘠荒凉的圆谷中间。附近的牧民族搭建了几个蒙古包，他们向游客承诺，只要花几块钱，就能分享牧羊人的生活。

历史可追溯到公元十世纪的塔什拉巴特，被认为是那个时期中亚地区最大的建筑之一。这座边长约四十五米的方形建筑是用黑色玄武岩石砌成的。拥有三十个房间的大建筑是全覆盖式的，这显得很特别，但考虑到这里每年从十月份开始并持续六个月之久的下雪天，也就不足为奇了。该建筑的起源问题有待确认。上世纪八十年代初，考古学家发现了这个地方，清理了因山体滑坡而淹没建筑物的泥矸石，据称这里先是一座寺庙，后被改造成商队旅店，继而改作堡垒，最后被废弃。导游是隔壁农夫的女儿。她用像是英语的发音背诵了一段简短的解说，一气呵成：如果不幸被打断，她就得从头开始。她的解释有时不太可信。她指着一个小墓室，上面有一块大石头，石头上有一个洞。她告诉我，食物就是通过那里传给犯人的，因为这里是监狱。但在建筑的另一端，有两个洞，但没有被穿孔的石头。迷人的孩子眼睛一眨不眨地告诉我，这里有两座监狱，一座是男人的，另一座是女人的。好像在十世纪的时候，商队大篷车里的女人太多了，所以有必要为她们建造一座特殊的监狱。有一条地下通道被认为一直延伸到喀什。从这里到喀什，对飞鸟来说距离大约有一百公里的距离，但是这条通道人们最多只探索到数米之外。至于卸货房，则被解释成"厨房"。这些房间的上方都有一个石质的圆顶，一些或许因地震而倒塌，现在也已重建。整体上这个严谨的山地建筑看起来非常漂亮。即使我可以接受它在创建时确实是一座寺庙，我仍怀疑它的景教起源。事实上，最大的方形房间有两层楼高，顶上有一个圆顶，中心有一个炉灶，让人想到琐罗亚斯德教的神庙——祭司们必须在这个地方保持永恒之火的燃烧。

在我参观归来的山谷入口处，穆罕默德·努尔佩索夫和他的妻子艾古尔在他们的小房子和附近的蒙古包里接待游客。他们的十个孩子之一古丽娜也在帮忙。古丽娜还照顾着两个小家伙，快乐又调皮的英迪拉和阿丽娜。阿丽娜是最小的孩子，她花了好几个小时来表演，弹着吉他，用单调而严肃的声音唱着童谣，面无表情。英迪拉带着顽皮的眼神，高高的颧骨色彩斑斓，就像化了妆一样。在那里，我遇到了两个法国年轻人，打算在这里度过不寻常而美好的三周假期。他们准备用微不足道的价格买下两匹鞍马和一匹驮鞍马，以游牧的方式，背着食物和帆布帐篷，到吉尔吉斯斯坦南部去游览。

我休息了一天，用来清洗和缝补我的衣服，尤其是裤子，就像往年一样，走上一千五百公里后就会破烂不堪。然后我包了一辆出租车到四十公里以外，去纳伦公路上的巴什（吉尔吉斯语："马头"）小镇。在邮局，我给巴黎打电话，把古尔切娃视为珍宝的著名文件从比什凯克传真给我。员工不理会电脑，用她的算盘计算我的消费。这笔账单比我手头剩下的该国货币苏姆要高得多。所以我不能付钱给那个有魅力的邮局职员。他没有像我所担心的那样扯着嗓门把事情搞大。他只是告诉我他不能收美元，然后陪我去了银行。可银行也不能兑换货币。我们于是就去集市。在这些地方，无论它们多么小，总能找到一个解决方案，因为亚洲人商业意识强且足智多谋。在那里，在高墙环绕的广场上，有待售的马和羊，四处可见的小食铺里的烤肉串勾起了我的食欲。几个人有意做这笔交易,但当我拿出一张五十美元的钞票时,他们吓坏了:没人富有到能够拥有如此巨款。消息很快以同心圆的方式传播,整个集市都忙着解决问题。最后是两个马贩子一起凑钱换了我的钞票。我终于可以支付邮局和出租车的费用,我还有了足够的钱在吉尔吉斯斯坦完成我的旅程。

　　七月八日,早上五点半,出发准备就绪。但是,我如果不喝那神圣的早茶,穆罕默德和艾古尔就不放我走。等茶煮好,已经过去了一个小时。我急得直跺脚。几个星期以来,我一直惶恐不安地等待这一天,这并非没有理由。在我必须跨越的帕米尔高原的两边,我将面临许多困难。与世界各地一样,这里的边境都有海关哨所。但人们在前六十公里——吉尔吉斯一侧和后一百公里——中国一侧——增加了检查站。在这片无人区,禁止骑自行车,更不用说步行了。总之,如果我不能说服双方当局,我将被迫乘坐汽车行驶一百六十公里。自从八个月前我结束了上次徒步的最后一段路程后,我就一直在思考这个问题。因此,我决定就每个国家采用两种具体办法。在吉尔吉斯斯坦方面,我会尽力说服。我和在这个国家所遇到的几个警察或军人相处得一直很好,我想今天自己能够说服卡根塔什检查站的人放我走。

　　至于中国方面,大家告诉我事情不好办。在巴黎的时候,我多次尝试联系中国大使馆,但他们对我并不热情。给大使的信甚至没有收到签收确认。在电话中,我从来没有设法越过总机的障碍。所以我试着倒过来看看这个问题。去年一月份,在我去撒马尔罕的六个月前,我特地去北京会见了法国驻华大使毛磊。这个男人身材高大，略驼背，举止优雅，打着领结。他热情地接待我，很乐观。"你的项目令人钦佩。我们会努力说服中国当局让你从边境走到图奥帕（Touopa）哨所的。他们不会拒绝你的。"唉，几周后，中国外交部的回复是"没有"（不行）。于是，我尝试了一种更"政治"的方法。曾经和我在电视台一起工作的老同行弗朗索瓦·隆克尔现在是国民议会外交事务委员会的主席。我请他代表我进行干预。热情的他甚至说服了众议院议长雷蒙德·福尔尼共同努力。两个人都写信给他们的中国同行。希望他们的办法能够具有说服力，并且边境的中国军队已经收到了命令，虽然在我离开前尚无回音。我的包里还有小心折叠后装在塑料口袋里的一封毛磊的信①，已经翻译成中文，请求边境部门同意我的要求。因此，我并不完全绝望：我必须成功软化军方的铁石心肠。

当我喝饱了茶离开穆罕默德和艾古尔的小屋时，我其实是相当乐观的。小家伙们还在睡觉，古丽娜生病了，从前天开始就躺在床上。雨势欲来，气候温和。必经之路的山谷宽阔而美丽，一条近乎干涸的河道，仍有流水在卵石上跳跃。一望无际长满矮草的草原在初升的太阳下一片金黄。走着走着我就放心了。牛群和马群仿佛听从某种神秘的召唤，正缓缓向下游移动，它们长长的影子似乎在犹豫着要不要跟上去。路渐渐地爬升，空气变得更加明亮。一向英姿飒爽的尤利西斯，在石径上蹦跳着。

中午时分，我到了阿克贝吉特村，在海拔三千两百米的山口附

---

① 原注：请参阅书后附录。

近。年轻人设置了陷阱,给我看了半打他们捕杀的土拨鼠。他们将吃掉一部分,其余的,按他们的说法,是留作药用。我被邀请去吃午饭,但我心里有事,只接受了一杯茶。现在离卡根塔什很近了,我想释下心中的谜团:他们到底会不会让我步行?

下午三点,军营出现在我的视线中。这是一连串两层楼高的白色大建筑,在这种一般只有单层楼的海拔高度,着实令人惊讶。军营被铁丝网包围,两个大大的障碍物将道路封闭。我毅然决然地走近,重复地对自己说:"要见机行事,要见机行事,要微笑……"我的心脏跳动超过了每分钟一百下,而这和海拔与徒步毫无关系。当我靠近四五个看着我走过来的吉尔吉斯士兵时,我努力地做出友好的表情,依次和他们握手。在中亚你根本找不到比我此时此刻更友好的人了。在我被要求出示护照之前,我就把纸张递到了那个似乎是领队的人的眼皮底下,上面用俄语总结了我从伊斯坦布尔出发所行进的路线的小纸片。我所希望的事情正在发生。他大声念着,他的同事们一致地竖起大拇指,表达对我的钦佩。我一边回答他们关于我吉尔吉斯斯坦之行提出的问题,一边拿出护照递给领队,他只是草草地看了一眼,生怕漏听我正在说的话。现在就只剩下最微妙的部分了:说服他们让我一直走到边境。我正准备这么做的时候,一辆从中国方向过来的汽车停了下来。下车的吉尔吉斯司机气急败坏,辱骂着边检人员。我被遗忘了。车上载着两个游客,一个是西班牙人,一个是日本人,他们向我解释说,过境出了问题,他们被迫折返。凶兆。他们的导游为比什凯克的一家旅行社工作,怒气冲冲,几乎准备拔出拳头。这是个大好时机。一个在我看来忠于职守的大胡子边检官员未加入争吵。我朝他做了一个模糊的表示,可以被理解成"再见",同时给了他一个大大的微笑。如果我被抓住了,我可以随时辩解自己不是故意的。我朝前走着,不回头。保持警惕,竖着耳朵:我听得到叫喊声还在持续。一个好兆头。作为额外奖励,又有两辆卡车到达,够边检忙上一阵子了。我用最快的速度行走着。当我觉得自己已经遥不可及的时候,听到有汽车靠近的声音……车在我边上停了下来。大胡子就在车里……他打开了车门。完蛋了,他最终用英国人的方式登记了我的出走,并将送我回到关卡……但是没有,他向我示意……上车。可这不是命令,而是邀请。所有的人都一样:他们理论上明白我得走路,但坚持让我上车……我热情地感谢他们。那人向我保证,这里有狼出没,非常危险。他说我有被吃掉的危险。说话的时候,他的下巴还发出咔咔的声音。我笑了,仍然感激地鞠躬。卡车开走了。噢!

而且这个地方又很神奇。在我的左边,近五千米高的山峰下是剥落的山脉,在奥泽尔查特克尔湖的正上方,道路转向南方。天空已经放晴,白色的太阳炙烤着无垠的大草原和草原上看不到尽头的碎石路。瞥了一眼我的海拔:三千三百米。

傍晚时分,起风了。它带来了又冷又大的乌云,又一次带来了下雨的威胁。我正在琢磨哪里可以露营的时候,发现在一座山上有一连串的地下小碉堡,这些碉堡是由厚厚的水泥板制成的,还有枪眼,它们的历史可以追溯到苏联和中国准备开战并已在西伯利亚边境交锋的时期。我检查后郑重地做出了我的选择:我就扎营在……没有被当为厕所的那个碉堡里。我在那里用一堆干粪生起了火,一开始冒出很多烟,我不得不躲到外面,但很快它就会产生一种舒适的、不会令我窒息的热量。我煮了最后的一点面条。今晚可能会下雨，但有了庇身之处的我可以免受雨水和狼的侵扰了。

　　这是我在吉尔吉斯斯坦的倒数第二天，道路还在继续上坡。我知道我正在向海拔三千五百多米的新关口进发。天凉了，我低头走在石子路上，再次被明天等待我的事所困扰：到底行不行得通呢？一辆旅行大巴从我身边驶过后停了下来，转移了我的注意力。无数手持照相机的生物们用一种我认为是意大利语的语言叽叽喳喳。看到他们的惊讶也是一种享受。这个在沙漠草原上奔走的外表是西方人的家伙是谁？找到了可以讲给朋友们听的奇闻，这群人急急忙忙地跑过来，打听，惊喜，转述，拍照，用手说话，他们为任何突发事件都已被小心翼翼抹去的严谨旅程中出现的插曲而高兴，也为终于可以移动被卡得不能动弹的屁股而高兴——天亮就从比什凯克出发——坐在斗式座椅中。当我告诉他们我是从威尼斯出发，为了向马可·波罗致敬，而我的第一本书正在被翻译成意大利语时，他们更是加倍地欢呼。临走前，他们问我是否缺点什么。

　　"是的，我饿了，有吃的东西可以卖给我吗？"

　　一个女人全身心投入，四处走动，在一次真正的食物抢劫之后回来。我甚至还得到一块残缺的三明治，一个结实的下颌在上面留下了印记。

　　下午三点左右，公路突然向东岔开，远方山峦乍现的景象是如此美妙，我放开尤利西斯，双膝着地跪坐不起。就这样，臀部陷在草丛里，灵魂飞向远方，我查看着：在被霜冻和阳光烤焦的草地上，公路还在继续，还是那样笔直，阵阵吹过的风将它弄皱成短波。在我的左边，大湖波光粼粼，几只鸟儿飞过，远得我无法辨认它们的种类。但这并不是让我感动的原因。我的目光被那堵巨大的黑墙吸住了，那边，很远的地方，在一堵同样巨大的白墙之上：我刚刚到了帕米尔。它是如此之高，如此壮观，又似乎相当具有威胁性，于是我明白了——最早敢于冒险进入这层云石雪屏的旅行者，心中并非没有恐惧。

在这样的海拔高度，他们不得不放弃双峰驼，代之以牦牛。这些长着长毛的缓慢而迟钝的生物脚步更踏实，可以在冰上前进，不会因为滑倒导致货物丢失或损坏。但它们载的货物相对要轻些，一过山，商人就找到了他们喜欢的骆驼。在牲口集市上，一匹骆驼值八头牦牛、九匹马和四十五只羊。

我们离蒙古不远，在那里，以物易物也是唯一的交换手段，他们的价值对等令人惊叹，你们自己判断吧：对他们来说，一头牛值五只羊，一匹马值两头牛，一个女人值五匹马，一杆枪值两个女人。

巨大的雨幕像海上狂风雨般席卷平原。两个邋遢的俄罗斯士兵在检查双排带电的铁丝网。我快断水了，我试着拦车，可经过的车辆很少，基本都是游客的包车，他们以为我想搭便车，都懒得理会我这个剃着光头、穿着破烂衣服、嘴里说不出什么好事的家伙。终于有一辆出租车停了下来，车里出来一位个头矮小、浑圆结实的意大利人，手里拿着相机，他开始围着我转，问了我千百个问题，同时不停地朝他妻子喊着，一个漂亮的棕发美女，头上斜戴着一顶小帽子，坐在汽车后座上。

"亲爱的，太棒了，太棒了，记下来，记笔记……"

"全秃（部）记下来没有比（必）要……"她的回答带有很重的口音。

为他们开车的吉尔吉斯司机从后备厢里拿出一罐水，装满我的一只水壶，而他的客户则继续拍摄，并指手画脚，像一只因吃了咖啡豆而消化不良的山羊。

我在离吉尔吉斯边境约十公里的地方扎营。我知道两国之间是一片五六公里的无人区，然后有一道中国人修建的拱门，标志着他们领土的界线。

虽然白天走了四十多公里，但我睡得并不好。天气很冷，几只小动物在帐篷周围游荡。其中一个碰到我放在石头上的碗，碗落地的声响引起了一阵奔跑。我试着透过蚊帐，在没有月光的夜里，用头灯照着看。动物涌入光束中，消失在黑暗中，但我心里肯定它是一匹狼。我的恐惧感并不太强烈，但一夜都睁着眼睛。这就是独自旅行的不便之处：脆弱，没有人来支持你，让你放心……一会儿，天亮了，一匹马驹来嗅闻我的营地。我吼了一声，它就跑开了。我的手和脚上长出了冻疮。帐篷顶上凝结的冻霜让我担心折叠会时把帆布弄坏。我一边在平原上跑着取暖，一边等待，等待初升的太阳融化冰霜。

当我把尤利西斯放回道路上时，我不断地想着接下来等待着我的是什么：我能成功吗？中国规定这些钱包鼓鼓的西方人要在边境等待中国旅行社接人，强制买卖。如果他们不来，那你就倒霉了，将被拒绝入境。中国国际旅行社（CITS）——中国官方的旅行社——收到来自巴黎的信息吗？王万平先生，旅行社的新疆负责人，非常友好地同意把我列入他的客户名单，尽管我不是一个很好的客户……他称我为"Walking Man（行走的人）"。既然已经知道我的计划，他会帮我说话吗？此时此刻，我觉得自己是那么与世隔离，因为没有能力处理与海关的关系和文件而倍感脆弱，以至于连在乌鲁木齐和巴黎有人记挂着我——这样的念头都使我感到安慰。

但考虑中国入境问题之前，我得先过吉尔吉斯斯坦海关。我到的时候，办公室已经关门了。我飞奔向见到的第一个海关人员。他用手势就让我冷静下来："等着。"为了克服我的期待和焦虑，我决定和一个跟我同样在等待的少年和他的两个朋友聊天。小年轻居高临下地看着我，不回答我，背过身去。是的，各个年龄段、各个国家都有白痴，这种行为对我来说，除了一个统计数值，没有任何意义。

当办公室终于开张时，检查完护照后，他们向我索要中国人发来的传真，确认他们今天正好在等我。尽管我竭力解释说自己从六月二十二日就开始上路了，没有这个文件，但是他们不管，那是我的问题。然后他们就要我出示那张重要的、曾给我添了许多麻烦的通行证。当然，他们想要的是原版。经过整整二十五分钟的战斗，他们终于指给我那扇正确的门，那扇通向中国的门。我按自己的逻辑行事，假装不知道每个人都得上车。如离弦之箭，我抓起尤利西斯就走。我有千分之一的机会。但今天我的运气不好：一个沉着脸的士兵拿着机枪横在路上，示意我坐车。必须坐车穿越两个边境哨所之间的无人区。我问那对明显是陪伴对我不屑一顾的少年的夫妇，是否同意用他们旅行社的车载我。那个男人，用傲慢的语气，给了我最愚蠢的但对他来说是无法反驳的拒绝：

"不可能，我们是外交官！"他嘴里满是这个词，像是一个小烤箱。

"……可你们在度假中。"我大胆地说。

"是的，但是是外交官。"

啧啧！他的"我们"很让我惊讶。仿佛外交官的后代，哪怕像这三个自以为了不起的人，也从摇篮里就继承了外交护照。我没有坚持，让我厌烦的外交蠢事太多了。

还是了不起的意大利游客——他们俨然蜂拥至此地——邀请我们，尤利西斯和我，坐上他们的小巴，穿越了这六公里的无人区。

吐尔尕特哨所是一个超现实的地方。想象一下，一个高约十五米、漆成粉红色的大拱门，耸立在海拔三千七百米被岩石与冰雪装点的景色中……两道金属屏障禁止通行，两名手持机枪的中国哨兵，保持着如铜像般笔挺的立正的姿态，阻止了任何强行通行的念头。我们看到大约有三十名"候选人"乘坐吉尔吉斯斯坦旅行社的汽车到达，在那里停留，直到他们的司机确定他们的客户已经通过。证明了即使真的被专业机构骗了，也不可能被放行。我们相互介绍，聊天。我们随意地散坐在地上，包括那些将尊严与我们放在同一片草地上的外交官，因为不幸的是，这里没有外交草坪。他们似乎被无尽的无聊所淹没。但和我们一样，他们也在看着拱门的另一边。那边有停车场和小楼，前面竖立着一根挂着中国国旗的旗杆。无论我们的身份如何，来接我们的汽车都会到达这里。

十一点左右，第一辆越野车到达停车场。一个穿着一身白衣、戴着高尔夫球帽的年轻女子走到拱门前，第一个叫的是我。

王万平先生没有忘记我，感谢王万平先生。我兴高采烈地抓着尤里西斯向他走去，但其中一个工作人员，挥手阻止了我的前行。他大声地向女孩吼着什么，女孩咕哝着又转身进了海关。十分钟后她出来了，看也不看我一眼，就回到车上。她要走了吗？不是。车没动。司机开始清洗车窗。拜托，我们还得等，还要等多久？被这样的焦虑所煎熬，被当作等待期末成绩单的小学生对待，简直不像是真事。

中午十二点整，年轻女子从车上下来，招手叫我过去。我越过拱门，向外交官们做了一个小小的讽刺和报复的告别手势。

"罗莎。"女孩自我介绍说她不是汉族，而是维吾尔族。她笑起来很美，告诉我我们要走了，但还有一道手续要办。我们回到办公室。我准备了大使的信，但唯一在场的士兵看到我，发出了简短的命令。

"你必须出去，你不能待在这里。"罗莎对我说。

她很快就出来了。司机把尤利西斯放进他的越野车。怎么办呢？罗莎告诉我，不可以步行，海关人员甚至连毛磊的信都不愿意看。但十公里外还有另一个边境哨所。我不情愿地上了车，失望、愤怒，但无能为力。没有电话亭，无法给或许能再次插手的王万平打电话。我把希望寄托在下一个中国边哨。或许他们比这边要更通融些？

当罗莎把海关文件交给站在下一个边哨台阶上接待我们的两位官员时，我把大使的信递到了他们面前。其中一个人大声念起来。他们笑了，然后指了指车。我已无计可施。鼻子紧贴着窗户，我看着这九十公里在眼前展现。我的损失其实并不大，难道是某种失望效应？在吉尔吉斯斯坦那边，我觉得风景很迷人；在中国这边，一条没有任何植被的石质山谷。四驱车有时会爬上泥土和石头堆成的斜坡,这些斜坡由融化的雪水带到这里,没有人清除过。当我看到一对吉尔吉斯夫妇从山谷下来时,我好不容易让司机停了车。男人驾着骡子,后面拴着两匹双峰驼。第一匹骆驼上除了包裹外,还坐着一个老太太,怀里抱着一个小孩,另一个孩子蜷缩在她身后,紧紧抓住她的外套。第二匹骆驼挂在第一匹骆驼的尾巴上,背着巨大的包裹。两个带着孙子搬家的老人。他们是被人赶走的吗?我永远不会知道。司机很紧张,要求我立即回到车上。毫无疑问,如果被人发现他停了车,他可能面临被制裁的风险。

图奥帕,真正的边防检查站,距离吐尔尕特拱门一百公里。工作人员不在乎我们带入境的金钱和物品。他们在乎的是书和磁带。

我告诉罗莎,我要留在这里,我想继续步行,因为这里已经不是军事区了。司机慌了。他想开车送我去喀什,就像他经常在吐尔尕特接的所有游客一样。我告诉他这是不可能的。他去给王万平打电话,王万平下达了命令——至少可以这么说——让"行走的人"走路。

车走了,我看了一眼我们刚刚离开的山峰。现在是下午三点钟。我就这样来到了中国,再见了面包,你好米饭!好吧,这倒提醒了我,我已经把自己带的和意大利人给的食物吃完了……在哨所附近的一家中餐馆,人们除了给我指了一下大门出口,没有任何其他解释,可能不是吃饭时间。我又试了两三家,每次的结果都一样。

过了将我们一直带到图奥帕的疾速下坡路后,道路沿途是林间陡峭的山谷。天气很热,但这在常理之中,海拔下降了一千两百多米。人行道上铺着柏油,这该让在吉尔吉斯斯坦颠簸了好几个星期的尤里西斯非常高兴。我刚走了一个小时,就遇到了一个奇怪的团队。两个人正围着一台像是拖拉机的机器,后面还连着一辆复杂的拖车。从机器的铁爪和一簇簇羊毛可以猜到它的用途:我刚刚发现了中国的梳毛机。诚然,我们正处于剪羊毛的时节。机器冒着浓烟,它没有水了。我刚装满了我的水瓶,就往散热器里倒了两瓶水,梳毛机又动起来了!问题解决了。那两个男人用手势提议我去他们家喝茶,我接受了。我把尤里西斯绑在梳毛机后面,放在机器的一块窄板上,我们就这样出发了,组成了一个最不可思议的团队。当那些外交官,你知道的,那些傲慢的"斡旋"先生,乘着一辆与他们身份相符的汽车从我们身边经过的时候,我感到非常有趣。他们应该庆幸自己没有接待像我这样的怪人⋯⋯

梳毛人住在四公里外的一个村子最靠近村口的房子里。这个村子不在我的地图上,我也无法辨认它的名字。喝饱并加满了我的水壶后,我上路了。我计划明天晚上到达六十公里外的喀什。

我在慢慢地走,观察着这个国家,这是我离开伊斯坦布尔后的第六个国家。我昨晚算了一下:今年我在中国要走一千五百公里,明年要走三千公里,从边关到皇城西安,这代表了丝绸之路三分之一以上的距离。

我意识到放弃学中文给自己增添了麻烦。前些年,为了和遇到的人稍微交流一下,我在穿越安纳托利亚高原之前,学习了土耳其语。我上过几节波斯语的课,够我读懂字母表——也就是路标——并记住了几句常用语。但我总能发现,在伊朗,即使在最小的村子里,都有一个梦想出国、坚持学英语的学生。至于俄语,我刚刚穿越的三个国家的语言,就更容易了。受法语说得很好的朋友谢尔盖的邀请,我曾经在去莫斯科旅游前学过几堂课。我至今还记得西里尔字母和几个单词。后来我又跟一个高中老师上过几节课。我在行走中慢慢地扩大着词汇量。在说着这门被我真正喜欢的语言却词穷时,一本袖珍字典就能解决问题。因为,不知道为什么,俄语就像俄国人的眼神一样让我很感动。人们可以反驳说我没有掌握任何变体,但这对我来说完全无所谓。我满足于务实的讲话,只想了解和被了解。不用说,我重复最多的两个公式是"ia nié znayou"(我不知道)和"ia nié panimayou"(我不懂)。

至于中文,我一直想试试。但这就需要一件像我这样的退休人员非常缺乏的东西:时间。第一个难点在于,汉语有四声。我没有音乐的耳朵,一直无法分清 ma(妈)、ma(马)、ma(麻)、ma(骂)……第二个障碍是,你要学会几百个表意字。我的记忆是一个筛子,里面装着千千万万的记忆,它只能留住强烈的情感和择取一些我也说不清楚缘由的画面。在脑子里记下几百个奇怪的图形,这样的前景令我蠢蠢欲动,但当我得知光"寿"这个字就有一百种不同的表意写法时,我就大声求饶了。第三个复杂的问题在我看来是最严重的:"你想学哪种语言?"有人问我:"普通话、粤语、上海话,还是五十多个少数民族所说的一百多种方言中的一种?"当我意识到我的中文之旅几乎都将在维吾尔族中进行时,我内心残存的一点点意志崩溃了。他们当然是中国人,但他们说的不是汉语,在书写和表达上都与汉语无关。土耳其人自己都说听不懂这些远房表亲的话!只有数字在两种语言中仍然相似。我所到达的新疆,一半是维吾尔族人一半是汉族人,于是我索性同时放弃了汉语和维吾尔语。我还买过一本小字典，也没带给我什么好处。用英文讲解中文，但里面的汉语单词我都看不懂，更别说发音了。无论如何，我依然期待着美丽的邂逅，在那里，心语和手语将是主角。至于其他，我的日常生活需求很简单，记住几个单词或短语，就能够吃饭、睡觉、问路。

第一天，一切顺利：通往喀什的只有一条路。但生活的世界也发生了变化：不见了慢走的马匹和穿着艳丽衬衫的骑手，取而代之的是突突作响的摩托车和拖拉机。煤油灯不见了，到处都是电，可惜的是电主要被用来制造噪声。窗户敞开着，安装在杆子顶上的扬声器，它尖叫、唱歌、朗诵、说话。面孔也不一样了：在遇到眼皮内双的吉尔吉斯人之后，我以为会看到标准单眼皮的居民。可我反而觉得自己像跳到过去。这些男男女女大多看起来像两年前我遇到的安纳托利亚的土耳其人的表亲。

房子都出自一个模子：平房，带着一个前院，四周围着高高的泥墙或砖墙。由于每座房子都占了很大的空间，而且全部面朝马路，我经过的第一个村庄实际上就是一条没有尽头和十字路口的街道。将近十公里，我穿行在墙壁和紧闭的大门之间。经历了吉尔吉斯斯坦的空旷之后，我来到了中国走廊。

我寻找露营的地方。我在泥砖厂中间找到了一个，男人们在地上挖个洞，把土和水、稻草混在一起，然后他们把土装进一个木头模具里。这些砖将在阳光下放上数周或几个月。我一边搅拌着从图奥帕买来的方便面，一边黯然地想，必须为漫长而孤独的旅程做好准备。公里数，我现在知道自己可以承受。绝对孤独，我将受到考验。

六　重商之城喀什

在一个岔路口，一个挥舞着两面小旗子让汽车改道的大兵拦住了我。此路不通。我想打听一下：禁令持续多久？但他示意我最好按照他指的方向走，否则会有大麻烦。这将让我多走十五公里，就我目前的情况而言，不过是小事一桩。

喀什是丝绸之路历史上中亚最璀璨的明珠之一。它不仅让冒险家和商人的眼睛熠熠生辉，而且也是沙皇与处于鼎盛时期的大英帝国之间所谓的第一次冷战的中心。新疆位于中国的最西部——它是中国幅员最辽阔的地区，面积是法国的三倍，却只有一千六百万人口。公元一世纪，汉朝将军班超出使西域并经营该地区三十多年。这个铁人曾为一匹马而战。当他要求带兵进入中亚的一座城市时，该城的君主同意了，但要求他杀掉自己的马。班超拒绝失去他的坐骑，而宁愿在随后的战争中牺牲掉一些士兵。

新疆在公元七世纪前不受中华帝国的控制，而喀什则在丝绸之路贸易中发挥了主导作用。事实上，对于来自今天的吉尔吉斯斯坦、阿富汗或巴基斯坦的旅行者来说，这块绿洲曾是也无疑仍是在穿越塔克拉玛干沙漠之前必经和停留的绿洲，无论是从北部还是南部进入沙漠。

公元七世纪，唐朝皇帝在此地重新站稳脚跟，以确保前往中亚的车队安全，并随后将军队推至布哈拉。八世纪初，阿拉伯人出于对征服的渴望，进入了这片绿洲。但两者都无法在帕米尔高原的另一边永久定居，这道强大的屏障，是一堵分隔两个世界的天然长城。怛罗斯之战后，中国人不再尝试在中亚冒险。而七一三年闯入这里的阿拉伯人，因发现此地无法获得安全保障而撤退。但在公元十四世纪末，帖木儿的军队洗劫了喀什，伊斯兰教征服了该地区，驱逐了佛教徒、景教和琐罗亚斯德教，直到成为唯一的宗教。其他宗教的寺庙如果没有幸运地被沙子吞没并在这种伪装下跨越数个世纪，则被无情地摧毁，绘画被刮除，塑像被砸碎。

二十世纪初的喀什处于俄英两国潜在战争的中心，双方均觊觎附近边陲的新疆，而衰弱的中国无力抵御。这里于是成了名副其实的间谍窝，俄英驻喀什领事馆牵头制造着阴谋。这场被英国人戏称为"大博弈"的秘密战役，最终以交战双方的平局告终，而中国终得以伸手。

被城市的浪漫所吸引，想呼吸一下"大博弈"和老时光的怀旧气息，我住在其尼巴格（维吾尔语，意为中国花园）酒店，这里差不多就是英国领事馆的旧址。咫尺之遥，你还可以睡在英国人的老对手俄国领事馆的豪华套房里，那里也被改造成了酒店。

如果说沙漠商队的甘露渐渐枯竭，喀什却从未失去它的贸易灵魂。周日集市是我迄今为止在丝绸之路上所经历的最精彩的活动之一。要想尝遍所有的盐味，必须在天亮之前早早起床。我雇了一辆驴车出发，穿过老城区的小巷。多到难以置信的人群行色匆匆，用红尘间能找到的一切交通工具拖着他们的货物：驴或手拉车、机动或踏板三轮车、自行车、摩托车、汽车、卡车和独轮小推车，在那里擦肩而过，仓促间相互推挤。就差没有骆驼了。人们永远赶早不赶晚，绝不错过任何交易。在熙攘中挤出通路的男人们大喊着"泼稀，泼稀"，可以翻译为"让让，让让"。这种喊叫，最初是孤立的，渐渐增加，直到嘈杂，然后随着我们越来越近而变成背景噪声。每逢周六和周日，有六万人涌入这里，还不包括专程来喀什赶集看热闹的游客。农民有时要步行好几天来到这里出售自己的产品，他们不可能错过任何一个能摆摊的位置。

这场面是如此的奇特，如此的五彩缤纷，我不断按下相机的快门，无法停止：一个买马的男人在人群中试着骑马开步；餐厅服务员小姑娘碧绿的眼睛……我的镜头不知该对准哪里，但我很快就放弃了。任何照片都无法捕捉到商业的狂热、人群的蜂拥而至、色彩、声音和气味的旋风，渐渐膨胀并将你席卷。不被卷入这股浪潮中是不可想象的，它扫向你、推着你、拖着你、举着你，你发现自己也是这大杂烩的一部分，不管你是否愿意。何况你是愿意的，因为你知道这就是生活，你甚至会向充斥着礼节、戒备、规约和小伎俩的欧洲集市投去批判的目光。也许是因为在这里，你能感觉到社群的意义仍然存在。人们投身游戏——此时你扮演的是商人——但在内心深处，每个人都觉得彼此平等，身份不会像在我们西方那样粘在皮肤上。这就是让西方旅行者如此着迷的东方魔力。怎样才能拍下从数公顷的汗水中升起的千百种气味，绵羊的油脂，烤肉串的肥油掉到硫熏炭木上升起的焦味，动物的粪便，在角落里腐烂的水果或蔬菜；或者更微妙的，那些飘荡在贩卖香料的街区上空的气味？你可以闭着眼睛逛市场，你的鼻子知道如何把你带到果实成熟的水果区或是皮革区。

在一条街上，大约有三十个鞋匠，穿着袜子的顾客坐在面对面的小板凳上聊天。鞋匠的锤子在小铁砧上响起，或者轧着他们来自另一个时代的缝纫机。再往前走，磨刀人的磨轮把铁皮刀片磨得吱吱作响，简直要扭伤人们的耳朵。这些磨轮是通过拉动绕在车轴上的绳子来驱动的，一个聪明的家伙把他的磨轮和自行车的踏板连在一个支架上，他满头大汗，原地不动地进行着自行车赛。数以百计的驴子，它们可怜的叫声被不耐烦的汽车喇叭剁得支离破碎。因为——泼稀，泼稀——时间，在他处静止，在这里变成了金钱。在视听设备专用街道上，噪声让人难以忍受，每个商家都把自己的电视机或高保真系统调成了这里唯一喜欢的调子：强悍到足以震破耳膜。最持续的喧嚣来自人群本身，有多少种语言在这里传播？最具异域风情的是那些以通用服装来彼此识别的游客：有很多口袋的长裤或百慕大短裤，帽子扣在苍白的脸上，相机或摄像机斜挎在肩上，他们急于储存这些影像、这些强烈色彩，因为只有当他们将这些编成图文并茂的故事，旅程才会成形。

在喀什的集市上，汉人不多。但是中亚的多个民族在那里都有代表。维吾尔族的当地人穿着西式服装。但其他人——吉尔吉斯人、哈萨克人、蒙古人、塔吉克人、乌兹别克人、阿富汗人——时常穿着传统服饰。许多巴基斯坦人——穿着长衬衫和相同面料的裤子——来到这里做买卖。

好长一段时间，我一直收起相机，随着人群的流动随意游走，让喧嚣渗透到我的内心。这是真正的情感沐浴，我的每一个毛孔感官都深深地沉浸其中。它太强烈，太广阔，太意味深长。你无法只待在镜头后面。你必须投身人群，拥抱人群，融入人群。饿了，我去了好几次小食铺，人们在这里迅速而安静地吃完一碗拉条子，随后又投入到疯狂的市场中。在这里，卖什么的都有，什么都能买到。每个区都按照亚洲传统，各有特色。至于刀具、糖果、帽子、鞋子、衣服，五十家店铺排成一排，卖的全是同样的产品。从来不会有明码标价。这一切都取决于卖家的销售能力和买方讨价还价的能力。在相机和光学仪器领域，三个日本人在大声谈判着一副沉重的双筒望远镜。那里，只卖干果，这里，只有用磨损到只剩下帘线的摩托车轮胎做的骡圈或驴圈——没问题，因为道路磨损的只是轮胎的外围，而驴磨损的只是两肋。在一个小小的死胡同里，一块布上用生吞活剥的写实主义画了有史以来人类所有的疾病。画布前，几位医生或药剂师展示了他们的药瓶、草药、蟾蜍、蝎子和干蛇。顾客蹲着，一只眼睛盯着图像，试图证实和安慰自己他们的疾病不包括在这张骇人的图表上。附近有一条废品街，碎片、垃圾、废物、渣滓在这里再次被重生。废金属碎片、生锈的备件、旧罐子、皮革或塑料碎片、破破烂烂的瓶子和花瓶、铁丝、油布片：这里的一切都在出售。超现实主义的惊人图像。一个有两只脚的男人正在热烈地为了一只靴子讨价还价，一位紧紧贴着骡脖子的无腿老人从他身边经过，"泼稀，泼稀"。

但所有活动中最引人入胜的无疑在此：一个我估计有两三百名妇女组成的人群在静静地循环着，她们用一只手臂或双手向前捧着她们打算卖掉的一件衣服，一件连衣裙、一条半身裙、一件胸衣。人群太密集，她们不打算像其他地方那样把自己的物件摆在地上，那像会被踩坏。每个人都既是卖家又是买家。厌倦了在这里或其他地方买的漂亮衣服，她们想以最好的价格处理掉，以便……再买一件。于是，当她们口袋里有卖掉衣服得到的现钱，就会四处寻找可以花掉的地方。价钱是低声交流的。人们用手抚摸着丝绸或羊毛，眼睛比嘴巴表达得更多。钱在流转。

有什么东西是在喀什这个千姿百态的集市上找不到的呢？喀什曾经是、现在也是丝绸之路上最大最古老的集市。这里应有尽有，数量多得不可思议，绳子、塑料袋、彩票……一位老人正在给麻雀诱捕器粘上一粒玉米粒饵料。另一个人拿着西瓜和大刀在人群中走来走去，按客人的需要卖他的瓜片。孩子们头上顶着大托盘，提供糖或蜂蜜蛋糕。一个大胡子男人，戴着吉尔吉斯的卡勒帕克帽，手里牵着一头山羊，正为买一把铁锹而讨价还价。

阳光与疲劳驱使我离开。我虽然习惯每天走三四十公里。但比起在吉尔吉斯斯坦攀登山口，碎步行走和情绪激动更令我疲惫。

在诺尔贝希路上，有一扇小门通向城市心脏——艾提尕尔清真寺后面的公园。那里有一种仁慈的宁静，被人群与激情灌醉的我在那里休息了一会儿。

与一个正在打着一口紫铜盆的铜匠为邻，一家维吾尔族小餐馆里顾客盈门。外面，四个男人正不知疲倦地将分成四份的整羊切成肉块，把它们穿在串子上。里面，人们挤来挤去，蹲在长凳上。犯不着等干净的杯子，你得在邻座起身时抢过他的杯子，用沸腾的茶水洗一洗，然后把茶水泼在地上。电视在尖叫，每个人都在大声喊叫，希望听到彼此的声音，或者从像野兔一样奔跑忙碌的服务员那里点菜。在熊熊燃烧的炭火下，烤肉串爆出一滴滴的脂肪，这些脂肪被点燃，散发出淡淡的味道。绿茶按升供应，装在大铝壶里。

围绕着清真寺，铁匠区的小街小巷就像天花板上悬挂的防蝇纸一样吸引着我。我被粘在人行道上，或者钉在路中间，为这种奇观倾倒。自古以来，这里制作着数百种物品，用铁、织物、铜、金和石头、玻璃、木头。从斧头到传统的帽子，还有珠宝或面包，所有东西都是在沐浴房大小、堆满商品的摊位上制作的。工匠和他们专心而脏兮兮的小徒弟，就在人行道上工作着。木工、裁缝、面包师、铁匠、帽匠、刀匠、锡匠、金匠、机械师与餐馆、书店、牙医、鞋匠和旧货商一起工作。劳动大学就在这里。没有教科书，笔记通过眼睛记录。在理发店里，我为准备进沙漠而剃掉胡子和头发，师傅俯身为我服务，后面，三个学徒正专注地看着，严肃认真地欣赏着这些果断的手势。幸亏我只能随身携带必需品，否则我会买上一千件又精致又没用的小东西。一九九七年，在同一个喀什集市，我曾在一个老工匠面前停下来，他正在给一双精美的马靴鞋底钉钉子。皮料很美，男人的姿态如此令人钦佩，以至于我买了一双后来从未上过脚的靴子：我不骑马……这是纪念那一刻的一种方式，纪念在那里如此普遍、在我们的国度却如此罕见的用手和眼进行的交流。当我偶然在家里看到这双靴子时，那个老人在黑暗的店铺里弯腰干活的形象就以摄影般的精确浮现在我眼前。

与北京最后的老城区被夷为平地完全不同：在十九世纪末被一系列专制军阀所孤立，在帕米尔和天山边境先后因苏联和中国革命而被封闭的情况下，喀什令人惊奇地保留了它的街道、商店、商业传统和集市。我在这里呼吸、憧憬着让旅行者痴迷的丝绸之路当年的气氛。我怀疑自己是否还能在其他地方找到如此原汁原味的氛围。喀什可能是伊斯坦布尔和西安之间唯一一个将自己的个性坚持到底的城市。非常遗憾的是，我只能住在豪华的酒店，如果我有幸受到当地居民的接待，我可以在一瞬间想象自己回到远古的时光。

不过，这里行政管理却相当"现代化"。我想去参观一下大名鼎鼎的丝绸之路博物馆。终于找到了，但是……

"十一点了，"门卫告诉我，"已经关门了。"

"你们的小册子上说营业时间一直到中午，不过没关系，我下午两点再来，因为指南上说你们的营业时间是……"

"啊！今天下午，我们例外不开门。"

"那明天……"

"也不行。我的钥匙丢了。"

因此，我没有参观"遗迹"就离开了这座城市，但我不在乎，周日集市已经让我充满了快乐。

我花了四天时间休息，同时为余下的行程做准备。前所未有的奢侈。一个丑陋的发烧水泡出现在我的嘴唇上，这是过度疲劳的警告信号，也表示由吐尔尕特边防站所产生的焦虑有所缓解。我像个食人魔，一天吃六顿。在诺尔贝希路上，穿肉串的人都能认出我，向我打招呼。毫无疑问，西方人很少会冒险来这种小吃摊。老板给我的是当地人的价格，我每次都要双份的面食和肉。一个由讲师和中国画专家埃马纽埃尔·林科率领的法国旅行团正途经喀什。我把一些笔记和胶卷托付给他们，托他们带回巴黎。我们一起吃饭。从撒马尔罕出发后，第一次有机会说法语让我很愉快，可能也是我到达吐鲁番之前的最后一次——吐鲁番，我今年徒步的终点，在塔克拉玛干之外，距离美丽的喀什一千五百公里……

七　沙漠中的水洼

我没有太多的时间旅游，但在离开喀什之前，由于没去成博物馆，我打算去拜访一下香妃。她的维吾尔族名字叫伊帕尔罕，汉语称为香妃。她的命运奇特而悲惨：丈夫是一位维吾尔族首领，在十八世纪中叶煽动并率领谋反皇帝，失败后被处决。他的妻子被带到北京做俘虏……不久之后，她就成了王子的宠儿。她的秘密是带有天然芳香，这种气味对男人有催情作用，尤其是对皇帝。皇太后认为一个囚犯让皇帝坠入情网相当匪夷所思，决定了结此事。她强迫香妃自杀。也正因为如此，在人们于十七世纪末为其祖父建造的一座非常漂亮的、由一个圆顶和四个尖塔构成的陵园里，伊帕尔罕有了一个坟墓。一百二十个人用轿子花了三年时间才把她的棺材运回喀什。

休整了四天后，我于八月十四日离开了这座城市。等待着我的是险恶的塔克拉玛干大沙漠。它是巨大的，想象一下：三十万平方公里，相当于半个法国。它名声悲惨，名字在维吾尔语中是"一去不返的地方"。古代文献和马可·波罗都谈到恶魔会召唤旅行者将他们引入歧途。地理和历史与传说并不矛盾。从天山倾泻而下灌溉绿洲的湍流变得稀少。没有水，居民别无选择，只能离开这些死城。从十二世纪开始，整个绿洲都消失了。人们认为约三百个城镇或村庄被埋在沙下。当地人声称，在十九世纪，塔克拉玛干沙漠一天之内就吞没了三百六十座城镇。挖掘发现了一些遗址，其中埋藏着具有考古价值的宝藏，但很大一部分被欧洲或美国的"坏蛋"拿走，送到了西方的博物馆。

夏天那里很热。冬天，温度可以从白天的四十度下降到夜晚的零下二十度不等。旅行者很少尝试进入这片沙丘海洋。和现代的道路一样，商队大篷车经北部吐鲁番或者南边和田绕道沙漠。我选择走北线。两条路线均从喀什出发，在玉门相遇。玉门关曾经是中国西部边域的标志。

我选择的出发的日期有利于行走。六七月份到八月中旬，这里的气温太高，难以行走，我因此欣然选择宁愿在费尔干纳山谷而不是在沙漠里被炙烤。按原计划，我应该在八月底走到这里。但和往常一样，从撒马尔罕出发，我比计划提前了十多天。

没过多久我就走出了绿洲，充分休息后，我走得很快。在我的左边，像一堵土墙的是——天山山梁，我将沿着它走到吐鲁番，一千五百公里。右边，向南，是沙漠，一望无际的凝滞的海洋。至少可以说，这种印象是独一无二的。通常，当地面平坦时，它会向地平线弯曲。这里却完全不同。地面一丝不苟地平坦到无穷尽，直到白色雾气将天空和大地淹没在同一片蓬松的朦胧中。道路在接近山脉时不知不觉地起伏上升，但大部分时间都是笔直的，完全水平，没有地标，也没有什么能引人注目。时而有两三栋房子乍然出现。位于道路边缘的土坯房里，餐馆、修车铺，或是躲在临时支起的帆布篷下卖饮料或瓜类的小商贩，在此赖以为生。

从这第一个下午开始，塔克拉玛干就向我传递了一个信息：穿越它并不容易。北风升起，带来了难以触及的细微粉尘，淹没了所有的视野并隐藏了太阳。第一天就遇上沙尘暴，我运气真好。如果说沙风的好处在于能够稍微降低些气温，它却令人感到很不舒服。帽子扣在头上，脸上包头巾，戴着眼镜，我沿着这条路行进，有时会有一辆大卡车出现，仿佛从干燥的大雾中冲出来。

但这并不影响我的状态，我轻松地走了五十公里。歇脚的村子根本没有旅馆。我问坐在自家院子门前的一位维吾尔族老人，我是否可以付钱在他家住一晚。他一言不发地起身离开，回来时递给我一个馕，维吾尔族人爱吃的圆面包。刚出炉时很好吃，但很快就会变得像石头一样硬。那人挥手示意我到别处去吃这个施舍。这种傲慢的、拒绝与我这样的人为伍的姿态激怒了我。我郑重地把干粮还给他，然后一口气走出了这个村子，不愿再受第二次羞辱。我在两公里外的一个角落扎营，自以为这里很安静。但当我搭好帐篷、点起火来给自己煮汤的时候，一群好奇的年轻人就拥了过来。他们的笑声和喧闹，让我从他们父辈的傲慢中得到安慰。

晚上八点左右，有几滴雨落下。不足为奇：新疆的这部分地区只在夏天才会有罕见的降雨。但是半夜一点的时候，我被一场伴随着强风的大雷雨惊醒。毫无疑问，帐篷的帆布防水性很差，里里外外雨下得一样大。而且因为我把帐篷搭在一处低洼处，这里此刻正在形成一条越来越大的溪流。匆忙中，在黑夜和暴雨中，我赤身裸体，点亮唯一的头灯，开始紧急迁移。虽然我快六十四岁了，仍是个初级露营者，但种种问题将很快让我得到锻炼。定向失误的帐篷在暴风雨中像降落伞一样膨胀，顽固地拒绝点燃的火，没有固定好的饭盒掉到了炉膛中并熄灭了火苗，绳索未拉紧的外帐在风中起飞并迫使我疯狂冲刺追回它，我在错误中学习，并迅速上手。

在潘索伊诺（Panshouïno）的一家餐馆里，一个自称叫伊木尔的维吾尔人是个财迷，把我当作一个很有钱的西方人。他在客人面前高谈阔论，询问我所有东西的价格。我依次拒绝给出我的裤子、我的相机的价格……问到我的手表，他改变了策略。

他自信地说："我买了。"

这块表，看起来像腕上电脑，它同时是高度计、气压计、温度计，因为被人太过觊觎，已经给我带来了麻烦。在一张纸上，伊木尔写下了"一百元"（十七欧元，可这块表价值两百三十欧元）。他想这样以假知真。我就和他玩这个游戏。

"不够。"

"两百？"

"差远了。"

"四百？"

我拿过他的纸，加了一个零。

"四千？"

他简直不敢相信自己的眼睛，这对他来说是一笔巨款。我不动声色地加了一个零，然后再加一个，大家都笑，除了伊木尔。我逃过了一劫：这群人不可能猜到这东西的价值。

金钱在这里是一种痴迷。在我徒步的头两年，到处是让我难以应付的慷慨。和其他人一样，我很感激别人送给我的礼物，但很难接受明显比我更穷的人的馈赠。但几乎在中亚的任何地方，包括有时在旅馆或餐馆，尽管我坚持，我的钱都被拒绝了。对于孩子们，我给了他们小徽章或糖果，但我没有什么可以给大人，我的交通方式使我不可能为在路上遇到的那么多朋友预备礼物。

从图奥帕开始，我就发现西方人到餐馆吃饭被看作必须充分利用的意外横财。在过了边防的第一家餐馆吃饭的时候，老板在纸上给我写了价格：十块钱。后来我得知，这是双倍的价格。三四个消费者介入，解释了一些我很快就明白了的事情，他又拿起纸写了：二十块钱。在中国，对外国人征税的指令在上个世纪九十年代之前一直在正式的服务机构广泛适用。近几年来，政府"正式"禁止对"大鼻子"抬高价格。但是看来这个信息未被上情下达。在接待外国人的酒店里，显示的是给外国人的价格，对待中国人，员工把这个价格除以二、三、四。在餐馆里，价格一般是正常价格的两倍。只有街边小店不实行这种排挤——比涉及金额更让人恼火的排挤原则。

纵观历史，尤其是丝绸之路最鼎盛的时候，商人也是要交税的。当地首领向他们索要贡品才放行车队。如果不满意，就把车队洗劫一空。于是这些旅行者就付钱，而且他们也付得起，因为他们从贸易中获得的利润是巨大的，有时甚至高达十倍。普林尼在一世纪时写道："在这些土地上的无数民族中，一半以贸易为生，另一半以盗贼为业。总之，这些国家是世界上最富有的国家，因为罗马人和帕提亚人的宝藏都流入了他们的手中。"向西而去，商人们带去的当然不仅仅是一卷卷的丝绸，还有皮草、陶瓷、青铜武器、肉桂、大黄——不是作为蔬菜，而是作为药材。回来时，他们带着黄金、宝石、玻璃、象牙、香水、珊瑚、藏红花、香料和化妆品。他们带回让长安宫廷渴求的奇珍异兽：鹦鹉、孔雀、猎鹰、羚羊，尤其是鸵鸟——"骆驼鸟"，让皇帝和他的臣民们着迷。车队后面还经常跟着从西方"进口"来的人：侏儒、杂技演员或杂耍演员。

不断被人当作钱包,无法与人交谈,我感到自己旅行的本质已经发生了变化,失去了当地人自发的欢迎,我这个行者变成纯粹的徒步者。走路,露营,吃饭,睡觉,然后继续走路,这就是我目前的旅程。在中亚那边,我在朋友间漫步。在这里,我在供货商间徒步。但我尽可能保持谨慎,不以偏概全。我相信将会有精彩的邂逅。

比如一辆邮局的货车停了下来。我认得那个司机,昨晚我的水壶空了,向他讨水。他的罐子里只有茶水,分给我一半。这些被称为"罐"的是汉人的奇物,他们没有一个人不带着"罐"去工作。早上在里面放几片茶叶,然后随时按情况往里面加水。傍晚时分,水已清得没了茶味,但无所谓。在任何一家餐厅,总会有装满热水的保温瓶用来灌茶罐。不需要成为顾客,只要进去,自取自用,然后离开就可以了。为了方便或避免烫伤手指,中国人往往把它拿在手里或用绳子拎着……大多数时候,"罐"很简单,就是装速溶咖啡的那种罐子。但有些人的非常精致,是一个包着皮革或钢壳的小保温瓶。因为昨晚没能帮助我而失望的司机,今天早上买了一瓶泉水送给我。不过在这之前,我已经自己解决了问题。像他送给我的这瓶二百五十毫升矿泉水,我在一个小时内要喝掉四瓶。这个热情的男人一定是把我的事告诉了他的同事,因为现在所有中国邮政的货车经过时,都会向我友好地按两声喇叭,挥挥手。

那天早上,我还认识了赛普拉和他的摩托车,他是个维吾尔人,一头蓬发被疾风吹得乱七八糟,这里没有人戴头盔。他已经很久没有刮胡子了,但穿着一件很优雅的黑色衬衫。我觉得他看起来像意大利南部卡拉布里亚的农民——虽然我从来没有见过一个卡拉布里亚农民。他把摩托车停在我边上，跟我打招呼，然后围着尤利西斯绕了一圈，像所有欣赏我的小车的人那样，摸摸车，爱抚它，按按车胎检查充气状态。

"右边的瘪了。"拇指压在橡胶轮胎上，他发现了问题。

他回到自己的摩托车上，拿出一个用绳子精心绑好的打气筒。可惜中国的喷头和俄罗斯的阀门不配对。赛普拉一分钟也不浪费。他发动了摩托车，用手势告诉我轮胎很快就会彻底瘪掉，如果我坐他的摩托车，我们还来得及在这之前赶到村里。然后我们就出发了。以五十公里的时速，尤利西斯飞快地跟在摩托车后面。我观察着轮胎的状态，担心太瘪了，胎圈会割破橡胶。在修理工修理轮子的时候，我邀请赛普拉去吃午饭，但他没时间，脚踩油门骑尘而去。于是我一个人吃着"萨伊"，一种用甜椒、茄子和辣椒煮的面条，同时观察着一群人围着尤利西斯转，并对我这位一副大明星模样的旅伴做出很肯定的评价。

在村口，怒放着紫色的红柳花朵，像法国国庆阅兵的火箭般在黑色天空中划出长长的彩色轨迹。山上也点缀着奇特的色彩：岩石的白色、面包的焦黄、酒瓶的深绿、仙人掌的碧绿，以及红色……就像一个巨大的向东延伸的调色板，被太阳的行进不知不觉地改变着色调。有时道路会升起，让我猜想有关南边塔克拉玛干的第一批沙丘。在这片死寂的空间里，很远的远方，生长着金色叶子的胡杨树。为了找到水，它们的根会深入到地下十五米。人们说它们需要一百年来成长，一百年用来死去，而在倒下之前，它们仍会屹立一个世纪。而且，这种木材非常坚硬，需要三个世纪才会化为粉末混入沙土。

日子一天天过去，我开始喜欢露营，它意味着主动的孤独。起风后搭起帐篷，用大石头固定外帐以抵挡突然降下的暴风雨，找木头生火做晚饭；要做的事情不少。好处是在这里我用不着浪费时间洗碗。水太宝贵了，不能为这样的事情或洗漱投入一滴水。然而，出于一种古老的资产阶级本能，我会花点时间刷牙。做完这一切，做好笔记之后，我才任由自己享受沙漠之夜，看夜幕降临。夜先是轻轻地下降，就像慢动作一样。南边，地平线逐渐模糊，与此同时，在西边，山峰将自己包裹在明亮的光晕中。我躺在沙漠中，吮吸着一片甜瓜，我着迷地看着太阳的抵抗，突然被大山发亮的牙齿一口咬碎。虽然被吞得干干净净，它还是散发出几道光芒，灼天烧云。时间在飘荡。睡眠窥伺着我。第一颗星星发出信号，千余盏星星随后亮起。这一刻，我体会到经过下午四十度高温后，相对的清凉落在沙漠上。肌肉终于放松了，一天的辛苦将我的能量燃烧、销蚀、磨光。我溜进帐篷休息，在硬邦邦的地上，我像树桩一样睡着了。想到自己躺在安静的诺曼底家中舒适的床垫上却长时间失眠，是多么的讽刺……

如果说我在黄昏时分被沙漠诗意感动，那么甚至在旭日东升之前，我就已经跳出帐篷，投入到白昼的战斗中：在今晚之前战胜地图上的这个小黑点，即使高温酷暑，柏油熔化，以及此时此刻似乎对我充满敌意的浩瀚无涯。只有当我回到路上时，沙漠才变得友好些，它通常仅呈现给谨慎探测的内行人。这里，有一簇骆驼草，奇迹般地逃过炙烤，虽然枯萎了但没有死去。那里，是一个小山丘，无限空间长出的疣子，在沙地上投下一个微不足道的阴影。一片鹅卵石滩，是由什么水流带来铺在这黄沙之上？极目之处，强烈的光芒渐渐萎缩,连同几朵云与地平线融为一体。

一天早上,水在我唯一的一口锅里沸腾着,我回帐篷里去拿面条,这是我每天的早餐。我看到一只巨大的蜘蛛爬过我的睡袋,通体略呈透明的美丽的绿色。自土库曼斯坦的卡拉库姆恐怖事件之后,我对这些爬行或蜇人的虫子的恐惧感加剧了。我赶紧抓起睡袋,把它扔在沙地上。但无论我怎么看,举起来,翻过来,都没有看到它的踪迹。我小心翼翼地一边责备自己这种非理性的懦弱,一边回到帐篷里进行系统搜索。它不在我的鞋子里,不在我的食物袋里,也不在双肩包里——我把包里的物什都倒在地上,一件件地检查它的可能藏身之处。我还翻出了帽子的内里——最后一件尚未检查的物什。仍然一无所获。它会在哪儿呢?我又在空荡荡的帐篷里窥探了一圈,没有看到,一定是回到它离开的那个洞里去了。我匆匆吃完饭,像每天早上一样焦急地想在被高温压垮之前尽可能多走几公里。我把整理好的物品装进尤利西斯就上路了。一整天我都幸运地忘了这个折磨,但当帐篷搭好时,我又想起了那只蜘蛛。不知道为什么,我始终心存怀疑。我打开帆布帐篷的拉链,仔细看了看里面:什么都没有。我进入帐篷,时刻警惕着,审视着里面的每一个角落,什么都没有。这时我才有了抬头的念头——它就在那里,用它那超大的腿紧紧地抓住织物,一动不动,生机勃勃。没有多问自己它如何在卷起的帆布里幸存下来,我冲出帐篷,找到一只拖鞋,朝帐篷顶上猛力一拍,它掉到地上,刚落地,我立刻用比恐惧强烈十倍的暴力将它碾碎成一摊湿泥。我恢复了平静,但对自己的姿态并不是很得意……它对我做了什么,这只蜘蛛或许并不危险?是时候表现出遗憾或悔恨了,现在我恐惧的对象已经被杀死了!我在这片沙漠中难得遇到一个生命……

　　村庄对我很有吸引力。我对那些我不懂意思的美丽名字很敏感：安守伊莫，西克库莱，五道班①……索菲帮我翻译了一些：比如Sankakou，"三岔口"，还有那个听起来很好听的San Tien Fang，实际上是"三号监狱"。遗憾的是，这些城镇的现实却没有誊写出它们名字中的诗意。沿街的几间房子都用来经商。一个天棚下，两三张桌子，梁上挂着一只羊的残骸，羊肉按客人的需要随叫随切：这是一家餐厅。我有时会受到微笑的欢迎，但最常见的是某种奇怪的冷淡。诚然，我感受到的冷淡往往是极度害羞的表现：证据是，在老板对我古怪的装备表示好奇之前，店里的客人们既不动弹，也不走动。当他们感到自己被许可后才会走近，摆弄一下尤利西斯，然后很快回到他们自己的事情中。中亚那种对陌生人强烈而热情的胃口到哪儿去了？那些在土耳其、伊朗或乌兹别克斯坦的美丽邂逅呢？我已落入另一个世界，"落"字很准确，一如落入水井。

　　这家伙进来的时候我刚吃完午饭。想必是被人们特意叫来的，因为他径直向我走来。一脸胡子，戴着传统的头盖帽，目光灼灼，这类人物我已遇到数百次，并不陌生。而这一位直奔主题：

　　"你是穆斯林吗？"

　　他的脸色很不友好，但我不得不回答。

　　"Meyo（不）。"

　　"你从哪里来？"

---

① 此处按作者用法文拼写记录的村庄名音译。

我把我的证件拿出来。他大声念了起来。客人们开始靠近,一边听他说话,一边带着没有恶意的兴趣打量着我。但大胡子开始对这群人高谈阔论,不用翻译我也能猜到,在他看来,我在说谎。我不可能从中国边境走到这么远的地方,这个无知的人显然根本不知道撒马尔罕在哪里。啊呀!如果我是穆斯林,也许这一切还有可能,可是没有真主的帮助,我怎么能走这么远的路呢?他抓起我放在桌上的地图,指着三十公里外的五道班。

"你说你一直走到那儿?"他装作开卡车,"你是搭便车吧。"

我站起来,走到他旁边,指着我平坦的肚皮和他的大肚腩,然后做出快步走的样子,建议道:

"跟我走吧,这样你就可以减肥了。"

看客们都笑了。他坐到了他们中间,开始了能让他显得闪闪发光的聊天,故意不再理我。

早上出发的时候,我向自己承诺晚上到达五道班,相当于日行四十五公里。虽然很累人,但说不定那个村子里会有旅馆,没准还有水?

大路封掉了。瞧,这就是等待你的惊喜,将你在黎明曙光的欣快中精心构思的计划化为泡影。我打算重蹈小路。与此同时,推土机正在山脚下的碎石间勾勒出一条轨迹。卡车扬起的灰尘让我呼吸困难。我开始缺水了。尤利西斯在锋利的石头上颠簸。始终未见村庄出现,但天色已晚。我决定就在上坡段的中间、靠近小路的地方搭帐篷。我睡得很不好,一直有卡车在这片被开膛的地面上呼啸而过的声音。一大早,我爬完了上坡段,发现五道班……就在下面,

"村子"只有两座房子：我的餐厅和尤利西斯的"车铺"。我刚吃过饭，尽管如此，我还是点了一盘面并向他们要水。人们指给我遮阳篷下的一个铁罐。修理工大概也用这水，因为有彩虹色的油斑漂浮在引人入胜的浅绿色表面。但我不能挑剔，我灌满了我的水壶……

不断地遇到封路改道，尤利西斯压过一块石头又跳入一个土坑，一个没有固定好的水瓶在我不知情的情况下掉了下来。一个刚从我身边经过的司机看到了。尽管路况糟糕，还带着拖车，他还是成功地将车掉了个头，追上我，把水瓶还给了我。我不断地向他道谢，并要付给他钱，但他不要。如果没了这五升水，我的处境将非常困难。不久之后，一辆长途客车，接着是一辆挤满一家人的汽车，停下来叫我上车，因为他们说，坏天气就要来了。瞧，它真的来了。我刚走上柏油路，沙尘暴就到了。它太猛烈了，吹起小石子向我横扫。我只好下到此处一个足够深的沟壑里保护自己。暴风雨越来越猛烈，一个司机顶着风给我送来一个西瓜，不等我说出谢谢（无论如何将被风声掩盖），就跑回他的驾驶室。沙云遮天蔽日，黑暗降临大漠。能见度为零，汽车必须停下来，根本看不见路。呼啸的风是疯狂的。雨骤然而至，坚硬而冰冷。它从路上滚滚而下，侵入了我必须撤离的沟渠。埋头，靠在尤利西斯身边，蜷缩在通常用来保护行李的油布上，等待着滴落在我的庇护伞上的喧杂声停止。这狂风的嚎叫，是塔克拉玛干的魔鬼们的讥笑。

十分钟后，雨将天空洗刷一新，火热的太阳重现后，不一会儿就把一切都烘干了，如果没有映照天空的水坑，人们会怀疑刚才发生的一切。雨一停，司机就走了，来不及跟他分享西瓜。我给自己切了一大块。我这样做是对的，因为，不久之后，它就会无声无息地从我绑着它的小车上掉下来。现在，我肯定会弄丢自己的"财产"的。我确实没有中国人的技术，他们能在卡车上绑上最不可思议的货物。

在离三岔口很远的地方，从矿区升起的烟雾就预示了人烟。大型的黄色机器把石头运到炉窑。灰烬散落在村子里，给村子抹上了一层灰。在沙漠一侧的路上，约有十余间房屋一字排开；另一侧，是在路边骤然而止的山体，远远看去，就像一头大怪物，它把头埋在沙子里，身上长着千百片锋利的鳞片，蹲在地面。人们给我的水是用塑料罐装的，取自前面稍远的地方，因为井里的水是咸的。在我点了一大碗面条的客栈里，两个警察坐下来盘问我。其中一个长着小眼睛，嘴唇上留着细细的小胡子，他指了指我的衣服，捏起鼻子。我知道，我身上有股臭味……但我没办法，只能等到了阿克苏再洗衣服了。小警察说，完全不用等。五分钟后，他带回一个女人，要了我差不多一欧元，把我推到一个房间里去换衣服，抓起我的衣服就放进了一个有泡沫的盆。天气炎热，空气干燥，我的面条刚吃完，她就把我的衣服拿回来了，她还没能把我的衬衣重新洗白，但这种想法很不现实，我的衬衣毕竟已经浸透了污垢，沾满了泥土，这些红色的尘垢加上我的汗水，从某种程度上已经为衬衣染了色。我重新上路，干净得像一枚新硬币。可惜的是第二天，汗水和另一场沙尘暴将毁掉这个值得称赞的体面。但我为什么要这样的体面呢？有时我会认为，这被我习惯了的肮脏，能让我更容易融入人群，融入风景……大多数我遇到的人，和我一样也是全身上下披着污浊外壳。

在萨金瑟（Sadjinseuh），我喜出望外地看到了树木。我感受到的快乐与自己那被树林包围的诺曼底房子有关。拥有一棵树是多么幸福！手握铁锹的沉思多么令人陶醉！生活在这样的富裕中，我是多么的幸运！但是这里虽然有树，却没有酒店，连"宿舍"都没有。我已经遇到了好几个以卡车司机或从远方村庄"进城"卖农产品的农民为客人的"宿舍"。只有在大中城市才能找到符合西方标准的酒店。人们把这种宿舍称为旅馆。价格，起码对我来说低得离谱，一晚上不到一欧元！它们的模式都是一样的：一个大院子，足以停下二十多辆卡车。入口被铁丝围栏封闭，夜间上锁。在它的周围，沿着高墙有二十来个房间——每个相当于边长两米的立方体——光线来自唯一的一个窗口。全部的家具就是三张单人床，其实就是倒扣过来的木箱子。老板绝不会辛苦自己去洗床单、枕套和被套，只有当垃圾多到关不上门的时候才会动一下扫把。相反，要打开门却没有任何障碍，因为几乎所有的锁都是坏的。院子作为卡车的修理坊，沾了污油的湿泥会粘在鞋底上。可比起沙漠露营，我更喜欢睡在旅馆里。我钻进铺在睡袋上的缝起来的床单中，把自己与周围的污垢隔离开来。

就旅馆的特征而言，它们与中亚的商队有着远亲关系。我不知道丝绸之路时期的客栈、公馆是什么样子。想必也是这么脏的吧。公馆原本是留给皇帝的使臣和使者的，只有在有空余的情况下才会接待朝圣者和商人。在中国社会的等级阶梯中，这些人的地位低于农民，仅居妇女之前，就是说……服务行业曾是这个等级森严社会中的无产阶级。

一场新的风暴正在逼近。我在村边发现了一座废弃的房子。我打算就在这里过夜。在我发现的第一个房间，我放好了尤利西斯。虽然没有门窗，但屋顶状况良好，可以为我遮挡堆积如山的大片乌云。我检查了一下面朝院子的房间，发现了一大家子不速之客。他们的卡车抛锚了，车就停在后院，两个男人正在修理。和他们一起的，还有一个女人和三个少年。他们从未见过西方人，现在正好有机会，所以非常乐于分享这个栖身之所。整个晚上，他们接二连三地来观察我，笑着看我的一举一动，而且兴致很高地评论。临睡前，我意识到他们从未——他们缺牙的笑容可以证明——见过刷牙。对他们来说，这个节目是如此的非同寻常，以至于我开始刷牙的时候，在年龄最小的那位的提醒下，他们六人在我面前排成了一行。我对这种闯入我的露天浴室的行为感到尴尬，转过身背朝他们。但他们绕着我跑，又排好队，显然不想让我剥夺他们观看的这个奇特表演的机会。我只好顺从。但到了不得不吐掉的时刻，我不想对着他们的方向吐。于是我转过身去，但他们又滑稽地跑过来，目瞪口呆地看着我漱口。早上，毫无疑问，为了感谢昨夜那场盛大的晚会，那个女人来邀请我一起吃早饭。但我早就吃过了，准备走了。我在废弃的房子前给他们拍过照后就走了，可惜他们不会写自己的地址，我不能把照片寄给他们了。

八　野　店

　　我走在这条平坦、均一、毫无意外的道路上。因为没有人说话，我就自言自语。我试图回答这个经常被人问起而我又很难回答这个问题：以巨大的欢乐和美丽的邂逅，当然还有恐惧和痛苦为代价，我来到这片沙漠和帕米尔高原寻找什么？慧心吗？但，是哪种慧心？难道是这种属于苦行僧退隐的祖传的宁静？因为我毕竟是"退休"了。我不清楚等待自己的命运。慢慢地，随着我蜗牛般行走的节奏，因了沉思和孤独，答案在一小步一小步地浮现，它也许不合时宜，但它是我的，是渐次经历风景、反思与相遇后形成的。的确，我是想从似乎侵入我们社会的疯狂中抽身而退。这个世界节奏太快，像个疯子。因此，当务之急是放慢脚步。但我不想逃避，更不想停止前进。我只是想试着依照思维的节奏来生活，行走减慢了这场与死亡的竞赛——被人们误以为是与生命竞赛——它占据了我们所谓的文明社会。在我看来，这些所谓的文明社会，只存在于电视扭曲的镜头中。

　　在问自己要去哪儿之前，从撒马尔罕开始我就一直在以小阶段的思考，试图弄清楚自己离开的原因。而最重要的是，我迫切需要明白自己来自哪里。促使我离开的原因，首先是整个人生中被压抑的对冒险的渴望和过多的理智。学习、工作、家庭、孩子。我和许多人一样，四面八方都被柔软的纽带束缚着，虽然有弹性，却很坚韧。我需要打破我的习惯、日常节奏、让人安心的舒适、朋友聚会、晚间新闻、生日、贷款买的房子。从这一切中解脱,拉长脐带,像我的孩子们那样,青春期后对我开始渐渐疏远但爱并没有枯萎。这是第一原因。然后,我想说,我离开是为了圆达妮埃尔的旅行梦,她长久以来是我的爱妻,她的死也因此割断了一切憧憬。我不得不让自己蜕皮,剥去所有的外表,把自己裸露出来。因为旅行也是学习终极的离去,当大镰刀割断系泊的缆绳时。死亡?是的,为什么不呢,既然每个人都会经历,我不想在这个领域让自己与众不同……但在这之前,最后来一次大的,我想反弹。"年龄",就像人们在说出这个词时下巴略微颤抖,先是年老,然后是衰弱与死亡。它们会来临。在加入日渐流行的老年人俱乐部之前,我想给自己一次回春的机会。向世人,向自己,证明我仍然眼力敏锐、腿脚有力……

在给自己定下抵达辽阔的丝绸之路的终点这一目的地时,我追求两个目标。首先是验证肌肉没有年龄,肉体无论多么虚弱,都会服从强大的精神。意志可以让最艰巨的计划成为可能。然后我也想慢慢走,拒绝迫切。借口死神大步走来、时光飞逝就必须争分夺秒吗?让时间再等等吧!尤其是,不要把我排挤出局。既然我已泄露了拥有时间的诡计,那就给我存在的权利吧。

在我们西方国家,"老人们"被退居,推到大路一边。这并非像东方人那样出于对长者的尊重,而是为效率着想。"年轻至上"使老人们被边缘化。青少年,所谓凯旋的青春,给我们造成的伤害几乎和这里的"文化大革命"一样,当年那些手持小红书的可怕学生们掌握着他们同类的生死。广告商很快就意识到,最年轻的最具可塑性。效果是我们每天可以看到的：这些小年轻打扮光鲜，崇拜名牌，甘心为广告买单。在西方是老顽固，在这里是受人尊敬的长老——我拒绝这两个标签，它们同样过分。各人有各自的人生和相应的生活方式。就我而言，我挑战未来，离开是为破除一些障碍。现在，退缩到自己的帐篷里或洞穴里，完全不在我的考虑之列。慧心，对我来说，必须是一种投入，因此也是行动。虽然时不时地，我们也需要一些孤独疗法，喝一点隔离的药水，才能更好地回到这个世界上。

通过创建"门槛"协会①，我实现了一个现在支撑着我的计划。我想向我们这个"高效"的世界展示一个排斥老人和问题青年的体制有多么荒谬。

不，对我来说，慧心不在冰天雪地的帕米尔高原，也不在沙砾滚烫的东方大沙漠里。我的慧心属于希望建设美好社会的人的那种积极而温暖的生活。什么，希望退休人员好好休息？对想休息的人自然无话可说，但是其他人呢？他们自幼所学的知识、专业技术、他们的人生经验，都应该丢掉吗？我不准备退出，相反，我准备全身心地投入我的生活，我全部的生活。我的慧心，我找到了：就是不服老。

八月二十五日，我密切关注着公里路标。我知道，到了第十五个路标，我从撒马尔罕出发就走了整整两千公里。看到路标时，我松开尤利西斯，从它上面一跃而过，然后从包里拿出一个苹果，虔

---

① 原注：参阅附件介绍。

诚地削好，小口小口地吃着。我用一些干果和一大口温水来完成这个小庆典。还剩下一千多公里。但最困难的部分已经过去了，至少我希望如此。

二十六日，身体通知我它已超出所能承受的极限。首先是像侦察兵一样到来的痢疾，随后是大部队：左脚、大腿和臀部剧烈疼痛，并伴随体重的急剧下降。体力的恢复时间在急剧延长，每天早上出发时都带着前一天的疲劳。如果我打算走到最后，那现在是时候该放松一下了。我的确是有些过分了。原计划十八天走完喀什到阿克苏的五百多公里，我只用了十二天，中间没有丝毫休息。幸好，我离阿克苏不到三十公里，今晚我将享受到热水和剃须刀的温柔。

当被人叫住的时候，我正迷失在这美梦中，那带着细腻泡沫的水，隐隐幽香的身体，配上洁白无瑕的衣服。回到现实……两个警察，在他们停在路边的车旁边，示意我靠近。这是我入境以来第一次被警察检查，莫不是要抓我？我很警惕。但我错了，因为这些好心人只想和我分享一个大西瓜。

阿克苏的城市入口很令人讨厌，脏兮兮的，挤满了拖拉机和卡车，吐出刺鼻的柴油烟雾。特别令人难以忍受的还是噪声。每个司机都似乎心照不宣地打算一刻不停地紧按喇叭。从建筑学的角度来说，这座城市毫无引人入胜之处，和中国大多数大城市一样，老房子被夷为平地，建起了苏联风格的高楼，虽然还新，但感觉阴沉。

一九三一年九月，两辆黄色远征履带汽车在这个城市相遇[①]，

[①] 1931年雪铁龙东方之旅，人类汽车发展史上最疯狂的一次远征。历经10个月，行驶16000公里。雪铁龙为此设计了特殊的履带汽车。

从西方来的那辆显然比从北平出发的那辆走得更远。后者先是抛锚，汽车履带的橡胶破成碎片；然后又在乌鲁木齐被当局扣了四个月。与此同时，军阀们无疑被"大博弈"的玩家们所操纵，正在整个地区彼此血战。

城里的天气就像是诺曼底的秋天，凉爽，近乎寒冷，顽固的小雨让人行道闪闪发亮，却洗不掉吐在地上的痰迹。我所住的酒店是官僚主义的一个生动例子。出门时，有人友好地建议我拿上一把为酒店客人预留的雨伞，我欣然接受了，但是女员工向我索要五十块钱（八欧元）。

"借把伞，这也太贵了。"

女孩不明白，人们用十分钟时间终于找来一位翻译。我有的是时间，我重申我的意见。

"借伞是免费的，先生。这五十元是押金。"

"但我刚刚在前台留了两百元押金。"

"这不是同一个柜台。"

情况很明了，我让步并出了酒店……但走出两百米，另一个员工气喘吁吁地追上了我。

"您忘了拿收据。"

一个时间与劳动无价的精彩国度。一件小事让三个人忙了二十分钟。

晚上，洗净了身上的污垢，我去餐馆吃饭，人们建议我点一条鱼。我糊里糊涂地接受了，直到菜端到我面前，我才意识到要用筷子吃了……跟最初用筷子时有一部分菜直接掉到大腿上相比，我的确是进步了不少，不过这回我有点担心自己露丑。可我又进步了，而且这道菜非常好吃，以至于第二天晚上我又回来吃。老板和他的妻子以及他的员工，很高兴再次见到我，加倍地弯腰欢迎、祝我好胃口。当我快吃完的时候，一个年轻的女人进来，先和老板说话，然后走近我……

"我是英语翻译，老板叫我来的。"

"他让您来跟我说话吗？真是非常体贴，我要谢谢他……"

"不，不是这样的。他要我告诉您，这条鱼比昨天的大了，价格应该翻倍。"

她说完就离开了，任务完成了……鱼并没有更大，但老板的确是钓鱼高手，钓到了一个大鼻子。

一天的休息对我来说足够了。我必须老实承认，当我声称任何健康的人都能完成我的旅程时，这话值得斟酌。自离开伊斯坦布尔以来，三年间我确实老了，但由于步行，我的体力也变得更加坚韧。刚刚在十二天内走完五百公里，足以证明三年的磨炼大大增强了我的耐力。作为身体强壮的证明，在二十四小时内，我彻底恢复了体力，疼痛全部消失。离开阿克苏，我如履轻云地走了四十四公里，没有感到丝毫疲劳。在城市的出口，一个童话般的幻境让我在一片杨树林附近止住了脚步。杨树的镜像在蓄水池宁静的水面上闪烁着光芒，枝丫间，巍峨的天山峰峦果然不负盛名。海拔七千米的壮观美景，在日出时分的清新空气中仿佛近在咫尺，白雪皑皑，冰川熠熠生辉。

路上，数百名年轻人正慢悠悠地踩着脚踏车去上学。有人刹车停下来热烈交谈，有的或许还沉浸在梦想中……

一个小女孩在看到我后突然惊慌失措，拖着书包跑在水塘的沟渠上，跌跌撞撞地落入水中。我上前去扶她，可她叫得更厉害了。另一个小姑娘从自行车上下来救她，安慰她。"不会的，大鼻子不会吃了你。"对于一些中国人来说，西方人仍然是"洋鬼子"。不用我多说，像这样的小孩子被我吓坏的事实证实了，对和他们不同的人，对老外（外国人）的恐惧或厌恶在这个国家是多么的根深蒂固。

在阿克苏，一个少年想通过模仿我来逗乐他的两个朋友和他的父亲。他开始走在我身后，尽可能靠近，模仿我的一举一动。我发现以后，停在一个橱窗前，他也这样做。我把头转向他，试图分享他的笑声，他也扭转他的脑袋。他的伙伴和他父亲咯咯地笑了起来。够了。我决定教训他一顿。我继续走在人行道上，加快了脚步，他跟着我，贴着我。我突然停下来，猛地转身大叫"啊啊啊哈哈哈"。他跳到一边，然后可怜地回到朋友和父亲身边时，眼中闪过的恐惧和脸上的惊骇困扰了我一整天。除了我，没有人再笑了。他们四个人都很害怕。然后他们突然从对我的蔑视变成了憎恨。我对他们微笑，用手势邀请他们过来和我说话。他们拐进了左边的第一条街，头也不回地离开了。

日头渐高，我赶上了一长队的驴车。最后一辆是托赫提的。我们通过手势或他儿子阅读小纸片开始了聊天。这个男人身材矮小，穿着一件软塌塌过于短小的夹克，他大约四十岁左右，苹果绿色的帽子下是一张好打听的脸。他少了两颗门牙。又一个不相信我已经六十三岁的人，因为在那个年龄，从逻辑上讲，应该已经没有

115

牙齿了。他请我到他家喝茶。这是我到中国以来第一次被邀请做客,我高兴得不得了。维吾尔族农民托赫提带院落的房子坐落在村子中心。在遮阳篷下,停着一辆那种又小又吵又污染严重的拖拉机。他停好他的拖车和驴,然后邀请我进屋,一个相当大的单间,三十五到四十平方米左右,地面是泥土,水泥墙很粗糙。我的东道主特别强调,房子是他亲手盖的,他还种植了支撑平屋顶的小杨树。两个小窗户提供了微弱的光线。房间的一半被一个覆盖着灰色毛毡地毯的大木台占据。在平台周围,红色的几何图案织物装饰了一米多高的墙壁。剩下的空间被简陋的家具占据了:一堆毯子,一个小箱子,里面放着一家人的冬季用品,还有一台机械缝纫机。没有电,用煤油灯照明。托赫提和他的妻子以及三个十二岁至十六岁的孩子,就在这个房间里生活、吃饭和睡觉。大女儿阿奇兹的左脚受了伤,肿得比原来大了一倍。这是一个令人讨厌的伤口,后来被感染了。一个两欧元硬币大小的黄色溃疡,周围是红色的肉,脓液从伤口流出。她用一块肮脏的抹布吸掉,这抹布想必已为此目的使用了好几天。她一声不吭,但在她灰白的脸上是深深的痛楚。

"得带她去看医生。"

托赫提向我做了个手势,大拇指搓着食指,意思是他没钱。同时,小女儿和母亲已经在大木台的小茶几上准备好了我们要喝的茶。恶化的伤口纠结着我。我试着告诉他们,应该把水煮沸,清洗伤口,扔掉这块布,拿一块干净的。在我的印象中,没有人关心这个问题,我气馁了,就问看病要多少钱。二十块钱。托赫提忽然变得专心起来。由于我裤兜里的现金不够,我就从上衣贴身的口袋里拿出一叠钞票，从里面拿出五十元钱给这位父亲。他把它们装进口袋里。我怀疑他会不会真的把钱花在看病上，全家人围着我转，托赫提显得自己很庄严。

"你要和我们一起吃晚饭，在这里过夜。"

他看我的目光变了。他向儿子下了命令。不一会儿他儿子从外面回来了，把一把匕首插进了他的皮鞘里。我装作没看见他，他是否心术不正？这种情况下我宁愿小心谨慎。看到那一叠实际上并不厚的钞票，这人已经被贪婪迷了心窍。如果我不想被抢，或被揍，现在就是我必须离开的时候了。我匆匆告辞，然后跑过村子里满是垃圾的土路，来到了国道上。我几次转身检查自己是否被跟踪，事实再次证明，如果独身旅行给了我与他人相遇的机会，这种相遇也可能会惹祸上身。可我本来是希望能睡在屋檐下的。

整个夜晚，水淌在帐篷顶，然后流入帐内，风把帆布向四面八方扭曲。直到拂晓暴风雨平息我才睡着。爬出帐篷，我看到外面下着冰冷的细雨，一个穿着衬衫的小牧羊人，冻成一团，正躲在树后，用塑料袋护着脑袋。一个小时后，羊群决定回家，他跟着它们走了。我穿上了我的外套。我本担心在塔克拉玛干中暑，可现在我被冻着了，雨一阵一阵地抽打着边上的杨树，我仿佛听到了马可·波罗笔下那些魔鬼的冷笑。

无法生火，我只能空着肚子出发了。两公里外有一个村庄。如果我相信手上的地图，这之后的一百四十公里沙漠之行将荒无人烟。我的心情已经一片晴朗。十点钟，我吃上了迟到的而且很辣的早餐。这个时候，由马来西亚石油公司赞助的、大约有三十辆吉普车组成的大篷车正好经过。前面有四辆摩托车开道，后面有一辆警车护驾，警车前面有一辆装满备件的卡车。车上贴有一个大大的"冒险者队"徽章。"冒险家"相当注重他们的外表：有着好几十个口袋的灰色制服，手套和墨镜是必然的。比他们看起来更像冒险家的人，你在整个亚洲都找不到。但我觉得石油公司应该为他们免费提供了四五星级酒店。

出了村子是个岔路口：往左经山路，往右则经沙漠到达库特查（Koutcha）。我选择了沙漠。在那里，我遇到了一个骑车人——每年我都会遇到一个特立独行的自行车骑手。这人是一个真正的冒险家，即使他没有很多口袋的衣服或墨镜。沃特·布塞梅克，一个三十二岁的荷兰人，一头蓬乱的金发，玳瑁眼镜后的眼睛很蓝，是一位计算机工程师。他放弃了一切，骑上自行车开始冒险。从巴基斯坦骑到这里，他看起来状态不错，计划在十月底前到达北京。他看起来有时也需要加倍赶路，由发烧引起大水泡，是疲惫和缺水的表现，下嘴唇被暴烈的太阳晒得发肿。耐人寻味的是，全世界的通信手段越多，越现代化，我们就越是会遇到这些追求缓慢和古朴的旅行者。这无疑是对速度至上、被人们乐道为"高效的"世界进行反叛和抵抗的一种需要。

我选择的这条路真的很荒凉。离天山越来越远，脚下的路很光滑，沙砾渐渐取代了碎石或红土，满目空旷，无论我转向哪个方向，都是无垠的平坦。我几乎以为自己行走在海上。从出发以来，我从未走得这样开心。我的身体是如此的自在，让我几乎忘记了它的存在……我仿佛在梦中前行，心中计划着未来。尤利西斯毫不费力地跟在我身后。我买了四天的食物，装满了所有的水壶。如果需要，我会向过路的卡车讨水。难道我心中的快乐向四周散发出来了吗？很多车都会停下来，表示愿意捎我一程。面对我的拒绝，他们觉得有义务给我一些东西，一个西瓜，一个馍馍——那些有蔬菜或肉馅的蒸熟了的"面包"，一瓶水，一大串葡萄。有些日子就是这样，人和沙漠都展现出自己最好的一面。

非常意外，在离开人群三十公里的地方，我遇到了地图上未被标记的三座住宅。两座面向马路，被一家餐馆和一家巴掌大的轮胎修理厂所占据——这似乎是惯例。后面是一幢长长的建筑，由一系列的小房间组成，每个房间都有一扇门和一扇窗户，让我觉得它是一个旅馆。虽已过了午饭时间，但我不想放过这个机遇，就跟那个目瞪口呆的中国小伙子点了一道菜。虽然不太情愿，他最终还是起灶做饭了。在房子前面的一个大停车场，三个漂亮的女孩正在遮阳篷下聊天。遮阳篷支在一张折叠床上。其中两个穿着我在这里很少看到的短裙，第三个穿着紧身的长裤和短袖衫。在沙漠的一角，年轻的维吾尔族女孩穿着这种衣服，让人惊愕……她们应该是把车停在停车场的三个卡车司机的妻子。

我吃着辣乎乎的加了土豆、茄子和青椒的炖羊肉，身边又经过另外两个女孩，也很漂亮，她们在太阳下把内衣晾在电线上。员工吗？通常，我看到的是些不那么迷人的女服务员，从不化妆，比这些看似在度假的女孩要勤快。当一个卡车司机带着第六个女孩从我身后的一个房间里出来时，我最后的疑虑被一扫而空。终于明白了——这居然花了我不少时间。

在一个小村庄里，我把帐篷搭在收完了最后一茬麦子的打谷场上。像往常一样，青年人来了，围着我看热闹。有一个人也闻讯赶来，他留着小胡子，戴着军帽，满口黄牙，对我的东西特别感兴趣。他似乎兴致很高,高兴得坐在石头上开始唱歌。他的男中音很好听,我和年轻人围着他蹲成一圈,从孩子们和他脸上的表情来看,大概都是些忧伤的歌曲,他的声音很纯正,我想象着他是在俄罗斯合唱团歌唱。半个小时里,我不再是人们唯一的好奇对象。可是这没有持续多久。听说我喜欢看戏,人们从村里赶来找我。十几个人聚在一起。男人们一个接一个地站出来唱歌,女人们听着,没有人鼓掌。然后人们叫一个奶声奶气的小男孩唱歌,他扯着嗓子,唱得声嘶力竭。但大家似乎都觉得很满意。于是我也点头赞同。

快到新河的时候,我遇到了一位很好的老人。阿穆尔·图穆尔(这是帖木儿的姓,在撒马尔罕写成阿米尔·铁木尔)八十一岁,甚是矍铄。他骑着自行车从我身边经过,在自家门口等着我。我们一起喝茶,他的女儿爬上梯子摘了两串深蓝色的葡萄。阿穆尔希望我在这里住上一两天,可惜,如果不能从库车市拿到一个月的签证延期,我就得在巴黎签发的签证到期之前赶到吐鲁番,一天都不能耽搁。我必须做好最坏的打算!……

在集市上,我尝到了饺子,这里被叫作"卡鲁斯",或者更像"胡杜斯"。它们是些用面皮包裹的小肉丸子,放在加了洋葱和大蒜的土豆汤中煮熟。大蒜在这里的厨房和所有餐厅的餐桌上随处可见。汉人和维吾尔人都相信,这是一种杰出的消毒剂。法国以前也这样认为。地中海盆地一直都在赞美它,吹嘘它的药用、防病、壮阳和神效(大蒜驱魔……)。此外,它是从辽阔的吉尔吉斯大草原绕过里海来到我们身边的。这个地区的人们继续大量使用大蒜也就不足为奇了。

在这里，我们吃的是库车面包，又扁又大，像尤利西斯轮子一样的大面包，人们还会做很紧实的卷面包，叫"格德馕"（girde nan）①。

景色变化不大。夏天，这里和其他地方一样，人们在绿洲里收割。手工割麦和脱谷粒。人们在光秃秃的地面铺上宽大的防水油布晾晒红辣椒。以重现的灰色山脉打底，这些红辣椒为周围的风景勾画出深红色的拼图。

这天晚上，当我在一个村庄附近支起帐篷时，照常来参观露营的年轻闲人们给我带来了玉米棒。这东西该如何烹调？他们笑我无知，在一个坑里点起大火，把玉米放在余烬上烤熟。这改变了我一成不变的速食面菜单。青年们因为开导了一个大鼻子而欣喜，久久地坐在帐篷旁互相聊天。

库车的城市入口很是有趣的。马路坐落在堤岸上，给人感觉像是走在下面村落的土屋顶上。城里纵横交错着很多由驴子或马匹拉的车，轻巧舒适，装着四个自行车轮子上。顶上是一种带褶边装饰的天篷，一把异想天开的雨伞。驴或马匹上装饰着大量的红色和蓝色羊毛绒球。此外，还有很多装有布车篷的三轮车（字面意思是"三个轮子的机动车"，换句话说就是三轮自行车）。有些乘客把自己关在小帘子后面，隐姓埋名地出行。

库车的旅游价值不在城市，而是它的周边环境。这里曾有过繁荣的佛教文明，在伊斯兰教将其抹去之前。城镇周围的四座古城墟

---

① 又称维吾尔族百吉饼。

就是历史的见证。离我最近,可以在预留的休整日去参观的,叫龟兹。它原是地区首府,西去数公里则是昔日的延城。游僧玄奘——我许诺到了西安要去参观他的墓塔——曾在公元七世纪路过此地,当年叫作伊逻卢。他记载了西门有两尊三十米高的佛像和大量的寺院。其他三座古墟——苏巴什、乌什吐尔、通古斯巴什实在太远,我无法前去。同样地,我也无法一一目睹这一带众多的石窟,最著名的当数克孜尔石窟,又名(叫法数不胜数)"千佛洞",从开凿到装饰花了近五百年的时间,其绘画和雕塑的质量可与丝绸之路时期的敦煌石窟相媲美。专家们在这里没有发现来自任何中原的影响,因为汉人在石窟创建时尚未掌控这片领土。德国人冯·勒柯克和他的同伙格伦威德尔将其中最精美的作品带回到柏林。二十世纪初,和他们的英国、瑞典、法国、美国同行们一样,一群德国"流浪汉"把雕像、绘画、著作等带回了自己的老家,并因此激发出对东方主义浓厚的热情,乃至于他们要设法复活这些作品。或者更确切地说,提醒世人它们的存在。当年,这两位德国东方学家在这里搜索时,此地还相当荒蛮。冯·勒柯克讲到一个嫁给六旬老翁的十二岁少女,逃跑后被狼吃掉了,人们只发现她的靴子和一个令人毛骨悚然的细节:靴子里的腿。也就是说,这儿还没有准备好迎接游客……

虽说去不成千佛洞,在库车歇息的一天中,我却梦沉如今大名鼎鼎的昨日丝绸之路。两千年前由汉人开辟,在十四世纪的明代被小心翼翼地封锁,现已重新通行,可今非昔比。七世纪时,西安作为皇都,俨然可媲美世界上最大的城市罗马——长九公里宽八公里,拥有居民两百万。五千名突厥、印度、高丽、日本、蒙古、阿拉伯、亚美尼亚和马来等外国人定居于此。那里奉行宗教自由，景教徒、祆教徒、佛教徒、摩尼教徒和犹太人可以自由地建造他们的寺庙。[①] 景教派属基督教，但在以弗所会议上他们否认基督的神性。对他们来说，如果基督是弥赛亚，那他就是人而不是神。他们不得不因此逃亡，向东而去，在丝绸之路沿线修建寺堂。在巴尔干地区被同一群基督徒迫害的摩尼教徒也找到了避难所，先是在撒马尔罕，然后是中国。他们信奉一种源于波斯的宗教，将光明（精神）与黑暗（肉体）对立。冯·勒柯克甚至在吐鲁番附近发现了一幅非常罕见的马内斯壁画。这位又名摩尼的，自称是最后的弥赛亚。遭到祆教徒的反对后，他被迫接受了一场辩论，失败后被钉死在十字架上。

令我印象强烈并且在路上看到庙堂和清真寺时一直念念不忘的是，经丝绸之路传输的宗教是一条单行线。虽然其他宗教在一定时期可以在中国蓬勃发展，佛教和儒家思想却从未渗透到西方。原因在于，从大西洋到帕米尔山峰所盛行的两种宗教——伊斯兰教和基督教——禁止竞争，因此堵死了通道——这一点相当残酷。试图以纯洁派信仰渗透法国的琐罗亚斯德教最终被阿尔比人的十字军战争所铲除。最好的例子是：一二〇九年，东正教徒攻占贝济耶城时，人们犹豫是否该放过妇女和儿童，西蒙·德·蒙福尔说："把他们都杀了，上帝会认出他的子徒。"……如果来自波斯或地中海的宗教移居中国，那是因为他们的信徒在中亚或西方四处遭受暴虐与迫害。较信仰输出而言，经丝绸之路输出到欧洲的中国学问、丝绸、

---

① 原注：《丝绸之路导读》，奥利赞出版社，日内瓦，1995年。

火药、指南针和纸张更为成功。

今天的丝绸之路呢？当然，货物又开始流通了，只不过卡车取代了骆驼。但其他方面已无法相提并论。宗教自由在阿富汗和伊朗被禁止，在所有伊斯兰教占多数的国家都受到了限制。

所有这些国家的局势两千年来一直不稳定。最近爆发的革命——伊朗革命以及苏联国家政治倾向一百八十度的变化——就是证据。目前，这些地方表面上的和平只存在于军队、或多或少政治化的警察和突击步枪的阴影中。阿富汗和塔吉克斯坦正在发生内战。因此，我所走的路线只是勉强开放，而且非常脆弱，我担心在今后几年里，它将成为地球上最不稳定和最紧张的地方之一。

在龟兹酒店一个封闭的透明展示柜里，陈列着只有西方富豪游客才买得起的无从判定真假却价值不菲的物品，在佛像、丝绸或黄金制品中，居然有一卷卷的——卫生纸。众所周知，物品的价值在于其稀有性。那么，这卷卫生纸的价格究竟是多少？我凑近去看——八块钱一圈，相当于两盘面条的价格。

我去找涉外警局，试图办理签证延期。人们很和气地接待了我，但是告诉我，该申请必须在前一个签证到期前一周提出。换句话说，如果延期申请被拒，我将无法走完我的旅程……我的计划是九月底完成行程，仍然在巴黎签发的签证有效期内。我已订好二十八日的飞机。但是如果我想花上两三天时间在吐鲁番或乌鲁木齐观光，那我必须最晚在九月二十三日到达绿洲。

这天晚上，我意识到，要做到这一点我必须继续自喀什以来的炼狱式行走。其实，我已经不是在走，而是在参与一场与官僚作风的赛跑。

在邮局门口,我遇到了代人写信的穆哈迈辛·库尔班。他的面前是一张由大小不同的木板拼凑起来的摇摇晃晃的桌子,他坐在一个十厘米高的小马扎上。边上还有四五个同行,但是他们坐在台阶上。他的桌子条件最差。但是穆哈迈辛并不在乎,他最感兴趣的是永远领先于事物的发展。对于会说写汉语、维吾尔语和俄语的他,领先就是说英语和掌握互联网。他说这就是未来。五十岁的他对未来充满激情。他戴着"朵帕",这种方形帽子饰有绿色和蓝色的刺绣——深受穆斯林欢迎的颜色。他穿着一件棕色的衬衫,外套白色的马甲,多个口袋里装满了笔,这是他的劳动工具,他的业务对象是众多不识字的人,把自己的信件拿给他破译或代写书信。他自豪地给我看他寄过信的不同国家的地址,有苏联的地址,还有一个独特的、让他受宠若惊的美国的地址……这位老主顾有一个在美国工作的儿子,每个月,她都会到邮局来取孝顺儿子给她的汇款,临走时,她向穆哈迈辛口述一封感谢信。

既然他对互联网感兴趣,他是否能告诉我在哪里可以找到一台联网电脑来查收我的邮箱呢?他把自己的短胡须捋顺,然后提出了条件:这将是一笔交换。他可以带我去,但首先我得把他要求的一些俄语表达方式翻译成英语。我用圆珠笔写给了他,他用蘸墨钢笔以纤细的笔迹认真地抄写在学生用的抄写本上。他蘸取墨水的瓷砚台应该可以追溯到明代。之后,精明的穆哈迈辛带我去了五十米外的网吧。他看着我工作,打听着,自学着,就像一个认真备考的学生。

九 事 故

九月一日从库车出发,我给自己设定了二十四公里为一单位行程的合理计划。晚上,在沙漠里搭帐篷的时候,我意识到自己正好完成了预定计划路程的两倍。再一次,对迟到的恐惧追随着我,逼迫着我。真不敢相信,对遵守期限的担心至今仍压抑着我。仿佛过去职业生涯中的截稿时间约束框架(比如"今晚七点交一篇三十行的文章")还在阻碍着我。只不过现在的行数以公里计,截稿时间换成了边境线。

第二天,在大老巴(Dalaoba),我正准备睡觉,有人敲门——可门都是破的,何必敲呢?进来一个醉醺醺的货车司机,他问我是不是真的从库特走到这里。我确认后。他爆发出荷马式的笑声,离开后去了一间闪着阴森森的霓虹灯光的房间,人们在那里大快朵颐。十分钟后,又来了一个醉汉,他不肯相信我是一路走来的。他要求看我的鞋子。如愿以偿后,他摇摇晃晃地回房间去,身体被他吞下的一杯杯米酒压垮了。我可以听到其他人听了他的叙述后在哄堂大笑。第三个人进来了,扭着脖子去看尤利西斯。他也不相信我。只有大鼻子才会这样走路。而且如果我点头,有那么多卡车司机——包括他在内——可以毫不费力地把我捎去吐鲁番——甚至北京。

在轮台,哦,太幸福了,那里有一家酒店。我可以洗漱休息了。我赶紧跑进去，提前品味着温水浇在头顶的快感。大厅里，一位年轻优雅的汉族女子正坐在柜台前。我愉快地朝她走去，询问是否有空房间？她沉默不语，用我非常明显的厌恶表情打量着我。我知道自己身上有臭味，但也不至于那么臭。突然，她尖叫一声，把我指向门口，用手势歇斯底里地要把我扫出她的视线。由于我做的速度不够快，不合她的口味，她叫来一个年轻人，无疑是她的雇员，他挥手示意我离开，作势要把我赶出去。我很惊讶。这是我第一次看到对外国人表现出如此强烈的反感。这个女人已经无法控制她的厌恶。我有时会看到排外的表情或手势，但从未如此暴力。我一时间愣住了，站在人行道上。员工在我身后把门锁上了，好像害怕我会回来似的。

后来我找了一家愿意收留我的很脏的旅馆。显而易见，物以类聚。门是不上锁的，不过我总是随身带着一把挂锁。我把东西搁在那里，出门去刮掉长了八天爬满脸颊的胡子。店内小到理发师每次只能接受一个顾客。我们坐在门外的长凳子上等着。为了省电，理发师几乎是在黑暗中给我刮胡子，这显然解释了我脸上的两道刮伤。可是当他向我索要四倍于我曾经为同样的服务支付的价格时，我提高嗓门只给了他一半。他满意地不再坚持。轮台最终成为我记忆中最不喜欢的地方，还因为我决定去趟公共浴池。开店的胖女人在我还没进门的时候就要求我交一百元人民币（十六欧元）的押金，并且拒绝告诉我价格，她打算向我重施理发师的伎俩。看来轮台人确实不好客。我不愿意被人看成傻子，宁愿像猫洗脸那样用脸盆草草了事。在东方和马格里布的露天市场所实行的讨价还价游戏是令人钦佩的，因为它有规则。在那里傻子被蔑视，当买卖双方成交时，他们会礼貌地握手，相互赞扬对方对他的尊重。和这里真是天差地别。

英吉沙是一个相当幽暗的小镇。因为这里的每个人都在做煤炭交易。没有一个院子没有堆满煤炭。人们用铁锹装卸卡车——当涉及直接从矿井里出来的煤块时，就用手。在这个暗沉的世界里，沈却是一身白色：他是个磨坊主。我要打电话到巴黎确认我的飞机日期，选择了向这个像搽了白粉的人打听：哪里有公用电话？他没有回答我，轻轻抓住我的胳膊，指着他那机器嗡嗡作响的小作坊，圆圆的脸庞，坦然的笑声，高高的前额由于刚开始秃顶而拉长，他给我以信任的感觉，我于是任由自己被他绑架。他打发掉一个正把一袋袋面粉装上驴车的顾客，把我拉向后院，然后进到他的小屋里。他的妻子和他一样也是汉人，刚和我打完招呼，就开始烧水备茶。他们的孩子和邻居很快就回来了，六七个十五岁到二十五岁的青年。他们显然很喜欢沈，喜欢他的大笑，喜欢他那大门敞开的小房子。这里有一个以他为中心的朋友群。自从我在这个国家行走以来，从来没有一个汉人对我这个大鼻子表示过友好或是感兴趣。我充其量只是某件怪事，某个现象。沈让我讲故事，看我的小纸片，和气地催促着一个磕磕巴巴说英语的男孩，让他翻译得更快。然后他借我的笔记本给我写了一大页的表意文字，我后来才知道他表达了对我所做的事情的钦佩。我们一边喝茶，一边嚼着干果和葡萄。

"你就留在这里，和我们一起睡。"磨坊主宣布道。

大家都笑了，特别是他的妻子：他打算把我放到哪里呢？沈同意如果我要往巴黎打电话，他接受我给他钱。他答应了，却没有兑现。在我和他妻子的坚持下，他才同意我付账，数目不大，因为回答我的是留言机。鉴于七个小时的时差，巴黎的办公室还没有开门。我很高兴能和这样的朋友在一起，这是自吐尔尕特以来，我第一次感受到那种在中亚盛行的彼此间的善意，友好的温暖。

对我来说，最大的惊喜是看到汉人沈和他的维吾尔族邻居友好相处。

依依不舍地与我的朋友沈道别后，我又上路了。几个小时过去了，天也黑了。英吉沙没有旅馆，我决定扎营。我向几个在田里干活的年轻人请求许可，请他们允许我把帐篷搭在他们地里的一个小角落里。年轻人很不好意思，就叫来了他们的父亲，父亲迈着悠闲的步子来了。他是一个维吾尔族人，头发浓密，下巴宽而结实，身材魁梧。他在种满桃树的果园里工作，穿着擦得锃亮的城里人穿的皮鞋，一件蓝色衬衫，袖子卷在肌肉发达的手臂上。我重复我的请求。

"我是维吾尔族人，"他自豪地说，"我不会让你睡在我的门外。到我家来。"

他和妻子、三个儿子和一个女儿住在一栋被高高的红砖墙包围的大房子里。主屋有四个房间，另一个较小的房子里有厨房和客厅。另外还有两间房子正在建造中。阿卜迪希尔考虑得很远，他的三个儿子，卡泽、梅夫兰和阿卜杜·雷尼——年龄在十四岁到十九岁之间，他们成家后将和父亲住在一起。至于阿孜古丽，她是个非常漂亮的少女，穿着牛仔裤和蓝格子衬衫，却拖着一双大号的凉鞋，头发被黑色的头巾包裹着。但父亲不是一个严格的穆斯林，因为他的妻子贾娜坦就不戴头巾，她正在准备拉条子，有六个人吃的，就够七个人吃。他们给我腾出了一个大房间，全家人都在过节，很高兴有一位西方客人。就我而言，我非常敏感地意识到，在同一天，在同一个村子里，有两个代表两个民族的人如此热情地接待了我，并向我表示了同样的好感。为了让我睡得舒服，他们为我准备了一张大大的新床，上面是用塑料膜保护的席梦思。很热，令我大汗淋漓，睡得很不踏实。我比以往任何时候都感到遗憾，这里通用的两种语言我一种也不会说。阿卜迪希尔在邀请我时表现出的自豪感证明了他作为一个维吾尔族人的参与意识，如果能够与他交谈那该多么有意思啊。他的孩子们都在上学并帮他打理农场。在这个家庭里，有一种轻松、友爱、祥和的氛围，三个男孩表现出对两个女人的体贴和对父亲的尊重。

和往常一样，这些美好的相遇让我心旷神怡。第二天我走得很轻快，内心被博爱抚慰着。我不得不强迫自己在走了三十八公里后停下来扎营。夜幕降临后，天空中除了闪亮的星星之外，还有向南方延伸的灯光。这个地区隐藏着巨大的石油储量，估计是美国总储量的三倍。白天看不见，黑夜让我看到正在勘探的油井，他们的钻井塔像圣诞树一样亮起，大型的照明灯在黑夜中发射出黄色的闪光。对中国人来说，困难在于这些巨大的储量远离需要石油的沿海大城市。可是这里没有管道运输，只有开往近四千公里以外的西安的单轨铁路列车，用无穷无尽的毛毛虫车厢运送原油。每一天，数百辆油罐车或成百上千的钻管展示着新疆为勘探和开采石油所做的努力。

名叫"团场二十九号"（第二十九支队）的小镇，被当地人干脆改名为"二十九"。这里建了一座微型埃菲尔铁塔。我经过镇子，在离公路百米远的沙漠里扎营，尽量远离喜欢在夜间行驶的卡车的喧闹。就像经常发生的那样，我被一场突如其来的暴风雨惊醒，一声咔嗒让我意识到双顶帐篷就要飞上天了。我赶紧跑出去，只见它正飞快地消失在夜色中。只穿着凉鞋带着腕表的我，像疯了一样冲刺着，要把我的财产追回来。我跑得不够快，一阵风带着它飘向了公路。我毫不犹豫，借着车灯的光亮，像一条光溜溜的虫子，赤身裸体地追赶它。差不多上气不接下气地又跑了一百多米，我才抓住了被一片荆棘丛扯住的帐篷。我身披双顶帐篷，像身着长袍的罗马皇帝般，再次庄严地穿过国道。

九月十二日，我到达了库尔勒。这是我二〇〇一年行程中到达吐鲁番之前最后一个大城市，离我的旅程结束仅剩下十天左右。一个混乱的城市。有好几公里的路程，我行走在尘土飞扬的工厂之间。接着是那些将汽车的残骸和油污丢到人行道上的五金修理铺。与此形成鲜明对比的是建筑物重建一新的市中心，干净到一丝不苟。我甚至还拍到了一个超现实的景象：一名环卫工人正在用拖把清洁着一条崭新的沥青大道……

第一家酒店拒绝接待我，因为它未被允许接待外国人。在接待我的那家酒店里，来了一个警察，带着非常尴尬的礼貌，检查了我的护照。

我决定在库尔勒只休息半天。如果我想在给自己设定的时间内到达吐鲁番，我必须平均每天走三十七公里，这是我从图奥帕开始一直保持的惊人速度——但并非没有风险。小腿疼痛就是警告信号，告诉我正在越过红线。但"与官僚赛跑"有它自己的规则。在签证到期前八天续签有什么意义呢，那时我差不多已经到了吐鲁番？不管怎么说，在到达绿洲吐鲁番之前，我基本没有机会找到一个涉外警察部门来延长我的签证有效期。我再次感到，某些开车旅行时轻而易举可以解决的问题，因为步行而变得非常棘手。

我在中午时分离开库尔勒，开始借道一座小山。山上建有几座佛塔，在海蓝色天空的映衬下，这些佛塔近乎蜘蛛般的轮廓显得格外醒目。天气很好，即使强劲的东风迫使我用力扯着尤利西斯的拉杆。

距离经过最后一栋房子又过了一个多小时。道路在美丽的风景中攀升，它在岩石或堤岸上挖出的沟渠之间蜿蜒曲折。我很高兴能暂时告别单调的沙漠，尽管知道不久之后我将与它再次相遇。我欢快地走着。半天的休息让我神清气爽。

一如既往，我在道路左侧前行，这让大多数想捎带我的司机望而却步。这个人却没有。他开着一辆新车——皮卡，这种车前面有一个三人座舱，后面是带栏杆的平台。司机是个五十多岁的汉子，他停下车来，叫住我。我用微笑和一个小小的手势回应。

"不，谢谢，我愿意走路。"

他没有坚持，正要超过我继续前行的时候，后面突然出现一辆高速行驶的卡车。那个司机——不知道在想什么——不仅没有看到他，而且甚至没打算踩刹车。冲击力无比猛烈。那辆皮卡像炮弹一样被发射，越过马路，坠入山沟，消失在我的视线里。卡车的速度如此之快，尽管受到了撞击，依旧保持着飞驰的势头，紧跟其后，就像皮车后面的拖车一样，也横越马路。它似乎在空中停留了片刻,然后猛然下坠,撞向下面的汽车。我惊恐万分地目击了两辆汽车坠入山沟。一团烟雾和灰尘从沟底部涌出。我放开尤利西斯,用屁股从堤岸上往下滑去。到达出事的两辆车边时,我花了几秒钟时间等风终于吹散了尘土,才看清楚——幸运的是,卡车倒地的不是汽车的驾驶室上,而是车尾。在猛烈的撞击下,驾驶室向前倾斜,透过破碎的挡风玻璃,两个人被弹了出来。我跑到想帮我忙的那个人和他的车旁边。他在动。我试着打开他的门。锁上了。他摇下车窗。扶他出来的同时,我发现他还有一个乘客,是一个女人,事故发生的时候应该正在改成卧铺的座位上睡觉。他睁大的眼中满是惊恐——这个从窗口出来的人毫发无伤,真是奇迹。我和卡车上弹射出来的两个人同时到达女人的车门前,他们看起来也很有活力。这时又出现了第三个男人,脸上带着血。女人自诉腰部疼痛,呻吟不止。我试图阻止这些人搬动她,但她的丈夫和卡车上的一名乘客抓住她,把她抬到了大约十米远的地方,放在地上。那个满脸是血的男人看起来也无大恙。他流了很多血,但伤口明显很浅。没有死人,这真是不可思议!不知不觉中,我的记忆以摄影术的精确记录下每一个细节:在皮卡车上,绑着一包包新书。这对夫妇显然既不是手艺人,也不是农民,知识分子吗,很有可能。伤者是卡车司机,被乘客拉到了荫凉处。他似乎僵在那里,盘腿而坐,除了时而开合的眼皮,身体和脸上都没有任何动静,好像不想再看到难以忍受的画面。他像是在重温当时的情形,并试图了解这一切是如何发生的。我在那里待了一个多小时,他始终静止不动。他的时间被终止了。好几辆停在事故发生处的车堵塞了交通。人们从车上下来,但他们甚至不会假装帮忙,只想看热闹。

女人在抱怨严重的背痛。她的丈夫和卡车上的两名乘客争吵着。他们回到路上，拦住了一辆经过的警车。每个人都给出自己的解释。我从包里拿出的一本英汉词典中，找到"医院"这个词，将它指给皮卡的司机，又指了一下他的妻子。但他忙着与警察和卡车司机争论，把我推到一边，不理我。对他来说，他正在做的事情显然更紧迫。也许他把这一切麻烦归咎于我。我向其中一名警察展示了"救护车"这个词，再次指向受伤的女人。但他们也忙于检查车辆和文件。手捧词典，我感到无助又无用。我再次靠近那个呻吟得更厉害的女人，用一个冲撞时从车内弹出的垫子将她固定住。我走上路堤，这次，我把词典直接递到第二个警察的眼前，在"救护车"这个词下画线，然后我指了指手表：时间流逝，情况紧急！他留下同事处理现场，然后和我一起跑下路堤。看到女人的状态后，他叫来两名围观者，三人将她抬到路堤上，从那里把她送上一辆立即向库尔勒开去的汽车上。

我还能做什么？肇事司机依然沉浸在他的场景回忆中，静如佛陀。事故中的主要人物继续争论着。我感到自己很没用，尤其是感觉自己责任重大。我无法控制笼罩着我的内疚感。慢慢地，围观的汽车一点一点地散开。警察记录了撞车时的一些标记，就我而言，我拍下了事故的照片。我在一张纸上写下我的姓名和地址，然后交给皮卡车的司机。我相当手足无措。如果他对我大喊大叫，我想我会接受。但他热情地感谢我，握着我的手，充满了迟来的感激之情，无疑是因为我照顾了他的妻子。我不知道要说什么。无法和他交流，我几乎因自己的无能而愤怒到发狂。

我最终决定离开。那个男人再次问候我，更诚恳地道谢。我感觉自己像是在逃跑,留下他和他受伤的妻子和撞坏的汽车。但我知道自己什么忙也帮不上。警察也过来和我握手,竖起大拇指夸我。难以忍受。

在路上,我仍会像那个卡车司机一样,在脑海里上映事故的过程。我好像听到撞击的噪声,轮胎在沥青上的吱吱声,发出巨响前车辆在沟底闷声的撞击。但让我特别执着的是那个画面:那辆卡车在坠落前的瞬间悬空。如果我靠右行走,我将是事故中唯一的死者。整个晚上,被诅咒的画面会不断地出现在我的脑海中;还有那噪声,它一直纠缠着我,令我无法闭上眼睛。

这次事故再次证明了我的经验:我在这条路上面临的最大危险就是被车撞。这种恐惧会一直笼罩着我。不用听那些总是希望我靠右行走的警察的意见。如果必须面对死亡,我希望与它面对面。记得某天我曾听到一名法国警察在收音机里说:"行人在高速公路上的存活时间是四十分钟。"那么在丝绸之路上呢?还有另一句适用于我的套话,在我晚上溜进帐篷时仍挥之不去——这句话常常被用于血腥事件中:"有责无罪"。因为我出现在这条路上,我显然对这次事故负有责任。但我难以消除自己的罪恶感。

一大早,又是狂风大作。我奋战了半个小时才能把帐篷折好,得时刻紧紧抓住帐篷,以免一阵风将它扯走。路很窄。我逆风行走在护堤上。尤利西斯几次转身倒向沟渠,牵引杆上的焊缝裂开了。万里无云中的天山宛若仙境,美到叹为观止,雄伟壮丽,整幅画面只有纤尘不染的白与悲怆哀伤的黑。小路像钳子一样裂开,一头朝着库尔勒,一头朝向焉耆。

我顶风前行，经过一群正在用柏油填堵公路坑洞的工人，一股黑色的液体喷洒在我身上，弄脏了我的白色防风衣。我想脸上可能会被溅到，就用手摸脸检查，一个工人笑着让我明白，没有，脸上什么也没有。在一片小沼泽前，当我出神地看着叫不出名的绿颈野鸭涉水而行，我很快忘了这事。

下午三点左右，风小了，一辆小面包车从我身边经过，在百米外停了下来，三个女人和一个男人下了车，男人向我走来，一靠近就用带着浓重的法国口音的英语问我。

"你是贝尔纳·奥利维耶吗？"

我用同样的语气和口音回答。

"是的，我是。"

瞧了一眼利文斯通，我心里很想加上一句："我想是的"……

然后他转身对同伴们说，这次用的是法语：

"你说对了，西尔维特，就是他。"

我问西尔维特怎么认识我。

"这很简单，"她说，"我买了您的《奔赴撒马尔罕》，因为我们正打算走这段旅程。我太喜欢，于是买了这卷我正在车上读的《徒步丝绸之路》。当我看到您的时候，我对同伴说，一个人在这里走，在这个时候，就是他了。"

她让我当场签名，并注明是在丝绸之路上签名。他们告诉我这个令人难以置信的消息：纽约世贸中心双塔遭到袭击。今天是九月十四日，飞机已经撞击双塔三天了。我被这个消息弄得心神不宁，忘了问这些知道我名字的游客的姓。那天下午，我相当崩溃，对周围的原始美景无动于衷：这个世界是否必将陷入疯狂的血腥之中？

这既是西方社会的强势,也是它的弱点,通过教他们驾驶飞机,却为自己培养了刽子手。怎么会积累这么多仇恨?一天晚上,我通过中国的电视台上看到一架飞机撞击两座塔之一的画面,时长为两秒,在新闻报道的最后。我的想象力受到强烈的刺激,但并不是因为击中目标的飞机,而是那架坠落到乡村的飞机。机上发生了什么我们永远无从得知的事情?我想象着乘客们赤手空拳地与匪徒搏斗,但这是一场无望的战斗,因为飞行员已死,灾难已不可避免。绝望的英雄主义?乘客中有多少人在反抗?他们是否会料到自己乘坐的飞机,按照人们的猜测,本来会撞击白宫,而他们的举动可能挽救了美国总统的生命?他们接受牺牲,但不充当炮弹。谁会说起这些因飞机撞向地面而丧生的英雄生前的勇敢行为?在这场疯狂而庄严的骚动中,他们宁愿以取笑刽子手的方式选择死亡。人们几乎没有谈到这架飞机,而这架飞机恰恰承载了最多的人性:羔羊的反抗。他们是刽子手的掘墓人,让自视殉道者的刽子手与他们想要杀死的乘客一样,沦为自己疯狂的牺牲品。

抵达焉耆,我驻足凝视江水。很久没有看到水流动了……

在酒店,我看着浴室镜子里的自己,惊呆了……风刮来的那缕焦油确确实实地落在我脸上,额头和部分脸颊上也粘满了用肥皂也洗不掉的厚厚的、顽强的糊状物。四个法国人出于礼貌,没有告诉我……

路继续攀升,但很平缓。山丘在我面前升起,平坦而光秃,越来越高。我与从高山牧场下来的羊群擦肩而过。它们紧随同伴们在远方扬起的尘埃。两三百只羊为一群。它们向前走着,低着头,仿佛不甘心离开了自己度过夏天的绿色牧场。牧羊人几乎都骑在马背上，他们挥舞着长鞭的时候，小马驹在它们的妈妈身边嬉戏。后面跟着徒步行走的男人们，双手绕过身子后面拿着一根棍子，像他们的牲口那样，也低着头，迷失在梦中。或许正想着与他们的孩子和心爱的女人重聚……一个叫"坦"的小男孩告诉我，他需要走十天回到村庄。我也将要回家了，今年的路程已经接近终点了。

在阳光和高温下浸泡了四个月，我的身体很不适应温度的下降。二十五度时，我就感到冷，今天早上这样的十六度会让我冻得颤抖，就像那个卖给我速食面、睡在路边小棚屋的女人。每周七天，不分昼夜，她始终在那里。在这样的条件下，她如何在冬天生存？勤劳与吃苦的中国人形象并非浪得虚名。坚韧是这个民族的主要美德。

我的外表越来越邋遢。左边的鞋底裂开一个大口子，像在打呵欠。我需要一个好裁缝来给我补裤子。在喀什的时候，它们已经惨不忍睹了，我在清真寺边一家裁缝铺子里请小学徒打了补丁。从那时起，我已经差不多走了一千五百公里。裤裆已经被磨破了。而里面的内裤已被三千公里的路程磨成了小裙子，当身后有人的时候，我会避免弯腰……我的袜子，四分之三布满了破洞，已不成袜了。包上的两根拉链和帐篷上的拉链已经彻底坏了。我干脆放弃了洗衬衫，只用水简单冲洗一下，除去汗水中的盐分。我的身体也在喊"受够了"。腰痛已经折磨了我两天。我疲惫到每十公里就得停下来一刻钟，以缓解左大腿和脚底的疼痛。只有目标的临近能让我忽略这一切愉快前行。尤利西斯，在经历了自撒马尔罕以来的所有焊接及改装后，虽已面目全非，但自从一个修理工麻利地焊接了它的薄弱之处后，状态非常好。

帽子也丢了。自从四年前踏上通往孔波斯特拉的第一步时，它就陪伴我，为我遮阳挡雨的老伙伴。毫无疑问，它厌倦了我让它所承受的苦难，宁愿弃我而去。它破旧不堪，被汗渍灼伤，失去了最初那种热那亚织物美丽的蓝色。它的前面甚至还有一个洞，这使它看起来像是《幸运的路克》中主人公那顶被子弹击中的牛仔帽。还有我的小刀，它陪伴我走了一万多公里。今天早上，在等待第一阵烈阳到来的当儿，我和往常一样将它挂在推车上，当烈日到来时，它已经不在那儿了。我就地雇了一辆出租车，这辆车正好送一位顾客来参加……葬礼。眼睛盯着路面，我们往回低速行驶了十五公里，一直到我过夜的旅店。一无所获。我把鼻子埋在头巾里，弥补着对它的思念，头巾虽然不是那么老的伙伴，但也已破得面目全非。我太眷恋这些物什了。

田间地头，男女老少，弯腰俯向褐色的枯叶间，采摘着一个个白色的棉花球；路上，一辆辆牛车上令人难以置信地垒满了大包大包的"白色金子"，几乎看不见车身。仰天躺在最高的包裹上，心不在焉的农民们拿着一根长杆，指挥着那些顽固而懒散的公牛向合作社方向前行。

今天走了三十六公里，到达乌什塔拉。我不知道村子长什么样，因为我见到的第一座房子是个旅馆，我直接就进去了，急着休息。昨天超额走了四十公里，我已筋疲力竭。

"没房间了。"

老板娘很干脆。但是这时候来了一个人，打听我怎么到了这里，惊讶于我一天可以走三十六公里，又提出一连串我听不懂的问题。在拿出我万能的小纸片的时候，又接二连三来了好几个人。他们围着老板娘，我猜他们是在要求她给我找个房间。她没有太坚持，打开了一间有两张床的干净的大房间。我很高兴。

"多少钱？"

"不要钱。"

"可我有钱。"

她一分钱也不肯收——大家似乎都认为这是理所当然的。我就这样被安顿下来。很快地，她给我端来了一脸盆冷水和一个装满开水的热水瓶。她叫陈秋萍，对我关怀备至。照顾我洗漱后，开始给我准备吃的：面条和蔬菜，也不要钱。收到第一个和我说话的人的提醒，旅馆里所有的客人都不约而同地来了。我已经习惯了这样的场景。

众人要散去时，有三个人来喝茶。他们在和陈说话，我明白他们在说我。其中一个人过来，用几个英语单词说要看我用法语和普通话写的小纸片，上面写着我的行程，然后他给我看了一块牌子，告诉我他是警察，想看看我的护照。很快，他们三个人就离开了。

"哪里可以买到帽子？"陈告诉我在稍远点的镇上。我正要离开那里，一个警察坐着吉普车回来了，开车的是一个穿着军装的高个子，身高近两米，脸给人以鹅卵石般坚硬的感觉，是那种令人反感的冰冷而固执的类型。他直接走过来，用食指指了一下我的东西，又指了一下他的汽车，然后迸出他唯一会的英语单词：Go（走）。

我不懂更多的中文，直截了当地回答：

"没有。"

他显得有些惊讶。像大褐熊的他不习惯这种情况。

另一个能多说三个英文单词的警察，磕磕巴巴，连指带划地让我明白了，原来他们是为我好，打算把我送到更舒适的酒店。

"但我在这里很好。"

"不可能，你必须和我们一起去。"

"不，我住的不是旅馆。我是在朋友家。证据就是，老板不让我付钱。你们想让我拒绝她的好意？没门。"

我向陈秋萍咨询，她很尴尬。这里是警察说了算。于是我得独自为自己辩护。但我没有多少武器，为什么要遵从这种荒唐的调遣，到一个比在沙漠里睡觉还要孤独的酒店去呢？一个会说十个英语单词的警察被叫来解围：

"在给外国人预留的酒店，席梦思比较舒适。"

"我每天晚上都睡在石头上。我不在乎舒服，我喜欢和乐意接待我的人们待在一起。这里的人很好。"

不过我遇到的是铁石心肠。如果不想给女主人添麻烦，我也只能照他们说的做。于是我在罗马士兵般胜利的目光注视下开始收拾行李。陈急着出门，说要给我买顶帽子，要我们等她。过了一会儿，士兵跳上吉普车，几分钟后就带着陈和一个年轻的女孩回来了。女孩子的英语很好：这是屠珊，陈的女儿。没有找到我那种帽子，她和她的母亲给我带回一顶高尔夫球帽，我不喜欢这种款式，但与其中暑，不如戴上。屠珊非常热情，难得有机会遇到一个可以交流的人，我却很遗憾自己不得不离开。于是我打算背水一战：

"你能不能告诉这些警察先生，我对他们的态度非常失望。我明白他们有命令，但他们应该知道，我到中国来是为了见中国人，比如你、你妈妈和旅馆里的客人，而不是寻找舒适。对我来说，唯一的舒适就是被接受。而且你妈妈已经把我作为朋友而不是客人接待了。顺便帮我问一下，在对外国人开放的酒店有人会说英语或法语吗？"

警方说他们不知道。

屠珊翻译了一切。警察似乎很困惑。旁观者张大嘴巴听着女孩说话，惊讶于她的英语水平。她是个孩子，我估计她差不多十五岁左右——她后来告诉我十八岁——短发，圆圆的脸，很有表现力。一双十指纤长的手令我惊叹不已。她有一双可爱的眼睛，很文雅，和所有的中国学生一样穿着校服，蓝白相间的运动服和白色的帆布凉鞋。她特别有活力，有对他人的关注，这在这个年龄段的青少年中极为罕见。最后到的那个警察走到一边，用手机打电话。现在轮到我们等他。我不能平静下来。当警察回来，我准备带着尤利西斯上吉普车时，我觉得自己心灰意冷。

"你可以留下来，领导同意了。"

没有人傻到公开表达内心的欣喜若狂。尤其是不能让主事者丢面子。我一一感谢他们，除了那个彪形大汉，他已经回到他的吉普车上了。

晚上，我和屠珊长谈。六年前，她的爸爸死于一场车祸。医护人员赶到时已经来不及了。那一年，屠珊的弟弟三岁，妹妹六岁，从此以后，陈独自抚养三个孩子，经营旅店。孩子们给她做帮手，特别是屠珊。父亲去世时的情景对她来说是一个非常艰难的考验，她因此立志成为医生。她告诉我已经有个男朋友，但是要等完成学业才会考虑结婚。在文雅的外表下,她是一个很坚强的女子。

傍晚时分,两个喝醉的客人打了起来。我观察她的介入,她很娴熟地让他们安静下来,一点不冲动。她一定会成为一个很好的医生。

陈秋萍对事情的结果很满意,看到女儿用英语和大鼻子聊天,她很自豪,她想洗我的衬衫,她发现——显而易见——脏得要命。我不答应,但她有一个说法令我不得不从命:你和我们是一家人。你看,两个小的管你叫"爷爷",而屠珊想叫你"叔叔"。

十　刘先生

乌什塔拉的出口坐落在山顶上,一个巨大的"敖包"占据了山谷的主导地位。由石头堆砌成的土丘上插满了枯枝,上面挂满了祈祷布条,这是一个神圣的地方。每个经过此地的蒙古人都有义务在这个"金字塔"上留下一块石头。三座门朝南的水泥蒙古包内空无一人。一个修路工双手合十,他告诉我每年会有萨满来这里主持宗教仪式。从这里可以望见绿洲和我今天早上离开的平原。

我走得很吃力,但还是完成了三十四公里的路程,过了一个海拔一千七百米的山口。这可不是普通的山口。穿过它以后,我就离开了地下水储量为全球之最的塔里木盆地——前往吐鲁番盆地,规模虽然要小得多,但吐鲁番盆地的独特之处在于其中心远远低于海平面。

道路再次攀升,陡峭如魔鬼。日落时分,山体呈现出惊人的矿物质多样性,被柔和的色彩装饰着,有碧色、灰色、斑岩绿、黑色、红色或橙色。走了四十六公里后,我扎营休息。我的腰痛并未减轻。

第二天在库木什,一家旅馆的老板向我要了三十元钱住宿费,虽然是正常价格的六倍,但用欧元计算还是可以承受的,由于我没有抗议,他又把价格翻了一倍。当我问有没有淋浴,他说有,但要多付二十元。我要求先看一下,"淋浴"居然是——脸盆。我拒绝被人当傻子，来到下一个由不那么贪婪的女人打理的旅馆。在那里，我吃的、洗的、住的全加起来，只是那个价格的四分之一。

我打算留出次日上午做一些针线活。我有时必须面对些现代佩涅洛佩①的活计……我还得去修好鞋子。一个安扎在人行道边上的修鞋匠，用胶水和钉子，结束了我的鞋底想脱帮独立的念头。我得把裤子补好，以免太过冒犯别人的视线，还要去刮掉胡子——一个多星期以来，胡子开始把我的脸颊扎得发痒——一个小巧的女理发师，娴熟地挥舞着剃须刀，解决了我的问题。

午后，我带着新的活力离开。傍晚的时候，我在一个破破烂烂的民居点扎营。孩子们身上布满了泥土和破布头。几个大人在北边经营着一个矿场，从那里我看到装满石头的卡车开出来。一群人看着我搭帐篷。我筋疲力竭，晚上八点就睡觉了，但是有个当地人自告奋勇地做导游，带来一群噪声很大的参观者，一直闹到十一点。

我还得征服三百米海拔才能到达一个新山口。斜坡陡峭，从东边吹来的狂风似乎要把尤利西斯从我身边扯走。我身体前倾，一米一米地拉着它挪动。接着是下山。从海拔两千米到海平面以下一百六十米。人们把山体一块一块地开膛，在激流之上修建出一条令人眩晕的道路。它紧贴高高的悬崖，悬挂在垂直的绝壁下，深不见底，阳光都无法抵达。脚下的百余米处，洪流如雷。在窄谷的另一边，是干燥沙砾堆成的又高又圆的金色沙丘。

在这条路上开车风险极大。岩石是一种易破碎的页岩，许多破

---

① 古希腊神话中尤利西斯的妻子。

碎的岩石堆积在道路上。我明白为什么丝绸之路的商队只在冬天通过。在这里，在推土机打开通道之前，只有这个季节才有唯一可以通行的路——当河流结冰以后。下降了一千米后，我感到两腿灼烫般地剧痛。我在废弃的房子里露营。整夜，尖厉的刹车声以及受极度刺激的发动机所发出的噪声让我无法入眠！

第二天，路似乎更陡了。这是真的陡，还是因为我在昨夜混乱的睡眠中恢复得不够？在上坡路上，卡车咆哮、发热、嗡嗡作响，迫使司机停车休息。在下坡时，辛苦的是刹车板。一辆从我身边经过的车子引擎迸出火焰。驾驶员一脸冷静，停下他的大卡车，拎着一桶水从驾驶座下来，熄灭了火苗，一大团蒸汽升空而起。然后他重新上路，不动声色……

十点左右，三个过分热心的警察检查了我的护照，要我走在马路的右侧。我绝不会这么做。车祸的情节仍然在我脑海中浮现。狭窄的车道迫使卡车在下坡时紧贴岩壁，我既不想用我的肉体阻止一辆卡车，也不想让岩石掉在自己的脑袋上。我非常客气地和警察先生说再见。然后果断地，走了一条对角线，回到路的左边。我等着被他们吹哨子或责骂。可是什么也没有发生。他们已经尽了自己的义务提醒我遵守法律，至于我将成为卡车护栅上的一团肉糊，这不是他们关心的问题。

进入山谷比抵达陡峭山口的攀登更壮观。突然间，岩石消失了。这里是沙滩，海水退去后的沙滩。展开的山谷是一个由两座天山断层构成的盆地。弯弯曲曲的道路，仿佛径直奔向托克逊——虽在二十公里之外，但清澈的空气令它几乎近在咫尺。那边，也许五十公里或一百公里外，有另一座高山挡住了地平线。天气晴朗，气温温和。在经历了下山的磨难之后,我感到极大的平静。我看了一眼高度计:离到达城市的第一批房屋还有五百米,我正好在海平面上。我有了强烈的错觉,感到一条分界线的存在:鹅卵石代替了沙子。我在没有水的海洋的底部。

我从未在一个城市的入口处见过这么多餐馆。想象一下……整整三公里,它们在道路两侧连绵不断。显然餐馆要多于食客。我选中了一家,因为坐在门前椅子上的女人抱着一个孩子。是个小女孩,还是个婴儿,有着一双深邃的绿色眼睛。中国婴儿通常都是很娇小动人的娃娃,眼皮上微微睁开的眼睛,如此脆弱,似乎对这个世界投以既害怕又顽皮的目光。

他们为我准备的是红薯和用米饭代替面条的拌饭,然后是一个非常甜蜜多汁的哈密瓜。

与往常不同,我尽管很累,但睡眠还是来得很慢。目标的接近让我兴奋和不安。我上床睡觉的时候脑袋里装着几十个计划。即使我已经历过这种现象,却仍惊叹于长时间徒步对未来所进行的非凡缔造。它分三个阶段进行。

首先是解脱。这是最黑暗的时期,持续两周,有时甚至一个月。你必须放下自我,忍受水泡和疼痛,同时与对道路的恐惧作斗争。思想有时很粗暴,但总是艰难地从记忆中——从或新或旧的痛苦中解放出来。这是一个总结,一个困难的盘点。一种多多少少被控制的抑郁。装满行囊的时候,我们丢掉不必要的衣服和物品。在步行的最初阶段,我们也感受到摆脱充斥在头脑里的局促与困难后的轻松。灵魂平静下来,与出发前灰色或黑暗的故事保持距离。

第二个阶段是梦想和发现的时期。强健了的体格不再是关注的中心，我们于是更关注环境，与他人的相遇，随时准备倾听他人以及在孤独时倾听自己的声音。远离电话、诱惑、日常琐事，想象力开始出现。很快地，我们开始反思：我的生活中什么是重要的？答案一闪而过，渐渐清晰。从偶然的事物中摆脱出来，占有被存在所取代。正是此时，行走揭示了它的秘密：你开始以为将走向他人，却最终到达了自我。

最后的结局喜忧参半。我们意识到路的尽头，心里五味杂陈——梦的结束——以及与所爱的人团聚的幸福。但最后一个阶段伴随着肆无忌惮的创造性想象：各种方案在头脑中争先恐后，我们用大量的计划和设想填满未来的年月日。毫无疑问，经过长时间的体力活动，成功地完成了一次长途步行，从某种意义而言，你已不必再拘泥于现实，而是相反地向未来敞开心扉，投射出已经聚集在肌肉和思想中的巨大能量。这无疑还因为对即将终结的梦想的哀悼，正以一种温和的方式进行着。步行者成为生命金块的探矿者。在步行的最后几天，我已不再是走在路上，而是路"后"了。当我重读笔记本时，意识到自己并没有记下太多关于环境的内容。我已在他方，虽然依然走着，但心已在家里，和家人和朋友在一起。

在研究地图的时候，我打算走小路离开托克逊，完成今年最后两天的行走路线，离开自喀什以来就没有离开过的314国道。我找到的是一条往东的小路，而主干道是向北走。路上没有旅馆或餐馆，但我现在是个有经验的露营者了⋯⋯我不想再看到或听到任何卡车。在绿洲的出口，我向右转。在镇上最后一栋房子附近，孩子们正在和一条活蛇玩耍。

现在我置身于沙漠中，眼前一片平坦，但也不是完全没有植被：一些骆驼草和开着花的红柳。没有汽车，连驴车都没有，天空下，我孑然一身。我品味着孤独，知道从明天傍晚开始，自己又将成为人群中的一员。

天快黑了，我开始寻找合适的地方露营。至少得满足两个条件：避风，有大石头可以固定我的双层帐篷和垒灶生火。我没找到合适的地方。而当我发现南边有一座奇怪的建筑时，太阳已经下山了：两根高大的柱子和一扇通向沙漠的无比巨大的门。在这些柱子的两边，起伏着一公里长的小沙丘……我好奇地走近奇怪的门廊……风吹来的沙落在高墙边，堆成月牙形的圆拱。在这扇门的后面，是一栋在大草原上显得相当不真实的带有大露台的单层房屋，部分覆盖着拱廊。左边，有一些让人误以为是监狱的建筑物。数以百计的蜂巢在围墙的掩护下嗡嗡作响。蜂群中有一个穿着蓝衫黑裤、脚跋传统的黑布鞋的中国青年，显得非常奇特而超现实。他站在一个喷出清水的喷泉附近——沙漠中动人心弦的景观。年轻人一看到我就走过来伸出一只手，灿烂的笑容照亮了他的脸。他说了一句话，无疑是在欢迎我。我听不懂，但被这种直接而真诚的欢迎所感动，我用法语回答：

"谢谢你的接待。我也非常高兴见到你。"

惊讶之余，他愣了片刻，然后爆发出极具感染力的笑声。

"贝尔纳。"我边说边用食指指着自己的胸口。

他也跟着这样做了，我听懂了一个我已经知道的姓："Lio"，其实应该是 Liu，是刘的拼写。刘先生。在中国，人们不用名字相互称呼,只有他们的母亲和妻子——以及兄弟姐妹——才能这样做。人们在姓氏后面加上"先生"。

刘先生指着屋内,招手示意我和尤利西斯一起进去。进去之前,我忍不住先喝了几口喷泉流出来的水。这种不谨慎应该是因为自从意识到二〇〇一年旅程接近终点后我就开始放松自己。但这个面容友善的男人的出现让我放心。在他的陪伴下,任何不测都不会降临到我身上。当我和他一起来到露台上时,他的妻子,一个高高瘦瘦的汉族女人从我身边经过,向我投来不信任的傲慢眼神。这种眼神我已习以为常。让我欣喜的是刘先生那张充满愉快的脸。从我们打招呼的那一刻起,我就知道这是我自打跨越国境线后一直期待的美好邂逅。而它直到最后一刻才出现。

房子呈 L 形,有十间独立的房间组成,有的房间只有一扇门,窗户也被砌成了墙。我的主人拿着茶壶回来,有一股强烈的电流在我们之间传递着:一种强烈的吸引,一种善意的交融,一种一见钟情的友谊。两个小时里,我与刘先生"聊天",我对中文一窍不通,他根本不懂英语。我们却能交流,理解对方。彼此间绝对的共鸣和精神集中让我们发明了一种语言。他说中文,我说法语。但每一个语调、每一个模仿、每一个符号都很重要。我们的对话穷尽了各种方式:表情、姿态。我们用潜意识交流着……而风吹到露台上的沙子成了我们的黑板。

我的朋友告诉我,这个叫农场的地方以前是个劳改所。一九八一年他离开家乡天都(Tiendo)镇来到这里做泥瓦匠,当时劳改所的围墙刚从沙漠中露出端倪。他是站在哪一边呢,改造者还是被改造者?我不敢提这个问题。当时这里有两千只山羊和好几千只鸭子，就养在他带我去参观的开始沦为废墟的房间。劳改所关闭时，刘先生和妻子留了下来。他靠养蜂和百来只山羊为生，这些山羊傍晚回来，羊倌是来自附近村子的老实人。刘先生有两个儿子，分别是十九岁和二十二岁。大儿子已经结婚，有一个女儿。我给他看我用中文写的小纸片，但他想知道更多，并问了我无数个关于Bali（巴黎）的问题。

渐渐地，西边的天空燃起了火焰，太阳终于陷入了塔克拉玛干。我在屋檐下搭起了帐篷。幸亏我这样做了，否则当晚那场可怕的沙尘暴无疑会刮走我的双层帐篷。

早上，主人送给我一些蜂蜜，让我保证给他写信，寄给他巴黎的照片。我要走的时候，他搂了我很久，好像要阻止我离开，然后又给了我一个拥抱。

这一天，我走得很轻快，好像这个迟到的快乐朋友仍在为我保驾；我在心里继续着我们昨晚的聊天。整整一天，这美妙的相遇一直在我的脑海里滚动着。的确，如果我学过中文，可能会遇到让我着迷的人物。当我写下这几行字时，这位先生活泼的笑容依然生动。人生中有某些神奇的时刻，它超越了一切，将你从世俗的重压中解脱出来，让你与神平等。谢谢刘先生。

我从绿洲的南边进入吐鲁番，今天是星期天，家家户户都坐着骡车去走亲访友。一头母驴子看到尤利西斯，吓坏了，跳过沟渠，在田野上奔跑，而车上一家老小的惊叫，更增强了这牲口的惊恐。

我看了一下海拔表。现在是海平面以下一百五十米。有火洲之称的吐鲁番，夏天温度可以高达五十摄氏度。绿洲东南方向两百五十公里，就是楼兰和干涸的罗布泊。

该地区的葡萄以无籽和极甜闻名。在城市的入口处，有无数墙体很通风的小楼：这些墙在砌造时，每块砖之间都留有很大的空间。一年一度，它们被用来晾晒挂在铁丝上的葡萄串。在院子里，农民们捶打一串串的葡萄，分出晒干的葡萄，然后无限期地保存。

二〇〇一年九月二十三日，我把行李放到了绿洲酒店的大厅里。我刚刚完成了三千多公里的旅程。为了庆祝，我加入了正在酒店院子里跳舞的维吾尔族姑娘们一起蹦跳。直到第二天，我才终于允许自己被疲惫淹没。我以月行千里的疯狂速度完成了中国部分的行程。在此之前，我从未在三十天内走过八百公里以上的路程。既然今年我成功了，生活又是如此美好，从现在到最后一站，我有足够的时间来恢复体力和找回自撒马尔罕后丢掉的十二公斤体重。

一九九七年我第一次来的时候，觉得市中心很有魅力，就像一个电影场景。古老的藤蔓沿着棚架攀爬而上，形成了一个拱棚，遮住了路面，奉献了荫凉与葡萄。这些街道之上挂满了沉甸甸的葡萄串，画面十分醒目。唉，这些街道所取得的成功导致了一系列剥夺它们魅力的市政决策。旧的木柱被塑料柱取代，沥青换成了大理石瓷砖。这里充满了五颜六色的小灯泡，看起来浮华而荒唐。学校的孩子们每周两次用拖把擦地，我看得出他们很不情愿。最后，为了在葡萄成熟的时候打击盗贼，街道上到处都是监管人员，谁要是摘掉哪怕一颗葡萄，都会被罚款。

吐鲁番不是由河道供水，而是由一个紧密的地下运河网——

坎儿井供水。我在伊朗已经见过这种运河（它们被称为甘那兹 Ghanats）。这里使用的技术来自波斯。绿洲的存在要归功于这些小溪，它们从山脚下取水，将清凉干净的水带到城市。该地区有五千公里的地下水网。非常自豪的维吾尔族人毫不犹豫地说，虽然它们不如长城那么显眼和壮观，但在过去的两千年里，同样是巨大的工程。两千口水井使得依赖这个水网维持整个绿洲生存成为可能。坎儿井的地下钻井人员，在这里享有极高的威望和一致的尊敬。

吐鲁番同时还是历史名城。在公元八世纪伊斯兰化之前，佛教信仰非常突出，这一点从现在仍可参观的遗址和石窟可以看出，它们或多或少地躲过了各种形式的破坏。当蒙古汗国的回鹘人在这一地区定居后，一个王国兴盛起来，首都就是高昌。

抵达后的第二天，我参观了废墟中的交河故城，栖息在两条河流交汇处的悬崖上。它的起源是如此遥远，无从得知谁是它的第一批居民。公元两世纪，汉朝在这里扎营驻军，以确保丝绸之路的安全。可惜，一千年后，成吉思汗来到这座城市，他只留下这些我们今天所能看到的废墟和土墙，绝望地挺向天空。然而，这个地方并不缺乏高贵，在这些红尘的角落，到处都是虚无的过去，而现在已然消失。

在吐鲁番以北的戈壁沙漠一侧，是"黑城"哈拉浩特。据说马可·波罗在它被毁前一年曾来过这里，并将其称为亦集乃。城主黑将军哈日巴特尔，觊觎皇权，图谋反叛。几经战败，躲进人称坚不可摧的黑城内。围城军队改变了为城内供水的河道流向，哈日巴特尔知道末日已近，就把装在八十辆马车里的财宝埋入挖井未见水的枯井井底。他杀死了自己的两个妻子、女儿和儿子后，身先士卒，率兵倾城而出，战死沙场。尽管中国人和俄国人多次挖掘，但他的宝藏始终没有找到。

在吐鲁番休息的两天时间很快就过去了。我有千头万绪的事情要做。我上网把我的回程通知巴黎。我把尤利西斯的两个轮子打好包裹委托给绿洲酒店看管，并告诉他们明年春天我会来取。但我需要把手推车带回法国：这辆我发明的小车，我的旅伴，需要太多的改动来保证它的性能。而这一点我在这里做不到。

新疆的首府乌鲁木齐是一座庞大的城市，汉族和维吾尔族共居此地，彼此不相混杂。在那里我遇到了王万平，就是那个帮我过边关的导游领队。不知道为什么，在我的想象中他又老又胖，可在我面前的是一个身材修长、活力充沛的年轻人。他交给我一张经哈萨克斯坦首都阿拉木图转机回巴黎的机票。在离开中国之前，我在乌鲁木齐漫步，想起彼得·弗莱明那句"这里在盛宴期间的死亡率令人恐惧"，他以纯英国式幽默写道①。的确，一九一六年，杨增新将军在一次宴会上砍掉了他怀疑要推翻他的人的脑袋，乐队则在演奏音乐。然后他安静地吃完了饭。一九二八年，又是一场宴会，但这一次是他和他的朋友们无法消化他们收到的子弹。在十九世纪，被判处死刑的囚犯的头被锁在一个"卡帕斯"中——一种悬挂在街道中央的固定笼子——而行人对此完全熟视无睹。受刑者的脚搁在一块木板上，木板在一个星期内被渐渐撤去，直到他的脖子被折断。毫无疑问，无论是身处喜悦抑或恐惧，人类都如此考究，令人瞠目

---

① 原注：彼得·弗莱明，《鞑靼来邮》，菲比斯出版社，巴黎，2001年。

结舌。

我的心已经在巴黎了。本该多睡几个懒觉，可连续四个月在黎明叫醒我的生物钟却尚未改变它的节奏。所以天亮之前我就上街了。大型的人民公园气氛宁静，我在那里度过了好几个小时的愉快时光。我看到第一批在上班前来这里做集体体操的工人，注意到他们都是汉人。上班点过后，涌入的是一大群退休人员，他们身上表现出的那种不同寻常的活力，必然能让中国的社保体系省下一大笔钱。人民公园的每一个角落都值得一看。树下，无处不在的音乐淹没了鸟鸣。那里有一个小岛，随着施特劳斯华尔兹或斗牛舞的节奏旋转的基本是上了年纪的舞伴。手持假剑的团体动作非常精确缓慢。有的在做操，有的随着"亲爱的我爱你，亲爱的我喜欢你……"的音乐又蹦又跳。在一条小路上，伴随着三位乐手弹奏的传统音乐，一位老妇人用尖细的小女孩嗓音唱着中国歌剧咏叹调。一百名妇女散落在树下，每人手拿着一条围巾，排练着有节奏的舞蹈动作。会跳的很少，但所有人都在学习。每个项目似乎都有一两位老师带领。其他人则认真地听或模仿。一些年纪很大的人，跟不上疯狂的节奏，在小路上走着，或者伫立在一棵大树前，固执地重复着小小的体操动作。

在一个十字路口附近，在周围顾客温柔的注视和指点下，我用油条蘸着一种热牛奶吃完了午饭。在这里和其他地方一样，我已经习惯了用……卫生纸擦嘴和手。这种纸厕所里没有，但在大城市，每张餐桌都必须有一卷。

坐在公园的树荫下，这个我将暂别数月的国家，我思考着中国人所展示出的能量。我对这个国家在追补技术落后过程中表现出的活力一点也不感到惊讶。在这里，工作是一项基本美德，神圣的级别堪与宗教比肩。中国人适应市场经济的惊人速度怎能不让人震惊？事实上，在那段时期受到控制的贸易其实从未完全消失。它勉强度日，靠那些从未停止竞争的小巷集市自救。政策之门一打开，立即繁荣绽放。人们几乎不知不觉地从纯粹的计划经济过渡到市场经济。

九月二十八日，我登上一家中国航空公司飞往阿拉木图的俄罗斯飞机，从那里经伊斯坦布尔飞往巴黎。因为事先无法确定回国日期，我得去哈萨克斯坦机场的土耳其航空公司代理处取票。

当我下了飞机，一个意外正在等着我。过境旅客没有专门的区域。到达楼和出发楼是分开的，所以所有的乘客都要经过边检。轮到我的时候，一个饶舌而又咄咄逼人的女警察在翻阅我的护照时，很惊讶我没有签证。

"不用的，我在中转，今晚就坐飞巴黎的航班。"

"如果你没有签证，就不能进入哈萨克斯坦。"

"可是我只是在这里中转……"

她根本不听我解释，把我推开，指示我去一间办公室。在那里，一位哈萨克斯坦领事向我解释说，要从我所在的大楼到出发大楼，必须穿过一块哈萨克斯坦领土，因此我必须有他国家的签证。费用：相当于二十一欧元。这是个不错的小骗局，我本想抵抗，但很快就放弃了。我去取行李时被告知：取行李大厅要出示签证。一个完美设置的美元陷阱。一群丹麦人和我处境相同，他们的向导大发脾气也没有用，如果他想救出自己的团队，就只能顺从。但这个陷阱接着暴露出它的卡夫卡式荒谬，因为：

"请出示您的护照和去巴黎的机票，谢谢。"

"我刚刚告诉您，我没有去巴黎的机票，它在土耳其航空公司的办公室，我得去那里拿。"

"那我就不能给您签证了！"

在这样一个愚昧的官僚体制下，如果没有强烈的幽默感，这个国家的人民如何能够生存？我觉得这种情况相当可笑，但当领事告诉我他不能为我做任何事情时，我很快改变了语气，相当生气。我只能待在这间小屋里，直到时间的尽头，因为没有什么能打破这个恶性循环，除非发生革命……或是世界末日。没有机票就不能办理签证，但是要办理机票就需要签证。我嘲讽的荷马史诗般的大笑使得领事有失体面，他想给航空公司打电话，但飞机要到凌晨四点才起飞，机场办事处还没开门，而城里的办公室已经下班了。我请求允许我去取行李，但被穿着制服的恶妇干脆地拒绝了，她一根接一根地抽烟，和同事们一起开心地聊天。

整整一个小时，我急不可待。然后领事从他的窗户后面向我招手，让我靠近。

"您的问题搞定了吧，我们要下班了。"

我暴跳起来。

"您把所有的门都锁上了，怎么能指望我离开这个监狱！"

他看起来真的很抱歉。但我肯定，晚餐时间一到，他就会把我留在这里。而且既然一周只有一个航班……

"您知道，我只是在执行规定。"

他想了一下，然后，突然有了灵感似的，要我把护照再给他看看。他翻了翻，然后笑了。

"您去过吉尔吉斯斯坦，这就好办了。如果您从中国来，我不能给您签证，因为我必须要您最终目的地的飞机票。但如果您是从吉尔吉斯斯坦来的，边境是陆路，在这种情况下，问题就不存在了，尤其是您的吉尔吉斯斯坦签证还在有效期内，所以我们可以认为您是走陆路来。"

我束手无策了。

"但我在离边境两百公里的机场。没有签证，我不可能大老远跑来这里。"

"这只是一个细节。您的吉尔吉斯签证是有效的，一切正常。"

还给我二十美元的员工又把钱拿回去数一遍，小心驶得万年船。最后，那个女警带着一丝傲慢的笑容，给我的护照盖了章。幸运的是，我在到达大厅找到了我那孤单单但完好无损的行李。

在空旷的机场等待航空公司办公处开门时，我遇到了一个美国人，他要去塔吉克斯坦。他在机场已经待了三个星期，却无法解决和我类似的问题。第三个晚上，他被允许在没有签证的情况下住在阿拉木图的一家酒店。但他还不能离开。幸运的是，一个在机场开店的年轻漂亮的哈萨克女人很喜欢他，帮他愉快地打发时间。

当飞机终于飞向伊斯坦布尔时，目光注视着舷窗外朝阳中辽阔的草原，我想我们将以每小时八百公里的速度，经过十个小时到达我三年前出发的那个城市。而自己曾经一步一步地覆盖了这段路的事实突然变得令我惊愕，仿佛那个在万米之下挥汗如雨的人与此刻舒舒服服地坐在机舱软垫座椅上的不是同一个人，一个声音圆润的空姐走过来问我："先生，您想喝什么？"

自从我开始这段漫长的旅程以来，第一次，我开始觉得，我可能，也许，会走到最后。但不可轻敌，等待我的是戈壁沙漠三千公里的路程。我还有半年多的时间来准备面对这最后一段路程，以西安市中心的那座钟楼为目标。

戈壁之风

第四次旅行
（2002年春夏）

一 沙尘暴

来到国道，我泄气了。漂亮的白色圆顶水泥护柱，上面有一个可怕的黑色数字：三千九百八十一公里。这条 312 国道是中国也是全世界——最长的公路。它连接了上海与五千多公里外的哈萨克斯坦边境。我的目的地西安，在这条路一千多公里处的另一侧。直到今天，二〇〇二年四月十八日上午，我仍希望自己的其中一份资料是错误的。找不到可靠的地图，我的背包里塞了三张大致相同的地图。第一张称两千四百公里，第二张说是两千六百五十公里。绝望地注视着这个邪恶的界标，我不得不承认第三张地图才是正确的：的的确确有两千九百公里，将我与直至公元九世纪一直是中国皇都、丝绸之路终点的西安隔开……自打离开巴黎后一直萎靡的士气跌落到最低点。以正常情况下每步可怜巴巴六十五厘米的节奏，可能走完这么远的距离吗？

确实，两个星期以来我一直心情不好。今年我离开法国时健康状况不佳：冬天的一场严重流感让我疲惫不堪。在坐飞机出发的前三周又并发支气管炎。我咳得像得了百日咳，吐痰不止。浑身疼痛，特别是左脚和膝盖的疼痛，让我怀疑是否能走到终点。自从踏上丝绸之路以来，我第一次意识到自己已经六十四岁了。

除了这些身体上的折磨，我还带着些内心的疲劳。我离开时，法国正深陷总统选举大战，伴随而来的集体歇斯底里令我对民主产生了怀疑；不懂中文的我将在这个国家徒步三千公里，根据去年的观察，这里的人们不像中亚那样以好客为美德，一切都要靠我自己。简而言之，人性的种种特征压垮了我，我可怜地安慰被戈壁吓坏的自己：也许沙漠也不是一无是处……美丽的孤独有时是对抗抑郁的最佳疗法。第一年，对自己将面临的事物所持的某种轻松心态使我走上了这条神秘、神奇、危机四伏的道路。在接下来的两年里，沉迷于自己的所经所遇，即使走得很艰难，但总是充满斗志。今年，告别家人特别令我难舍难分。更沮丧的是，我一到中国就获悉亲爱的雷蒙德姨妈去世了。这是我非常喜爱的一位老妇人，她在我从巴黎登机的时候永远地走了。总之，自三年前我从伊斯坦布尔出发至今，无论是身体还是精神，我都比以往任何时候更加怀疑自己能否跨越界标上白底黑字的三千公里，到达遥不可及的西安。

前天我到达北京的时候，街道被淹没在我以为的雾气中：事实上，这座城市刚刚遭遇了沙尘暴，我看到的所有中国女人脸上都包着围巾，就像土耳其或伊朗的面纱女人一样……

从北京转机去新疆首府乌鲁木齐。飞机行李舱里，一个装有黄色油漆的神秘行李箱爆炸了，漂亮地装饰了我们的行李箱。提着带着黄色斑马条的黑背包，我在人群中相当醒目。从乌鲁木齐，我将坐长途汽车去吐鲁番——二〇〇一年我胜利结束行程的城市。在那里，我留给自己一天的时间采购，买了维生素——葡萄干和杏干；又买了些苹果和一堆速食面，这将是我在今后三四个月徒步丝绸之路最后阶段的主要供给。我也取回了去年九月交给绿洲酒店经理保管的折叠手推车尤利西斯的轮子。轮胎瘪了，但花了一元人民币

（0.15欧元），当地的修理工就把轮胎充得圆滚滚的。这车身——被我小心翼翼地带回法国，由好朋友马塞尔·勒梅特进行了加固——已经准备好面对任何挑战。

新疆是一个面积相当于法国三倍的省份。的确，它拥有了地球上最荒凉的沙漠中的两个：去年我从北面绕行的塔克拉玛干，以及今年将面对的横跨蒙古和中国的戈壁。四月十八日，天刚亮，绕了一个小时的圈子后，我刚走完了吐鲁番与国道之间的六公里，来到了这个界际前。真正的旅途从现在开启。天气很好，微凉，很适合行走。今年我选择提前出发，就是为了趁着温和的春天，早点到达西安——避开酷暑，起码尽量少受炎热的折磨。

走路让我感觉很好。前几公里解除了困扰我两周的焦虑。道路缓缓上升。从这片位于海平面以下一百五十四米的绿洲，我知道自己将一直攀登到海拔近两千米的高处——戈壁沙漠实际上是一个高原。在到达那里之前，我饱览着始终百看不厌的景象：和全世界所有葡萄种植者一样，农民们以精心细致的方式修剪和保护着葡萄藤。这里的葡萄很甜，采摘后晒干，绿洲无疑因此而美名远扬。尤利西斯平静地跟着我，用安全带系在我的腰带上。它装着我的背包，一个自乌鲁木齐以来就带上条纹的水手包，里面装着我的露营和烹饪设备，没有它们我就无法面对沙漠。我还放了两个大水壶（第三个在我背上），总共十二升我已用氯消过毒的水，我不想重复自己在多乌巴亚泽特的痛苦经历[①]。

中午，行走二十公里后，我歇脚的第一站是一家清真餐馆。店

[①] 原注：《徒步丝绸之路Ⅰ：穿越安纳托利亚》，菲比斯出版社，巴黎，2000年。

主马庆昌（马是"穆罕默德"的汉化）特别热情大方。他延续了我在土耳其、伊朗和前中亚三个共和国所熟知的热情好客的传统。

我本来计划首日行走不能超过二十公里。但一贯养成的固执的冲动让我放弃了原方案。借口测试我的露营装备，我谢绝了马的邀请，他可以为我提供了一个通常租给卡车司机的房间。

因此，在更远些的地方，我才掏出非常轻巧的帐篷。我又恢复了游牧民族的习惯，在路边捡小木头，在三块石头之间生火煮面，快乐的罗宾逊！可当狂风大作，我不得不承认，这个庇护所完全是虚幻的。售货员曾特别强调，这种型号的帐篷三个边有巨大的纱网，避免了水汽凝结。但在突如其来的沙尘暴下，这个优势变成了相当大的劣势。我爬进睡袋，用既是枕头、颈套又是浴巾的大围巾（两米半长）包裹住脑袋。我听着"桅杆"里阵阵嚎叫声，生怕桩子被扯断。

我应该是打了个盹。醒来的时候发现自己居然被压扁了：透过纱网进来的细尘，已经把我埋在了一层粉尘之下。眼睛、嘴巴、鼻子、耳朵里全是沙子。啊！我在新疆的第一晚露营相当成功。

重新上路。脚很痛，尤其是有个"大包"的左脚，那是我年轻时穿时髦的意大利皮鞋造成的畸形。我离高昌以北三十公里，但不打算去。这座城市在唐朝七世纪之前是丝绸之路上的重要一站——也是一千年前回鹘人在该地定居时的首府——它在十三世纪时被蒙古人摧毁。今天的它只不过是一片废墟。命运相同的还有位于悬崖边的柏孜克里克千佛洞，距离我仅六公里。这些石窟曾埋没在沙土中。曾几何时，它们消失在时间的迷雾中。沙子，这位艺术之友，完美地保存了其中的宝藏：洞穴壁画、雕塑和雕像因此幸免于盗窃或变质。二十世纪初，欧洲东方学家开始迷恋该地区。这些中国人称之为"洋鬼子"的人，发现了遗址并侵占了其财产。我们知道，阿尔伯特·冯·勒柯克把这一切都寄回了柏林。但我们不能太沙文主义：法国汉学家伯希和也从敦煌石窟中偷走了七千份手稿。德国人曾为阿尔伯特·冯·勒柯克的凯旋而骄傲，甚至还建了一座博物馆来收藏这些宝藏……这些文物在一九四五年被盟军的炸弹炸成碎片。白费力气的收藏……

如果运气对我微笑，我将有机会在旅行的最后阶段参观保存完好的佛教石窟。因此，我拒绝了在路边等待游客的业余导游的邀请。我也回绝了一个开着小巴士的男士的青睐，他无法相信我要步行。"不要钱！不要钱！"他的大声叫喊没有让我屈服，尽管我很想这样做：我情绪低落，信念涣散，我被戈壁所困扰，在我眼里它成了邪恶者的创造。

沙尘暴过后，悬浮的灰尘妨碍了视野。我看到的"火焰山"只是一群红土聚积的山丘，如果我的旅游指南说的是真的，那么当太阳到达顶峰时，它们就像燃烧的火焰。道路在上升，不断上升。昨天我在海平面以下一百五十四米；今天中午，在走了十五公里后，我正好在海平面上。

盛驹（Sheng Jui）村的一家客栈非常好客。饭毕，我几乎无法起立离席。刚刚喂了我一盘辣面的中国人，高瘦如竹，建议我在餐厅隔壁的房间里休息一下。他甚至给我端来了一盆水，可能是认为我太脏了，有损客栈形象。但我倒头就睡了三个小时。醒后，我洗掉了昨晚暴风雨涂在我的脸上和手上的赭色粉底。我无法上路,太累了,也没有太大的动力。那就算了吧。我早早地吃过晚饭,然后在老板租给我的一个更大的房间里睡觉。他显然认为这笔钱是个天文数字,在报出数字前说了一堆我听不懂的话,听语气肯定是说生意难做,游客很少,税收很高。

狂风继续施虐,而且是东风,也就是说我在逆风前行。勇敢的尤利西斯为狂风提供了扯断我胳膊的机会。我必须像伏尔加河的船夫那样将身体向前倾斜才能行走。由悬浮的小沙粒组成的迷雾淹没了周围景观。我呼吸困难,被支气管炎堵塞的肺部发出的声音像空转的抽水泵;尽管穿了防风衣,围着大头巾,还戴着我预先准备好的羊毛手套,这刺骨寒风还是把我冻僵了。到了晚上,我的手表显示海拔两百六十米,前不着村后不着店,风还在继续,搭帐篷的企图完全不现实。老天保佑,我看到了一座桥——我后来发现312号公路上有不少这样的桥——我在桥下搭了一堵石墙来庇护自己,我把自己裹在救生毯里后钻进睡袋,整个头完全埋在围巾里,我睡着了。

第二天的路况基本相同。风似乎永远不想停止。在鄯善,我意识到自己四天才走了九十八公里。大老爷的节奏。即使打算在圣诞节前到达西安,我也得加快速度!我只有两个月的签证。我没有向中国方面申请特别许可:被拒绝步行前往吐尔尕特的苦涩味道尚未淡忘。我现在更喜欢依靠我的幸运星。可我星运黯淡,走完的路很短,西安却很远。行走的最初几天,我就像那些水手,看到他们所爱的海岸逐渐退去,害怕永远无法到达大海的另一头。更何况,他们起码还有伙伴们可以说话;而我,我离开吐鲁番在荒凉的

168　徒步丝绸之路　Ⅲ　大草原上的风

沙漠中独自旅行，甚至不能和遇到的人们说话。他们对我来说就像是鱼。我看到他们的嘴在动，但不明白他们在说什么。我会一路走下去吗？此刻的我没有答案。支气管炎淹没了我的肺。自主成了缺陷——稍有气馁，只需举起手臂，我就能坐上卡车返回港口。我一个人和我脆弱的力量，将决定旅程的长度。在巴黎登机时我就感觉到了。我和自己打赌，我将比沙漠、比它的空虚、它的悲伤和它的狂风更强大。此刻，我正直面着它。

戈壁，我来了！

二　穷　人

在我刚刚落脚的鄯善宾馆，一个维吾尔人和一个穿便衣的汉人，在我眼前出示了警察证，进到我的房间。他们收到了一些神秘的电话报警。我的护照和签证——尤其是我那张用图示总结了我始于伊斯坦布尔的步行路线的塑封小纸片——让他们很放心。然后他们向我竖起大拇指——中文和所有语言中都代表钦佩的标志。他们告诉我，像我这种级别的客人有权入住更舒服的"外国人宾馆"。这种宾馆价格自然高些，但他们可以让我享受优待：价格和我住的地方一样。他们甚至友善到想带我坐吉普车……去沙漠里兜风。各位可以猜到，我什么都需要，就是不想加速我的戈壁之行。对我来说，当务之急是将邮件寄往巴黎。没关系，他们陪我去邮局，插队，永远是尊贵的客人……我敢打赌他们会打开我的信，但又有何妨！如果他们怀疑我是中国的可憎叛徒，我信中的思亲之情会让他们失望。

在中亚，我已经习惯了非常好客的陌生人来找我，邀请我分享他们的烤肉串、手抓饭或几粒干果，和这里完全不同。不过，我也因此不用担心遇上斋戒。新疆的晚上，人们如蚂蚁般占据城市的广场，摆上桌椅和临时厨房。他们蜂拥而至，迅速安营扎寨，给不饿的你准备让你胃口大开的菜肴。今晚，是个排骨砂锅，黑木耳、羊肉、鱼和粉条一起盛在一个大陶碗里，我狼吞虎咽。

在两个警察向我保证"非常舒服"的外国人宾馆，晚上十点钟我就睡着了，可是承诺晚上八点钟开放的热水还没到。黎明时分，我洗了个清爽的冷水澡，然后空着肚子上路了：早餐似乎要到八点三十分才供应。和中国其他地方一样，新疆实行的是与此地相差两个时区的北京时间。人们更重视行政机关的工作时间与首都同步。否则你可以想象其中的麻烦：我们约的是当地时间还是北京时间？或者，早餐供应是按当地时间还是北京时间？

一个好心的维吾尔人，看到尤利西斯和这个可笑的欧洲人在黎明时分行走在路上，动了怜悯之心。他给了我一碗面条，我乐意地吃进了肚子。

在我步行的第二天，我遇到了一位年轻女子，她的衣着和举止困扰并影响了我。她很年轻，二十出头，相当漂亮。腋下夹着一个包，里面一定装满了她的全部财产。她全身上下都是脏兮兮的泥土，看起来像是那些愚蠢的万圣节服装。看到我走近时，她穿过马路继续前行。是害怕陌生人还是为自己的处境感到羞耻？我当时就纳闷了。在中国，是否存在穷人中的穷人，被排斥的人一贫如洗而社会上却无人伸出援助之手？我驱散了这个想法。中国，一个共产党国家，必然关心最贫穷的人，关心无产游民，不可能实行这样的政策。

那一天，我遇到了另一个流浪汉。我以前也见过穷人，但这位真得穷得不能再穷了。他身上沾满了令人厌恶的污物，扛在肩上的一根棍子上挂着一个帆布袋，里面堆满了几口破锅和空罐子。脸上很脏，沾满了结痂的灰尘。当我递给他几张钞票时，他一言不发地停下来，对我微笑，露出几颗仅存的黄色残齿，然后离开了。

再往前走了约十公里，我到一座桥下找了个避风处吃些干果。在修路工以前建造的烤炉背后，一个女人睡在厚厚的破布下。她和我遇到的流浪汉一样很脏。会不会是他的老婆？我只能这样想象。他可能是为了寻找食物而离开的，因为这座桥距离任何有人居住的地方都有十五公里。她指着自己的胃。她饿了。我给了她几包速食面，又给了她点钱，从她无声的笑颜中判断，她几乎认为这是一大笔财富，她也向我表示感谢。

一辆笨重的黄色大货车突然停了下来，司机向我跑来。他从"马"的口中得知我要去西安，千载难逢的运气，因为这正是他要去的地方。他已经抓住了尤利西斯，他确信我会高兴得跳起来。我的"尤克"（维吾尔语的"不"）把他愣住了。不管他如何向我保证是免费的，我还是带着一千个微笑对他说"尤克"。他一言不发地回到他的车上。十五分钟后，他的车从我身边经过，都没看我一眼。今天逆风而行绝对是难上加难。除非你真的特立独行，不然行走只能被改为散步。上帝知道特立独行在我们这个时代多么不受欢迎。可它仍不断地激发人们的好奇：作为证据，这个从兰州归来的电视剧组正忙着拍摄我，一名记者就我的旅程直接采访着我。

在我行走中国的过程中，有两种睡觉的地方：宾馆即我们所谓的豪华酒店——但这并不意味着舒适——它比较稀有，是专门为西方人准备的；还有旅馆，一种为卡车司机和当地人服务的小客栈——庭院用作车库，周围是一排排像小硬盒子般简陋到不能再简陋的客房：床是木头箱子，床垫是席子，枕头是装着籽粒的口袋，被子是一般只用公用水泵冲洗的羊毛毯。

我在旗特凯（Qitekai）停留的旅馆为我提供了至高无上的奢侈：办公室……但没有椅子。来弥补这个缺陷的女孩打算为我提供明码标价的爱情。我在之前的旅程中从未遇到过这种提议，但考虑到所有因素，这并不让我感到惊讶。我注意到中国男人——除了他们能应付一切的本事外——也非常专注于男人性事。翻译给我的问题经常涉及这个话题：我怎么能禁欲四个月？这是不知道每天走四十公里意味着什么的人才会提出的问题，身体全力以赴满足体力所需，欲望早就逃之夭夭了……只是一个过客的步行者是没有性瘙痒的：他观看、欣赏，在每个破晓时分上路。从青春期开始，我一直拒绝与妓女有任何关系。我也不打算在六十四岁开始破戒。

　　自吐鲁番以来，景色变化不大。离开绿洲，一片光秃秃、灰蒙蒙的石头和泥土向南延伸，偶尔散落着几块未被风摧毁的大岩石，上面生长着红柳树。往北，我的路线总是沿着巍然的天山山脉——世界上开发最少的高山地区之一——我只能看到山脚，那笼罩在永恒的蓝色薄雾中的由皱巴巴的灰土堆成的山丘。很明显，旗特凯将是我在有人居住的世界的最后一站。我正在接近从巴黎出发后一直畏惧的——著名的戈壁沙漠。

　　第七天，以不错的速度逆风行走了三十六公里后，我意识到身体正在迅速适应我强加给它的努力。考虑到风的问题，我放弃了搭帐篷的打算。我想，从现在开始我得习惯露宿了。但毕竟没有人强迫我这么做！所以，我没有抱怨，而是在两阵风之间点火起灶，逼着自己吃完了面条，客观地说，这面条并不是那么难以下咽。

　　早晨，我发现，因为沉浸于思虑万千，我显然忽略了步行的条件限制，我忘了在旗特凯购物，忘了加满第三个水壶。我不可能靠四升水和口粮坚持一天半,直到到达下一个村子。而根据我的地图,下一个村子在一百五十公里之外。要不要掉头回旗特凯?太懒了,我决定试试运气。通常情况下,我的运气都很好。

几公里过去了,水壶里的水在减少,什么都没有遇到!我路过一家餐馆,但它已关门很久了。我在喀什注意到,一些红白相间的小水泥桩将装有自动通信设备的建筑物连接在一起。这些中继器的运行一方面通过安装在屋顶上的光伏电池,另一方面则通过一个小型风力涡轮机旋转戈壁来风。每次看到一个这样的建筑,我会以为是一家旅馆。唉,它们全是空的。

像我这样投身于疯狂冒险的人,能不渴望运气时不时地出现在眼前吗?当然不能!瞧,这里有一群工人,我向他们展示我的芝麻开门:用中文解释我的奥德赛之行的小纸片。他们惊呼,他们簇拥着我,他们灌满了我的水壶。再往前两百米,为工人做饭的伍池,个头小小,笑眯眯,胖乎乎,她给我端上了丰盛的麻辣饭。这位身材娇小的中国女人消失在一件五颜六色的大夹克下。她巧妙地用塑料布封闭了一座桥的底部,在那里布置了一个临时厨房。她在我的包里塞了几包面条,我现在感觉自己富足到可以面对沙漠了。

我仍然不得不拒绝一个想不惜一切代价让我上车的卡车司机。我又令一个人失望了。可是,对于一个甚至连车都没有的穿越戈壁的欧洲人,人们能期待什么呢?也许起码我能和他一起聊聊足球?我以为他会和我说齐达内,但从他嘴里说出来的却是……普拉蒂尼。消息到达遥远戈壁的速度显然很慢。

众所周知,沙漠也是居民稠密。但这里没有原住民,没有动物;也没有游牧民族,没有蛇,没有蝎子,没有蜘蛛……只有像蠕动的星星一样照亮黑夜的石油火炬塔，以及向西运送钻管的卡车，向我证明着石油勘探进展顺利。这里的沙漠一点也不浪漫，毫无诗意。唯一的危险可能来自人类。到了晚上，露宿野外的我握刀而眠；天空下，唯一的鸟儿是被风吹起的塑料袋，唉，和我们一样，中国人也大量消费着……

三　天　山

我逐渐将每天的行程增加到三十至三十五公里之间。义岩上村有两栋房子。大的那栋属于张家。父亲身材魁梧，喜怒无常，和儿子一起经营着一家轮胎维修店。女人们打理着一间卖饮料和香烟的小店。我被热烈欢迎，并和他们一起吃饭。张妻陶氏和她的儿媳妇盛高亚给我准备了一盘鸡蛋、辣椒炒西红柿，令终日以面条果腹的我胃口大开。孙子穿着一条露出小屁股的开裆裤，可以随时随地想拉就拉；他被全家人亲吻、爱抚和呵护着。为防小偷，张先生睡在小烟酒店。他们租给我一个房间，我在那里徒劳地寻找关灯的开关。原来灯只在发电机开动时才亮，关掉发电机，它自然就会熄灭。但那天晚上，爆胎的卡车特别多，灯光把我唤醒，功率强大的电动螺丝刀发出的噪声让我无法再入睡。

早上，对我产生了信任感，张的儿子向我展示了他们的宝藏。在挖掘屋后的红土时，他们发现了一片名副其实的化石木。几千年前，这里曾经是一片高大的树林。如同每个中国人骨子里的商人心态，家里人希望能从中赚点小钱。他的妻子盛高亚很自豪地从抽屉里拿出一只小小的绣花鞋，还没有我的铅笔长，这是以前裹脚妇女穿的鞋，不会超过十厘米……

当一个海市蜃楼乍现在我面前时，我已经走了四个小时：它在地平线的尽头，看起来像是些大树。好几天没看到树了……不，不是树林，但更加好看：那里有一座宏伟的烽火塔，状况相当完好。方方正正，足足有十五米高。这是我在中国走过的近两千公里所遇到的第一个丝绸之路遗迹。帝国为了维持秩序，在商人、外交官和朝圣者所经的路线上维持着小规模驻军。每个小要塞都有一座烽火台。出现敌情，火光和炮声将消息从一座塔传到另一座，不分昼夜地传递到首都，速度让最快的骑手也望尘莫及。

我遇到的这个遗迹得以幸存，是由于它被人们保护起来用于农业目的。它的脚下有一口清澈的水井。稍低处，在可能曾是兵营的建筑物后面，有一个被柳树环绕的水塘。堡垒的围墙部分处于废墟之中。护城河完全是空的，但仍然可以辨认。

我用水壶灌满清水，然后前往梯子泉。在离村子四公里处，一家客栈的老板娘，一位带着孩童笑容的瘦弱女人，向我保证，村里没有旅馆。但她有房间可以租，半小时后，我开始怀疑我的这个决定。因为来了两个脸色阴郁的男人，一前一后地把那个染了头发的女服务员拖进了一个房间，出来的时候都在系裤子……难道我又掉进了火坑？姓宋的老板娘，一直笑眯眯的，似乎这一切都很正常，但她看起来又不像老鸨……早上，她给我做煎蛋，配上醋洋葱和豆腐——这种我已在法国学会吃的豆制奶酪。

这是我第一次在一天中毫不费力地走完五十公里。道路相当平坦而笔直，风奇迹般地转为西风，推着尤利西斯和我。我感觉自己的身心终于进入旅行状态。

不再需要与东风搏斗和低头盯着沥青路，我可以抽出时间来看看风景。北边是浩瀚的天山，南边是沙漠。它平坦得令人不安，只在颜色上有所变化：成片的金色沙子，大块的黑色卵石滩，白色的海盐流，无边无际的赭土。

在这没有任何东西能够引发我兴趣的宇宙的虚空中，我该用什么填充自己的思想？前几年，我学习所在国的语言。至于学汉语，不知道为什么，我放弃了。我的思绪飘忽不定，我在月亮和梦中……躲避。我开始想象一个故事，这个灵感来自我对中亚妇女与乔治·桑时代欧洲女性生活的比较。如果写成小说，那标题应该会是："将世界玩于掌中的罗莎"。在随后的日子里，我将试着创造出小说中的人物，他们将是我的戈壁伴侣。

为了奖励我的出色表现（五十公里！），当晚，在我露宿的一座桥附近，沙漠为我展示了一幅绝美的景象。在白雪皑皑的天山的衬托下，大山变成了紫色，而沙漠则被蓝色的光芒装点着。一只老鹰懒洋洋地盘旋；一只长着羽状尾巴和尖鼻子的小老鼠小心翼翼地从洞里出来，凝视着我这个声称占据了它的地盘的两足动物。难道戈壁中还有生命吗？我和太阳一起入睡，梦见哈密，在那里，我将为自己献上一份浓浓的幸福：休息一整天，脱掉衣服……

我被一阵喧闹声惊醒。起风了，风猛烈地卷起地面的沙子，鞭打着我露在睡袋外的脑袋瓜和脸颊。狂风穿透像帆一样膨胀起来的羽绒睡袋，把我冻僵了。匆忙中，我垒起一道石头墙，把自己紧裹在救生毯中，头上缠着大围巾，在疲惫的帮助下重新入睡。黎明时分，我发现自己又被埋在了一层沙子下面。

第一滴雨在早上七点左右落下。八点，我被一场凛冽的冻雨淋湿了。鞋子成了真正的浴缸，必须不断地清空。无论我走得多快，而且被风推着走——幸运的是今天刮西风——我却始终无法让身子暖和起来。到了中午,我躲到了一座桥下面——祝福这些又新又丑陋的建筑物吧,这是可怜的步行者的天赐之物!我越觉得寒冷,越认为唯一的出路就是今天到达哈密。五十五公里——经过昨天的五十公里以及从吐鲁番开始连续十三天没有休息的行走,这可能吗?我的手都冻僵了。

一辆起重卡车很友好地让我搭便车。更多是出于习惯而非信念,我拒绝了。我开始责备自己如此固执。坐三十公里的卡车,难道会改变什么吗?不会。但我担心的是无法阻止自己在今后将会一犯再犯:下雨天,热浪,受伤的脚,食物耗尽时,我将爬上卡车……本能地,我知道我没有前些年那么积极,因为遭遇不像在中亚那样让我感到兴奋,崩溃的危险性变得很大。如果我给软弱一次机会,那将是我毅力的终结。我想完成这个始于伊斯坦布尔的徒步计划,以尊重我和自己签订的契约。

所以我继续走。我时而快步疾行,时而被阵风推着跑,每一步都有鞋子在拍打。但愿我脚上柔软的皮肤能撑到最后!下午五点,我离开国道,又花了一个小时到达市中心,找到一家极好的酒店——哈密宾馆。冻僵的我洗了个滚烫的热水澡,盖上两条被子,沉沉地睡了两个小时。晚些时候再清点包里的损失:我的笔记,湿漉漉的文件,将有一夜时间用来烘干的衣服。

除了鲜美的瓜果,哈密市的名声还来自丝绸之路的时代对旅行者的热情好客。马可·波罗这样讲述这座曾名为"库木勒"而被他叫作"卡穆尔"(Camoul)的城市①:"卡穆尔州以前是一个王国。它

---

① 原注:马可·波罗,《马可·波罗行纪》,菲比斯出版社,巴黎,1996年。

有许多城镇和村庄,但中心城市是卡穆尔。这个州介于两个沙漠之间,一边是罗布大沙漠,另一边是三天可穿越的小沙漠。居民们崇拜神像,有自己的语言。他们靠大地富饶的果实为生。

五月一日,在这个国家,我以为会有盛大的庆祝活动、游行、音乐、演讲……什么都没有。人们依旧孜孜不倦地辛劳着。学校组织了一场非常糟糕的活动:操场上,身着校服的学生跟在一支铜管乐队后面行走,号手的演奏完全走调。为了掩盖嘈杂声,老师们把音箱的音量扭到最大,我逃了……

拉孜万是一个年轻的维吾尔族女学生,她一定看出了我的失望,邀请我去参加正在酒店举行的她表妹的婚礼。那里有两百多位宾客。和中亚一样,家家户户都不惜代价地为他们的孩子操办婚礼。新郎家的长辈们,留着白山羊胡子,戴着新疆传统的伊斯兰刺绣方帽,被安排在第一排就座。新娘被带到他们面前,脸上蒙着白色的绣花布。菜上来了,人们按中国的方式吃着,不介意咸味和甜味的混淆。在送礼的环节,这个仪式与我已经参加过的婚礼没有差异,所以我就溜了。

丽莎是酒店里唯一一会说英语的接待员——非常高兴今天能够实践,因为哈密不在西方游客的路线上——带我到了一家网吧,这样我就可以查阅我的邮件了。我的长子马蒂厄发来一封电子邮件,向我宣布了总统选举的结果,我已经授权给他为我投票。共和国是多么的脆弱!

五月二日,我拉着装得鼓鼓囊囊的尤利西斯正要离开房间时,丽莎带着黄瓜和水果来了,她担心我会在沙漠中饿坏。她借口上班迟到而匆匆离去,很显然,她特别担心我把她的礼物误解为某种暗示。没有办法：在西方和东方，女人很容易在遇到一个孤独而贫穷的单身男子时，出现母爱反应……我被她的举动感动得像个真正的傻瓜：我忘记付钱了。

四　尸　体

离下一个城市还有六天路程,那是处于甘肃和新疆交界处的小镇星星峡。没有风,天气晴朗。向北,沙漠一直延伸,几乎触到天山脚下;山峰在春日的阳光下闪闪发光,冰峰的獠牙啃噬着蓝天。向南,沙漠无边无际。我正快乐地走着,一群骑着摩托车的年轻人分散了我的注意力。他们要去哪儿?五月四日,他们该是去敦煌过青年节,顺便参观著名的莫高窟。在这个地区的绿洲中,人们一边种植新葡萄一边照料老葡萄树。葡萄是这里的财富,但让哈密闻名中国的是它的优质甜瓜。相传十八世纪,哈密王将位于鄯善西南、火焰山南部的小村庄鲁克沁出产的甜瓜进贡给皇帝,皇帝吃了瓜,问:"它们是哪里来的?"人们简单地回答说是哈密。这个小小的谎言从此持续了三个世纪。

按理说,我应该在走完三十五公里后在骆驼圈子歇脚。这个词的意思是"骆驼畜栏"。但是那里没有骆驼,却簇集了太多的卡车,我打算继续前行,有了五月一日一天的休息打底,我把计划路线又增加了八公里。于是我到了这个名字很奇怪的小村庄,尽管我一再提出问题,但它对我来说仍是一个谜团:"第四生产大队第二小队"。旅店老板很高兴接待了一外国人,叫来了他儿子宣春,一个英语专业的大学生。唉,可是宣春只会跟我说"hello"。失望的父亲并不介意我让他的儿子丢脸:他把我安置在一个我几乎可以用舒适形容的房间里。在他妻子为我准备京酱肉丝——切得很薄的焦糖猪肉片，铺在新鲜的绿葱上——的同时，我甚至还有权得到一桶热水。吃饭的时候我注意到宣的英语读写能力很好，只是害羞不好意思开口说。热情的款待，再加上房间、晚餐和丰盛的早餐，他们只要了我三欧元。我哪还需要什么赞助商？

从喀什开始，在天山的笼罩下，我已经走了将近两千公里。我以步丈量着将南边的喜马拉雅山和西边的帕米尔山所形成的弧线合并在一起的天山。天山山脉——在中亚的称法和地理学家的概念中——有好几座海拔约七千米的高峰；据说，它们最大的冰川可以填满因河流改道而干涸的咸海。

即使我把眼睛睁得再大，也找不到烟墩。可我手中的三张地图都标明了这个村庄。GPS 导航指示我快到了，然后指示"到达目的地"，然后又指示"已过目的地"。我已累得无法继续行走，没看到烟墩，就在桥下露营吧。错在我的无知。这地方肯定存在过，但像新疆的许多其他城镇一样，它已经完全消失了。最好能把这些信息传递给地理学家……这样可以避免让那些坚信地图的贫穷旅行者感到失望……

暴风雨在半夜再次发作。我被落在我光头上的沙粒惊醒了。眼睛、鼻子、耳朵、嘴巴全是沙子。我堆起两个袋子和几块石头来保护我的头，但不起作用。这风如恶魔般可怕，更糟糕的是，无论我怎么努力，都无法在黑暗中找到我迷失在包底的能将我有效保护起来的救生毯。我在"保证零下十五度适用"的羽绒睡袋里颤抖。我穿上衣服，但无济于事，整晚牙齿都在打架。早上，经过半小时的努力，我终于生起火，吞下了一碗热汤。

在路上，逆风前所未有地猛烈。经过三公里艰难的搏斗，我坐在一个路标柱上，气喘吁吁，筋疲力竭。继续上路，我尽力支撑自己，用双手拉着尤利西斯。有时，我的脚在空中，看起来就像赛跑开始的图像定格。风把我钉在了原地。要重新出发，我必须让两只脚落地，努力倾斜，找到对风的阻力最小的角度，然后让身体迎风而上。

开始是每两公里，然后每走一公里，我就得停下来喘口气。脸被冰冷的风吹麻痹了，我已感觉不到它的存在。鼻子作痛。尽管戴着手套，我的手指被冻伤了，凛冽的狂风会刮掉粘在脸颊上我自己无法擦掉的鼻涕，我的朋友尤利西斯更需要我的双手。然后我注意到我的鼻涕是红色的……小血管在我的鼻子里爆裂并导致出血，染红了我的衣服。我把脸裹在围巾里，只给眼睛留下一条细缝。

两位在二十世纪二十年代和三十年代访问该地区的传教士米尔德雷德·凯布尔和弗朗西斯克·弗兰奇说过："戈壁是迄今为止最可怕的地方。"① 我今天完全同意他们的看法。有一句俗语这样形容戈壁："天上无飞鸟，地上不长草；年年没雨下，风吹石头跑。"这贴切的描述，可想而知振奋不了我的精神。风暴会持续多久？无法预测，但我的水和食物储备不允许我无限期地等待。没有木头我怎么生火？手上的气压表继续向"风暴"下潜。我必须继续，但还有多远？宣曾警告我："到星星峡之前没有人烟。"

我已经走了四个半小时，但只走了十二公里。昨天这个时候我

---

① 原注：米尔德里德·凯布尔和弗朗西斯克·弗兰奇，《中亚的挑战》，伦敦，纽约，多米尼安世界出版社，1929 年。

已经走完二十八公里了。两公里的上坡，非常陡峭，完全耗尽了我的体力。真是见鬼，为什么我这么倔强！为什么我要不顾一切地毫无理由地坚持走这条丝绸之路，旷日弥久，已经不再给我带来丝毫快乐的丝绸之路？是的，我想坚持对自己做出的承诺，在任何情况下都不会溜走。但是，这又有什么意义呢：走上好几公里甚至都不看看自己在哪里，像驴一样苦撑着，眼睛死盯着岩石，像骡子一样爬着山坡——它又将把我带到何方？山坡的另一边，我将在另一座悲惨的桥下，或者幸运一点，找到一个肮脏的旅馆，然后让自己化为乌有？不，我已经彻底搞不清楚是什么在驱使我前进。我离放弃只有一步之遥了……但我没有跨过，因为我幸运地到达了坡顶……那里有个轮胎修理铺。男人为我开门，他的妻子立即给我端上一碗蔬菜汤面，里面漂浮着几小块羊肉。我装满了水，然后继续朝着可能是新失望的前方行走：我的地图上显示了三个村庄，但由于烟墩不存在，另外两个也可能是"鬼村"。况且刚刚接待我的那两位并不知道它们的存在。总共走了四十公里，无精打采，全身冻僵，我到达了"苦水"。这里没有任何建筑，但我注意到这里有一个标牌，上面刻着两个汉字，意思是"苦涩的水"。以前，我曾经去过另一个"鬼村"天山墩子。这些地方都是因泉水干涸而荒废的旧营地或村庄。此刻，我真想以自己的方式来祝贺这些地理学家：闭上你们的嘴巴！我别无选择：虽然有风暴，何不在此搭帐篷？这里会比在桥下更安全些。于是我从袋子里取出双层帐篷。但它自己展开了，一阵风把它从我手中扯走了。我迅速用沉重的背包压在其余的露营装备上，然后像疯子一样去追帆布。它在风中翩翩起舞，像鬼火般越来越远。想象一下当时场景：我看起来似乎很机灵，像个疯子般追着这块嘲弄我的帆布！有四次我觉得自己抓住了它，四次它从我手中逃脱，以更美的姿态重新出现，像风筝一样升到天空。我喘不过气来，全身无力，我再也受不了了。接着我的守护天使出现了，帆布的一根绳子被石头夹住了。我立即扑向我的避难所，小心翼翼地把它折叠起来，然后像捧着珍宝一样把它带回我的"营地"。我记起很久以前读到过：在北部，风刮得很大，把一辆五十吨的油罐车掀翻了。一个年轻的女人，狂风从她手中夺走了她的旅行日记，她追着跑。人们一直没有找到她的尸体。

清晨，沙漠大风依然强劲，经过十次尝试，划完了一盒火柴，我在外套的庇护下，成功点燃了一张纸，并将其塞入干草下。胜利，火苗在风的吹拂下，很快就呼呼作响了。

每天十点钟，经过两个半小时的行程后，我就开始我的苹果仪式。这是我早上的消遣。我在一个公里界柱前停下来，这是该地区唯一有高度的地方。我从背包左边的侧袋取出早上或前一天准备好的苹果。我小心翼翼地削皮，刀片在彩色的果皮下滑动，尽量不损失一克果肉。这个苹果仪式，除了让我怀念家乡诺曼底外，还有一个好处：可以迫使我停下来。而行走却几乎总是违背我的意志，把我推向前方，总想走得更远、更快。

今天，借苹果仪式之际，我顺便检查了一下尤利西斯的轮胎状态，这几天我一直有些提心吊胆。在哈密，李先生向我保证："这些轮胎可能已经走了三千公里，但把你带到安西肯定没有任何问题。"我敢说他没有我需要的型号，但不想告诉我。因为我离安西还有两百公里，右边的轮胎已经瘪了。内胎趁机让自己长了个漂亮的瘤子，再有一公里它就要爆了。我很快做出决定。我折叠好尤利西斯，拦下一辆卡车，把我们带到了十五公里外的小城星星峡。我在那里找好旅馆，四处打听。"在这里找不到新轮胎的。"一个男人告诉我，他正用碎片修理被扎破的轮胎。"或许在安西会有。"他不确定地说。一个参与进来的北京人却很正式："没有，那里也没有。"我更倾向于这种不确定性，当知道安西在两百公里外时，人们自然不能肯定。轮胎已经破烂不堪。绝不能允许它在旷郊野外发生故障。

我把东西放在房间里，拆下两个轮胎，拦了一辆卡车去哈密。卡车司机把我交给一辆出租车，司机将我带到一家百货商店，在那里，我花了6.6欧元买了两个新轮胎。柜台的女营业员有一副铁腕，没用一分钟就拆掉了旧轮胎。我还趁机回到了丽莎曾慷慨照顾过我的酒店，给她留了一个信封来还钱。出租车再把我送回星星峡的旅馆，我把新装备的车轮放在那里。然后又和他一起出发，一直到十五公里外我搭卡车的地方。当我从他的车上下来站在沙漠中间时，他的目光是不言而喻的：他肯定自己刚和一个疯子打过交道。就我自己而言，我不会因为一个轮胎而在计划的行程中被诈取十五公里。

我双手插在口袋里，回到星星峡的旅馆。风已止，在被坠入地平线的太阳染成血色的沙漠中，没有尤利西斯的行走是惬意的。

五月六日，天还没亮我就起床了，神清气爽，精力充沛。尤利西斯穿上"新鞋"，早早地已装备停当。吃完丰盛的早餐，看完老板娘递过来的晚餐、房间和早餐的账单时，我觉得很好玩：我估计这是正常价格的四倍。她是个好玩家，我也是。我同意做一只小鸽子，但不能太过分。她笑着接受我将价格除以二，这仍然给她留下了可观的利润，而且没有人丢面子。

今天我将从新疆进入甘肃。前者广袤空旷——每十平方公里只有一个居民；后者的地貌形同从西北到东南延伸一千五百公里的肠道，却人口稠密——两千五百万居民，每平方公里有五十五名居民。丝绸之路，在新疆分为两条路线——一条向北，一条向南过塔克拉玛干——在甘肃合二为一。无论是过去还是现在，在这个贫穷多山的省份，旅行者除了从一个绿洲到另一个绿洲，经兰州到达西安，没有其他方案。

过星星峡后，景观发生了巨大的变化。无边无际的沙漠消失了，但我知道会与它重逢。我现在正走着一条上坡路，这条路在萎靡的丘陵间蜿蜒，陷入小山丘或圆谷，限制了我的视野，将大自然重置于人迹的尺度上。山谷时而会给视线一个向北或向南方远眺的机会。道路不再是那条消失在你前方地平线、让你倍感空虚的永恒直线。这是一条活生生的、变幻莫测的曲折道路，乃至会与自然抗衡地用推土机铲平山坡。

风和日暖，适合步行，我终于感受到了生活的光明面。我的肌肉因与风搏斗而变得坚硬，已经准备好接受更多的挑战，而且变得很灵活。公里仿佛被缩短了，当夜幕降临时，它们不再像从前那样用疲劳压垮我。体内制造出大量的内啡肽，让我梦想成真。我走得很快，伴随我的是《罗莎》中的一个角色。我的目标是每天和他们中的一个人一起散步，直到这些角色成活并开始自己说话。只有一只躲在翅膀下打瞌睡的老鹰和一只突然从我脚下窜出随即躲到沟里石头下的小蜥蜴，分散过我的思绪。我和一个漫不经心的骑手擦身而过，他还用缰绳牵着另一匹小红马。我甚至发现了几丛骆驼草。这里充满了生命。

下午一点左右，我惊讶地发现，无风的日子我疾步如风，四十公里已在身后！我从包里拿出些干果和这个维吾尔面包——馕。买的那天，它是由面包师在贴炉里——一种垂直的黏土烤炉——现烤的。刚出炉的时候它们是美味的大饼，几个小时后就变干了；从第二天开始，表面就覆了一层绿色的霉菌。起初，我用手擦掉……后来我说服自己，就像某些波尔多葡萄的"贵腐病"一样，它是无毒的。但我承认，在吞咽这面包时，有时还真想来一杯葡萄酒（不管有没有贵腐病）。

我安顿下来打算睡个午觉，却怎么也睡不着，一上午的快感让我兴奋得像只跳蚤。那种熟悉的步行狂热又回来了，随之而来的是想要走得更远的固执的欲望：道路如此令人愉快，我走得那么快乃至时间充裕，为什么现在要停下来？如果我以同样的速度继续前进，我甚至可以打破我在安纳托利亚高原创下的单日六十二公里的纪录。条件几乎相同：凉爽的天气，海拔在一千六百米到一千八百米之间，路况不是太差。

我叠好垫子，穿上磨损的鞋子，重新上路。从星星峡出发时，路上的界标为3396公里。如果我想追平自己的纪录，我不能在界碑3334之前停下来，如果我想打破自己的纪录，我必须达到3333。我喜欢这个数字。我喜欢玩数字，观察那些特殊数字，比如三个相似的数字（3666）或是结结巴巴地口吃（3636）。但是界标的四个数字完全相同则是独一无二的，反正在我的全程中只能遇到一次。这条路必须会有 2222 路标,但我过了兰州后就改路行走,直到西安,在 1111 路标之后,才能再与 312 国道相遇,这意味着我也将错过 1111 路标。你一定认为我最好能慢慢来,或许这才是珍惜时间的最好办法。因为对我来说,像个数钱的老吝啬鬼,一丝不苟的药剂师,滑稽地想将无限缩小,这样计算有什么用呢?我以无聊、需要填补的空缺等为借口,为自己的弱点和可怜的狂热开脱。我并不吝啬为自己开脱的理由。纵容自己的罪人……我其实只是一个不可救药的算计者。我本该是个衡量世界的估算师,而结果成了自己人生的土地丈量员,我界定的是我的世界。

这种自我批评应该让我感到沮丧……呃,相反地,它让我感到轻松。我再次向自己证明,走路不是用脚,而是用头。它来自大脑。是大脑指挥身体向前,今天让我跑,前些日子让我与想撕裂我的狂风搏斗。身体只不过是遵循意志对它的支配。

当太阳落山后,我到达了标记当天行走六十二公里的路标,十分钟后,就到了 3333。我骑在上面,自拍,大笑,高呼胜利,无视疲劳。边上紧靠着尤利西斯,装上新脚后它一路走来安然无恙。我战胜了自己忍耐的极限。我选择睡觉的桥就位于标志着我走了六十八公里的路碑前。明天,我的肌肉会让我为"纪录"付出代价。但与我刚刚所做的相比,将要来临的简直微不足道:和经过的三十二个路标相比,这不过是一个小插曲!

一觉睡到大天亮。戈壁狂风似乎扎营北方,没有刮到这片丘陵地带。早晨,黎明的美妙景象让我前所未有地感动。太阳在山后迸发的烈焰与云朵拥抱后,化作金色的圆盘跃上天空。我尽量在中午之前赶到红柳园。

走了大约十公里，我止住脚步，惊呆了。下面的沟渠里，伸出一只僵硬的手。我走近观察，起先我以为看到的是一个人体模型，然后发现是一具尸体。那人就像中弹的死狗一样侧躺着。他所处的地方使得过往的卡车无法看到。男人穿了几层上衣和裤子，戴了一顶毛皮帽。最令人惊讶的是他的皮肤。唯一露在外面的脸部和手部，已干裂，呈古铜色，像蜥蜴皮。显然，这具尸体在这里已经存在很久了，在干燥空气的帮助下，它没有腐烂，变成了木乃伊。身边有几个大概是他用来存放物品的塑料袋，一个无疑是被顽皮的风带来的用来装鸡蛋的纸壳，卡在了他的两腿之间。场景非常超现实，有一种马格里特或杜尚式的惊悚。

我拦下经过的第一辆汽车，多疑的司机把车停在离我相当远的地方。他对死人毫无兴趣。我甚至感觉到他有些不耐烦，大概是嫌我耽误了他赶路。他让我明白，他没有时间用那只摆在驾驶座仪表盘上嘲讽着我的手机打电话。我决定继续前行，去红柳园寻求援助，总不至于把这具不明身份的男尸留给秃鹫吧。

在拉起尤利西斯的时候，我发现那条用来缠在手腕上可以同时拉着它走又保持双手自由的带子不见了。这是我专门用一条背包带改造的。帆布质地，里面塞满了泡沫，跌落时绝不会发出声响。把它固定在拉杆上的小螺栓肯定是松了；在这里找到相同的带子显然不可能，于是我转身往回走，仔细地检查自己刚刚走过的十公里。毫无踪影。我又徒劳地检查了一遍沟渠，就在那具吸引了我注意力的尸体附近。我所目睹的场景真是非常难以置信。

一辆机动三轮出租车在两百米外停了下来，其中一个轮子爆胎了，司机和乘客俩忙活起来。我告诉他们沟里的木乃伊人，他们大笑起来。他们知道这件事，说是去年夏天就发现了。我很震惊，这具尸体放在那里快一年了，都没有下葬？我离开了，被那只僵硬的手和那两个人轻浮的笑声所困惑。流浪汉一定是在他们发现之前早已死去了。皮帽和堆积的衣服似乎可以证明他死于冬天，所以他应该已经死了一年半了。有一年的一月份我在北京，当气温降到零下十五度的时候，我看到一些老头儿在人行道上下棋，同样是这种穿法：把所有的衣服都穿在自己身上，看起来就像米其林的轮胎人。

人们怎么会因为一具事不关己的尸体而感到好笑？我仿佛又看到在吉尔吉斯斯坦山区那匹死后横尸路边的狼。狼还说得过去，可这是一个人！

我忽然被一阵疲惫笼罩。寻找丢失的那根带子，让我今天不是走了三十二公里，而是五十二公里。加上昨天的六十八公里，两天共走了一百二十公里。即使对于一个身强力壮的人，这也是一个很大的数字。我悲哀地走着，无法摆脱萦绕在我心头的问题：如果我也死在路边或桥下呢？……

下午六点左右，在红柳园公路收费站，穿制服的值班人员给我指了一家五公里外酒店。五公里吗，我是走不动了。我告诉他们，我就在这里的路边露营。他们互相交谈后，负责人牵着尤利西斯的拉杆，示意我跟他走。他们将让我——当然是收费的——在他们的招待所过夜。我告诉他们3318公里处的尸体。他们的冷漠表示对此不感兴趣，我宁愿辞别。我在附近的一家客栈迅速吃了晚餐后上床睡觉。两个小时后我被饿醒了。晚上十点钟，在吞下第二盘炒面后，我再次把自己扔到床上，整个晚上没有睡踏实，脑子里始终有那个木乃伊。一大早，我刚像平常那样吃完汤面，就被告知可以去餐厅吃早饭了。我可不打算冒犯主人。就这样，十二个小时内，我吃了四顿饭。

五 警察！

天气很好，自伊朗边境以来，我第一次可以把双腿露在外面行走。这在伊朗是被禁止的。而在夏天的土库曼和乌兹别克斯坦的沙漠和塔克拉玛干，我的皮肤则可能被严重灼伤。在吉尔吉斯斯坦，我得保护好自己免受寒冷。在中国，没有人会为此惊讶，即使我是这个季节唯一一个穿短裤的人。我再度行走于平原和沙漠上，但环境已不像到达星星峡之前那么严峻。不时出现的几簇骆驼草就是证明。

邻近安西的时候，地面变得绝对平坦，平坦到地平线被淹没其中，远处那一块泛蓝的斑点，是在十公里、五十公里抑或一百公里之外？还有那片在阳光下闪闪发光的雾，是海市蜃楼，一片海还是一朵云，它是否会为这平坦而沮丧，最终坠地而亡？我像一个揭秘者踏着缓缓的脚步，渐渐将远处的细节展现出来。十公里后，一条黑线嵌入到这团白雾气中间；两个小时后，这条黑线变得可以辨认：一块似乎滑入沙漠中的绿洲。再走十公里，树木的影子更加清晰了……就像中国的皮影戏。再努一把力，我到了！几家随处可见的小杂货铺和一长串的饭店，年轻的女孩们站在门口招徕生意。本着矛盾的想法，我选择了唯一一家没有迎宾女郎的饭馆。一个丰满的女人正在吃着她的挣钱资本：大豆。她邀请我一起分享这含有大量淀粉的带皮烤蚕豆。

安西曾被称为瓜州①，丝绸之路最鼎盛时，是玉门和敦煌石窟两地交会处的重要中心。生活在这里的佛教徒非常富有，他们接受丝绸之路沿线商人的馈赠：这些商人在丝绸之路的第一站施舍钱财以求好运；回程时再付一次，以感谢神灵对他们的庇护。我不打算去看那几十个相当遥远的历史名胜，我在五年前第一次来中国旅游时已经去过了。

　　安西曾经是交通要道。现在依然如此，我只找到了一间没有水——冷热水都没有——也没有电的旅馆。拿着一本牛津英语词典的陈西平向我解释说，今天电网全天停电，但明天八点钟一切都会恢复正常。陈是一位中国工程师，他陪伴着盖乐·霍尔，一位出于对中国的热情而放弃一切的前美国护士助理……她想沿着五千公里的长城从这里一直走到海边。圆头如弹珠的朱云素也加入了这个团队。他在北京工作，但冒险的吸引力更强。这是一场开端很糟糕的冒险：一位安西的官员翻出一九九一年的一份文件，声称沿着长城走是"违法的"。于是他们准备走大路去嘉峪关。

　　我在城里转悠着寻找刮胡师。接待我的女孩不用肥皂，而是试图用热毛巾软化我的胡子，这也是理发师对付中国人的方法，他们几乎没有胡子。把我"煮"了几次之后，她现在开始撕我的皮肤……我感觉她在给我拔毛，所以我宁愿带着笑脸开溜了。

　　断电使我无法检查我的电子邮件信箱，我又回到了过去的老习惯：从十几岁开始就一直保持的与不同国家邮局打交道的仪式。我喜欢这些命运的中转站……今天我要发一大包明信片，但更为珍

---

① 唐代称瓜州，沿用至清代；乾隆二十四年（1759年）置安西府，1913年改为安西县，沿用至2006年，更名为瓜州县。

贵的是我从上一个城市开始做的笔记。中国的邮票是不预胶的，各邮局的邮资价格也不一样。邮局内出售邮票的女员工像教皇一样严肃，像宪兵一样粗暴，像我小时候的邮政员那样戴着袖笼。她明白自己职能的重要性，以极慢的速度，一丝不苟地在我的每一个信封上摆上一小叠邮票，并且在这之前把我的信封对折成两半，检查地址是否正确地写在右半边……在我身后，队伍越排越长。邮政员完全不为所动，她在算盘上计算着邮资的数额，却忽略了面前的电脑。一封寄往欧洲的信可以在这里的餐馆里吃两碗面。操作到此还没有完全结束：现在要去摆在大厅中间的一个家具前贴邮票——那是一个精心自制的胶水分配系统，但并不适合我：胶水粘住的是我的手指头。要想成为一名地道的中国人，我还有很多东西要学。

我的身体并不欣赏我创下的六十八公里的纪录，它告诉我它忍无可忍了；而且它还广而告之：两个发烧的大水泡让我的嘴唇变形，像长了张石斑鱼的嘴巴。晚上十一点，我正在床上睡觉，电话响了，是提供"按摩"吗？店里的员工向"按摩师"出售单身男子的房间号，特别是如果他们还是西方人。但不是，是阿卜杜，一个维吾尔族导游，法语很好，不愧于他为自己取的纪尧姆这个名字。他供职于自我从伊斯坦布尔出发后已得到无数帮助的"东方"旅行社，负责接待法国游客。纪尧姆跟酒店老板聊天时，后者说了我的情况……惊喜！纪尧姆、法国演讲师埃马纽埃尔——和我一起喝着中国啤酒聊了两个小时。我滔滔不绝。一个月来，我没有说过一句法语，我以说话为乐。去年曾经在喀什的埃马纽埃尔，很高兴能一路上寻觅到我的踪迹。日后回到法国，他才告诉我觉得我当时很累，而且非常邋遢！

邂逅仍在继续。离开安西后，我遇到两个人骑自行车去巴基斯坦。他们来自香港，他是意大利人，她是瑞典籍，单眼皮，头发乌黑，从血统上看更可能是菲律宾或日本人，而非北欧人。他们在香港工作，会说中文，这使他们更方便与当地人交流。

马里奥告诉我："起初我是驾车旅行。但我受不了发动机的噪声，所以换成自行车。我想你是对的，只有行走的缓慢，才能捕捉到旅途中的神奇瞬间……"

我觉得在士气高涨的时候的确如此。当灵魂黑暗、心情低落时，就像人们说的那样，它却将你与世界隔离，看不到身边的事物。今年我觉得自己像秃鹰一样向前走，对风景和任何抽象的问题都无动于衷。今年，我不再去想自己为什么会在这里和在这里干什么。如果这样做，哪怕只是朦朦胧胧地质疑驱使我的动机，我就会立刻回头。我在这里，而我所在的地方远非天堂，这就是一切。

回族是中国穆斯林。我发现很难将他们与维吾尔人区分开来，维吾尔人也是穆斯林，但来自中亚。我遇到的那个人要去大城市碰碰运气。虽然不断有司机提出让我搭车，但他们并没有为这个瘦弱的高个子而停下来，对他们来说，他缺少异国情调。成千上万像他一样的年轻农民，厌倦了待在一块土地上挨饿，被东边的城市所吸引。

此刻，我行走在石子沙漠无聊的沉寂中。为了让自己心有所思，我与自己试图逐字构建的小说女主人公罗莎重新联系起来……

在曾是监狱的桥湾道班，人们建起一座博物馆，仿制废墟中的旧监狱砌了一道锯齿墙。我放弃了参观。除了自己从不是导游手册的崇拜者，而且通常更喜欢偶然的遭遇和意外发现之外，我觉得自从踏上这条路以来越来越像一个流浪汉。尤利西斯在我眼中成了至高无上的奢侈品——但如果没有它，又如何解决戈壁中脱水的风险？我想更加自由，摆脱随身携带的几件物什。摆脱，分离，剥离自己，从一切中解放自己？但是我的理智会同意吗？

在我休息的一家低档餐馆，一个散发着卧底警察气味的笨重男人凑过来打探我。他试图对我进行"分类"，出于显而易见的原因——我们的祖国相距甚远，何况在我自己的祖国我也是个非常奇怪的"个案"。他迟疑的眼神中充满搜索、提问。他不属于必须结对行动、对游客态度友好、说着蹩脚英语的涉外警察。他想慑服我，在一张纸上写道："I am a policeman.（我是一名警察）"我拿起他的笔，在下面加上："I am a tourist.（我是一名游客）"他读到这个词似乎感到惊讶。显然，他不认识这个词。因为不确定——他可能认为 tourist 是一个重要人物——他改变策略，变得和蔼可亲，无微不至地照顾我，给我拿来根牙签，给我的茶碗添水。然后他拿起笔在纸上写了"14"。十四块钱一碗面和一杯茶？打理饭馆的那对夫妻神气活现：毫无疑问，面对警察出示的账单，我会毫不犹豫地付钱。我很少对价格提出异议。巨大的汇率对我很有利，以至于在许多看重钱财的中国人眼里，我一定看起来像个傻瓜。大多数时候，我付出双倍的代价，即使这种非法但被广泛运用的惯例有时会让我恼火。这一次，我甚至不谈价钱。我数了四块钱摆在桌子上，起身,抓起尤利西斯走出饥饿,威风凛凛,头也不回。

我陷入沙漠深处。沙漠在沸腾。远方在热浪中起舞。一面如镜的湖水,然后消失了。那是海市蜃楼。我被疲惫压垮。嘴很痛,长了疱疹——其中两个化脓了——疲劳和烈阳使我的嘴变了形。我必须自救。我说服自己不能超过设定的日行三十五公里的极限,可魔鬼不放过我。当我准备搭帐篷时,一个骑自行车的人告诉我附近有家饭店。我再次出发……实际上它在四公里之外,而且关门了。我打算重新露营时,遇到一个长途司机,他那辆抛锚的货车正把油吐在沥青路上。他向我保证三公里外还有另一家饭店。连比带画的对话是这样的:

"确定吗?三公里,不会更远?"

"三公里。"

"开门吗?"

"是啊,我中午在那里吃了一条鱼。"

"可以睡在那里?"

"有。"

那肯定会比露营更舒服。我把捡来准备生火的木头扔掉,然后上路,忘却了疲劳。我数着路程碑,一、二、三、四……没有饭店。而且前面的道路在爬向一个陡峭的山坡,尤利西斯变得很沉重。两公里后,还是一无所获。我放弃了,搭好帐篷,没吃晚饭就睡了。早上,再往前走过两个路碑,我看到了湖边的饭店,一张天真的海报上画着鱼儿带着浪花从锅里一跃而起。这个时候饭店还没有开门。每次上当我都觉得很遗憾,然而我知道中国人对距离没有概念，他们很有把握地乱说一气，每次都让你掉进陷阱。

我接近玉门，玉石之门。正是通过这条路线运来了这种在中国人眼中如黄金般珍贵的材料。传说中，玉是一条龙的种子，冰冻并沉积在地心。在中国文学和想象中，龙占有特殊的地位，有很多宏大的仪式是献给它的。龙的形态很多，或人，或蛇，或鸟，头上有角，身上布满鳞片或毛发，有时还带着爪子，嘴里装饰着长长的犬牙。它们通常是绿色或蓝色的。如果你想祈水，这很简单。让一个漂亮的女人站在石头上，龙就会被吸引过来。龙跑来了，人们在最后一刻把女人藏起来。龙大怒，口中吐出雷霆和大雨。龙年是非常好的一年。它能带来什么呢？当然是财运！

玉门的绿洲很大，我需要两天时间来穿越。放眼望去是无边无际的麦田、玉米地，还有成千上万的小黑点：农民们弯着腰或蹲在地上，用一把小小的铁刀割掉杂草。这里的农田没有化学处理。

我独自庆贺——五月十五日，我将走完从吐鲁番出发后的第一千公里。但这一天，也将充满感慨。我当时正走在一条人稀的小路上，尤利西斯的右轮开始拒绝转弯。今年，我没有抽出时间来为我的手拉车上润滑油——完全干燥的小钢球磨损得很快。幸运的是，我的守护天使给我派来了一个司机；更幸运的是，他手里恰好有一罐机油。他慷慨地把油灌进轮轴，轮轴又开始转动了。但不用说，这只是治标不治本的权宜之计。

下午一点左右，疲惫的我正在桥下打瞌睡（沿途有无数这样的桥），一个穿得像城里生意人的年轻人跑过来直愣愣地站在我面前。

我用微笑和他打招呼,他惊讶得不得了。他没有回答我的问候,而是挥手示意让另一个人从堤岸上下来。另一个下来后,也不回应我的"nihao"。好像在排练滑稽戏,因为第二个人也同样向路边挥手示意。第三个人来到我们身边,迈着慢悠悠的步子,让我意识到这是一个重要的人物。惊讶:这是一个穿着警察制服的女人,高跟鞋,四十多岁,一脸的不友好。她看着我,惊讶中夹杂着责备。我起身,为了停止悬念,我递上我的万能小纸片,一般情况下,这会勾起了人们的微笑、纵容、怜悯和钦佩。天啊,从伊斯坦布尔徒步而来!……可这位居高临下的女士,只瞟了一眼,以不容反驳的口气,抬起手腕,用食指指着我,催促我收拾东西,跟她走。可我带着反抗的情绪说:

"Meyo(没有)!

她不习惯被人抗拒,她以为我不懂,又重复了一遍说过的话和手势。

"Meyo(没有)!

她诧异地转向那两位同样目瞪口呆的同事。他们用手示意她过去,三个人走到一边商量起来。那个女人回来了,越发不解地看着我。看来,不管是真警察还是假警察,他们都在努力地识别我的身份。我看起来差不多像个好人,一个无害的家伙,可是现如今,一块手表里可以藏下一个微型炸弹,一个老头子的鞋里可以塞满炸药。她保持着沉默,向年长的同事示意一起离开,留下那个花哨的年轻人看守着我。我听到领导和副领导的车启动了,去请示或增援。我懒洋洋地躺着,看似无动于衷,我的大脑却在沸腾。我在警察面前信誉良好,签证还有一个月的有效期。但怕在沙漠中迷路,我拿着GPS导航仪，一个手机大小的物体，通过卫星跟踪系统可以让你在世界任何地方定位和定向。我知道出于军事原因，这里是被严格禁止使用的，虽然卫星早已配备了更先进的设备。拥有一个GPS的罚款是一千欧元，也是这里一个工人的年薪。然而，最重要的是，我有可能无法续签，更糟糕的是，会被驱逐出境。总之，不能去西安。

如果另外两个人去寻找增援，那就意味着他们要把我强行带走并搜身了。天啊，那玩意儿就在我背包里的一个侧袋里。就算一个心不在焉的新手也不可能错过它。我装作昏昏欲睡的样子提防着：我看到自己已经被囚禁起来了，我监视着我的看守。既然他刚才急匆匆地下来，那就说明他有迫切的愿望，而且直到现在还没有如愿，所以他马上要动手了……证明完毕。他能离开两分钟就好了，我可以把GPS从包里拿出来，藏在桥的另一头。但这个小年轻一直在这里。十分钟过去了。得试试其他办法了。我起身把东西叠好，放在尤里西斯上。花哨的小年轻操着几个英语单词开始发问了。

"你干什么？"

"我睡完了，我要走了。"

"但你不能走。你必须要等。"

"等什么？"我的两只手腕靠在一起凑近他，就像我被铐住了一样，"我是不是被捕了？"

"没有。"

"如果我没被抓，我就是自由的，我要走了，如果你想跟我说话，你知道在哪里找到我，我在去玉门的路上。"

这种嫌疑人身上没有先例的抵抗把他搞糊涂了。我将尤利西斯举到桥上，内心很紧张。一切将取决于现在。他会做什么？留在原地等他的领导还是跟着我？他犹豫了一下，用手机拨号可是电话不通。我这边不浪费时间，头也不回地大步向前走。走了大概一百五十米，我假装在尤利西斯上整理行李，回头瞥了一眼。他还站在桥上，耳朵贴在手机上。我必须尽快行动。大约两百米的地方有一个下坡，他就只能看到我的头了。我掏出他看不到的 GPS，悄悄塞进口袋，然后大大咧咧地从包的另一只侧袋里掏出卫生纸，移到离马路百米远的地方，蹲下身子，他只能看到我的头，对于一个不想露屁股的人来说，这很正常。我拿出刀，挖个洞，把作案工具扔进去，埋好。显然是被刚才的恐惧所刺激，我确实像猫一样在被搅乱的土上拉出了一泡屎……我回到路上，慢条斯理地系着裤带，继续着障眼法。我还是很害怕，他看到了吗？如果他动脑子想一想，就会觉得这突如其来却的确存在的出恭欲望很奇怪。

　　警察在路上等我，居高临下的女人命令他跟着我。他微笑了，很高兴重新找到了我，这让我放心。我们一起出发了，警察、尤利西斯和我，以冲锋般的步伐往前走。我想尽可能远地离开 GPS。天很热，城里打扮的男孩汗流浃背，但他并没有落后。我疾步如风。为了得到他的信心，我开始聊天。

　　"你多大了？"

　　"三十四岁。"

　　"和我大儿子同龄。"

　　他开始和我闲聊，问我有几个孩子，告诉我他喜欢徒步。一座艰险的山丘让他闭上了嘴巴。我不知道我的问题是否解决了，但我觉得他现在很和气。

一辆带有色车窗的黑色大众轿车在我们面前停下了。从车里走出我们的女士、副手和一个似乎很尴尬的小个子年轻人。我用英语问他。

"你是翻译吗？"

他点头。女领导开始控制局面。她带着令人不安的善意用中文要我出示护照，后面加了个 please（请）。第一次看到我的时候，她连证件都没问我要。这位女士不是很"专业"。

我很礼貌地，几乎是优雅地，对她微笑：

"当然可以。"

我现在很轻松。如果刚才那个年轻警察对我的诡计有一丝怀疑，他就应该马上报告领导。在她翻阅护照的时候，我让那个年轻警察看刚才提及的我的孩子的照片，特别是为了不让他有时间思考。女警官检查完了我的证件，连签证的日期都没核对，就把证件还给了我。

"Thank you，sorry（谢谢，对不起）。"

乖乖，她居然还道歉了！

顺利结局的冒险让我很兴奋。我有点虚情假意地表示，这没什么，她在履行她的职责。我知道小翻译会为她翻译，但此刻，他依然一言不发。他们全部上了车，开车离开。

等他们的汽车消失在视线中，我坐在柏油路上，两腿瘫软。然后发出一阵疯狂的笑声，荷马式的笑声，那些刚刚经历了最糟糕的事情的人松了一口气的疯狂笑声。

终于平静下来时，我问了自己一个问题：我该去拿回 GPS

吗？不排除这个造作的女人在更远一点的地方等我……机器对我来说真的很重要吗？通过比较路标和我的地图上的表意文字，我能够设法翻译城镇的名称。如果我再次冒险，运气还会对我微笑吗？我的目标不是带着我的GPS回到巴黎，而是去西安。好吧，就这么定了，我就带着轻松的心情和脚步离开吧。

六 葬 礼

中国有很多可以吃饭的地方。正如我已经说过的，人们能轻易地临时搭起一个小餐馆，炉子就像便携式一样……今年我瘦得很快，得补充营养了。七点钟喝汤面，十点钟吃下了一群欢快的卡车司机送给我的炸鸡配面条，中午吃了两碗米饭和一大盘糖醋猪肉。一天吃五顿。婴儿饮食法。

那个凑巧在路上看到我抓着尤利西斯一起跳快步舞的司机，一定在想我是不是疯了。他显然不知道我正在庆祝我离开吐鲁番后走完了一千公里。自第一次长途跋涉以来，我一直保持着这个仪式，不合时宜地庆祝自己所征服的不同阶段。这种自娱自乐的过节使我兴奋。荒谬吗？毫无疑问。但是，由于我不是一个热衷隐世的人，而我的单人徒步计划又可能让自己陷坠其中，我必须重新创造出有陪伴暗示的表现形式……

一座漂亮的小清真寺——自伊斯坦布尔以来我已经看过数百座——却依然让我望而却步：这是一座佛教寺庙和清真寺的奇妙结合。抬眼可见圆葱顶和顶上的新月形，平望看到的是向天空卷起的琉璃瓦状的屋顶。祈祷结束了。刚刚赞美了真主的回族很热情，邀请我一边喝茶一边嚼着美味的小甜饼。最后一块点心成了一场对峙。它被理所当然地递给了我，但我是个乖孩子，我又把它献给了婉谢的阿訇……这种礼貌的游戏持续了好一阵，我终于在他们的笑声中输了。在入口处，两个大青铜炉里烧着香。地毯是中国或波斯的，墙上的铭文也是用穆罕默德的语言或表意的中文书写的。边上的侧室，那个被圆葱顶覆盖的房间，几乎完全被一个用精致的檀香木制成的圣物箱占据了。帷帘从天花板上垂下来，让我想起了五年前在夏河参观的佛教寺庙。留着长长的白胡子的阿訇建议我留下来，他可以给我提供住宿。我很受诱惑，但是签证上的最后期限就像横在我头顶的斧头。是的，我很受诱惑，因为如果说在中亚古城遇到的伊斯兰教有时让我不安，那么这些乡村的生活方式则是有教养、和睦而善良的。

沙尘暴升起时，我已经又走了十公里。很快，沙石如机枪扫射。一座奇迹般地架在那里的桥在夜间保护了我，我竟然差不多睡了个好觉。早上，风变了方向，推着我走。下午三点左右，终于看到了嘉峪关的堡垒，人们称之为"城楼"。曾在"蛮人之地"的我，现在一只脚已踏入中华帝国，来到了汉族人中间。建于十四世纪丝绸之路的鼎盛时期、有天下第一雄关之称的这座堡垒非常宏伟，立于山谷中部，南边是晴天可以看到皑皑白雪的祁连山，北边是黑山。堡垒由三层塔顶组成，是保护帝国免受西域入侵的最后一道关卡。向东延伸并穿越安西的古长城就终止于此。半毁的城楼自二十世纪六十年代以来一直在一点点重建。原先的长城已经消失，没关系，人们在一九八七年重建了一座。总得有些东西展示给这个城市里众多的游客。听说高墙当年是由学生们用厚重的泥砖砌的。好像每搬一块砖他们得到一分钱人民币的报酬。他们必须搬上六百五十块砖才能赚到一欧元。重建后的长城，非常上镜，它在山腰上逶迤，然后突然止于一座塔的附近。人们正在建造另一座连接山脉和城楼的高墙。最新款式的古董。

到达嘉峪关时我累得不行，于是瞄上了一辆出租车，司机好像在等客人。我告诉她要打车。她朝着我微笑，露出一对酒窝，让我明白了她在等人。她的客人到了，一个像在中风边缘的大胖子。但他并不自私，干脆地帮我把尤利西斯拆开，放进后备厢。五分钟后，我给他们看了我的小纸片，接着，我们就到了我决定入住的舒服的大酒店。我确实需要恢复健康，因此选择了指南上说的最好的一家酒店。司机和那个男人——他是她的朋友——陪着我去了前台。我的新朋友对三百五十元人民币（近六十欧元）的价格提出异议，把价格砍掉了一半；然后他们又请求早餐免费，前台接待处的姑娘们竖起大拇指表示赞许。我的女司机坚决不肯收钱。我想为她拍照并寄给她，也因为自私地想把她的酒窝和笑眼留在记忆中，但她谢绝了，一边离开，一边因为相遇的快乐而格格地笑个不停。

房间里的镜子中出现的是一个消瘦的流浪汉，黑眼圈，凹陷的脸颊，八天未剃脏兮兮的胡须，嘴因疱疹留下的结痂而扭曲。是时候好好修整自己了。尽管时间紧迫，我立即打算让理性去见鬼，在嘉峪关停留两天，而不是一天。

游客们神情黯然。天极冷，昨天刚被我洗掉的沙尘此时扬起类似白雾的尘土，正如导游所说，从全新的长城顶部看不到山顶积雪覆盖的祁连山。

我在新城魏晋墓博物馆逗留了一会儿，它再现了散布在该地区的无数陵墓之一，可追溯到西魏和晋朝。每座陵墓——这里数不胜数——由两到三间深达十米的墓室组成。这项技术很巧妙：工人们挖一口井，凿通拱形房间，用烤砖加固侧面和天花板。不用水泥或黏合剂。彩绘的陶瓦壁画描绘了自公元后四个世纪间的日常生活：耕作、采莓、宴会、狩猎场景或战争、音乐……总之，没有什么是我们不知道的。正如我已经说过，博物馆有某种让我厌烦的形式……我更喜欢在平民社区里四处溜达。就像在土耳其的城市里那样，这里一天当中的任何时间我都能吃到数不清的食物。卖米糕的商人认出了我。每次看到我，他都会叫我，递给我一大块嵌着李子干的米糕，上面浇了我喜欢的糖浆。

我和一位来这里工作的中国女工程师聊了很久，她严肃而又热情。当我惊讶于中国庞大的建筑工地时，她说，这些与已经进行了几年、政府绝对优先考虑的四大工程相比根本不算什么。前两项是将人口稀少的西部的能源引入人口稠密、极度缺乏能源、被劣质煤炭污染的东部地区。电力将主要来自在长江上修建的大坝。天然气和石油将从储量巨大的新疆引进。但是，铁路运输，特别是管道运输的问题相当重要。第三项重点工程是铁路线，必须一直通到西藏拉萨，攀越世界屋脊。政府决策的最后一项伟大的工程是南水北调，将南方充裕的水资源引入缺水的北部地区。

离开嘉峪关时，我再次发现中国人能听懂我说的英语但是不理解。我花了不少于十分钟的时间，向一个讲英语的前台服务员解释，请她给我写一张递给出租车司机的纸条。因为在大城市无法确认方位，尤其是我的 GPS 已睡在戈壁沙下，我需要一辆出租车送我上路。我想在 312 国道兰州方向的出口下车。为保险起见，女孩子又对女出租车司机重复了一遍她在纸条上写的内容。两个人都向我保证：我可以高枕无忧了，她们完全明白我的意思。我们把尤利西斯装上车就出发了。十分钟后，出租车在长途汽车站前停下……当我说我要徒步走到西安的时候，只有见过我在路上努力行走的人，才会相信这是真的，其他人绝对一个字都不会相信。

这样的事对他们来说是，**不可能的**。

嘉峪关与酒泉相隔十五公里，酒泉不是旅游城市，但它集中了该地区所有的行政服务机构。离开印度去寻找通往契丹的陆路通道的耶稣会士鄂本笃五年后死于酒泉，那是一六〇七年。当时的西方人并不了解亚洲这块巨大的陆地。丝绸之路已被中断了近百年。鄂本笃假冒亚美尼亚商人，取名班达·阿卜杜拉（真主的仆人），混入通常需要数月甚至一年才组成的庞大商旅车队。当时，契丹和中国被认为是两个不同的国家。但鄂本笃遇到了来自北京的穆斯林商人，告诉他在那里看到的耶稣会士利玛窦。他这才明白，中国和契丹是同一个国家，他的发现将结束对这些"未知土地"的寻找。

道路绕城而过，对我来说是件好事。但从远处看，我被这个城市的房地产兴建惊呆了，放眼望去，这里是名副其实的吊车森林。机器的副翼，都装饰着三面红旗，在被遮住的天空中旋转。这里，不仅是一个街区，而是整个城市被夷为平地后重建。大面积的苏维埃现实主义风格彩绘墙面上，画着建造这些密密麻麻的摩天大楼的勇敢的中国男人与妇女。

风起云涌，冻雨落在绿洲上。我在暴雨中走了十公里，在累倒之前推开了牛家客栈的门。这个小伙子确实是我今年遇到的最善良、最爱笑、最有礼貌的人之一，他年迈的父母全靠他来打理生意。他打扫卫生、做饭、整理房间，虽然似乎忘记清理我那间脏乱的小房间。他为我准备了丰盛的饭菜，为我点炉子取暖，为我拉了一根电线晾晒我淋湿的衣物，像个地道的小主妇。深夜两点，他还在给停在这里的卡车司机做饭。六点，我叫醒他，让他给我做早餐。我拿出地图准备今天的路线。

地图上的这个点，约三十公里外的村子，有吃有睡吗？

"有。"

"这里呢？"

"有。"

我有些怀疑，就指着地图上一个没有村庄的空白区。

"还有这里呢？"

"有。"

牛不会说"没有"，如果他确定能让我开心，他就会向我保证，珠峰上有家五星级的酒店。

整夜都在下雨和刮风。暴雨冷得刺骨。尽管我穿着外套戴了手套，以快节奏行走，身体仍在颤抖。雨披很快就里外湿透了。我用油布保护背包，却无法抵御强烈的大风。自吉尔吉斯斯坦边境以来，人字屋顶首次与传统的平土屋顶相邻，这似乎证明了这里经常下雨。

中午，雨停了，我看到窜出几个骑自行车的年轻人，十个，五十个，一百个……名副其实的环法自行车赛的大部队。两百，至少三百。他们是一所汇集了来自几个村庄的孩子的中学的学生。他们全都骑着车来上学。路上吐出一条不间断的彩带，一群身着鲜艳色彩的年轻人，安静而饱满地踩着脚踏板，三四个人并排骑行，将自行车道变得和机动车道一样宽敞。经过的卡车不停地按着喇叭，却不能惊动这些年轻人。我等待着车流干涸。我目睹经过的孩子肯定有五百个。最机灵的用英语向我打招呼，大声喊着"hello"，这是他们所学的唯一外语。

雨又回来了，好像它故意饶过年轻人似的。我的手冻得发紫，关节僵硬。一家好客的旅馆为我提供了滚烫的茶和一盘木须肉：猪肉炒鸡蛋和黑木耳。我舍不得在雨中离开，但又别无选择。距离西安的钟楼还有近两千公里。但是一个月后我的签证就要到期了。我可以再延长一个月吗？我对在吐尔尕特被拒的痛苦记忆犹新，所有的努力都不足以说服士兵让我步行一百公里！所以现在根本不能肯定。而且即使我能做到，我也必须以月行千里的速度在塔克拉玛干疾走——在去年徒步塔克拉玛干之前，我从未如此赶路。如果我的新签证被拒，我还可以选择去……去香港，那里拿到签证比较容易……然后很快回来完成我的旅程。除了这个问题之外，还有一个令人头疼的问题：我必须在签证到期前八天申请延期。然而，在接下来的张掖和武威两大城市，申请为时过早；一旦到了兰州，又恐怕为时已晚。我不能耽搁，必须加快速度才能及时到达那里。有些时候我憎恶官僚。

我正沉浸于这悲观的思考，尤利西斯的拉柄断了。这就是样品的特点，它们是用来发现并消除产品缺陷的！我做了临时修补……又发现右胎几乎瘪了，幸好我离下河清已经不远了，离村子只剩三公里，运气又一次与我同在。

身为机修师的石少峰（意为"小石峰"……）和他的家人，以堪称楷模的热情迎接了我。母亲紧急离开去准备了好几升茶水；老父亲和儿媳妇着手修理内胎，一个粘，一个挤水；儿子在焊接尤利西斯的断臂。我很高兴，但他们比我更高兴。他们同时张口和我聊天，我什么都不懂，他们为我们彼此语言不通而大笑。一个邻居过来增加了我身上的光环：他昨天在酒泉的出口看到我在雨中行走。家里人很高兴我不是一个窝囊废，要为我提供食宿。但迫于签证问题，我婉拒了。如果我足够大胆，我想拥抱他们。我料到最难的是给他们钱，而他们确实什么都不想听。我试着往儿子口袋里塞钞票，他笑着跑开了，妻子也是如此，父亲让我明白，再坚持下去是不合适的。我摊开一叠钞票，让他们知道我是个有钱的西方人，也行不通。我能做的就是把这一家人工作时的照片寄给他们。

连续下了三天雨。风停了。天气预报——来自所有餐馆都在嚎叫的电视——证实了中国除了戈壁以北的所有地方都在下雨。沙漠变绿了。岩石间长出了植物。曾经干枯带刺的骆驼草的茎上缀满了绿色的小叶子。到处烂漫着我叫不出名字的娇嫩的黄色花朵。红柳已经是紫色的了。阳光下，沉睡的美丽草木在雨的亲吻下，从长眠中苏醒。

清水旅馆的老板娘派她女儿去街对面的餐厅叫来那个会说英语

的孩子。

"What's your name?（你叫什么名字?）"他问我。他不太明白我的回答，但我给他看了我护照上的名字。他抄下我的名字——在几个前来见证神童的北京人欣赏的目光下：这个小家伙不但说英语，而且还会写。第二天早上六点，因为怕错过我而已经等了一个小时的小姑娘递给我一张她男朋友写的字条："Can you sign my book?（你能在我的书上签名吗?）"我的签名是他留言簿上的第二个，第一个是中文的。

云层已经上升。南边的祁连山被白雪覆盖。目前海拔为一千六百米。已经让我淋了三天的冻雨正从三百米的高处落下。这对农民好。雨水使他们免去了灌溉，融化的积雪将滋养水渠。但对我来说是坏事：桥下的积水和泥浆，浸透的土地黏稠如胶，露营变得相当困难。每天晚上我都得试着找一个旅馆。

到达悬堂之前，太阳终于穿透了云层，我被声音和笑声、被躺在路边的几十辆自行车所吸引。人们正在以中国方式挖一条运河。在这里，没有推土机和水泥搅拌车。壕沟已经挖得很深，有四五米宽，满眼人头，他们都拿着铁锹，男女老少都在挖。最底层的人用铁锹把土送到一个平台上，被其他的铁锹接住，扔到沟沿上，一排英勇的中国人把它们推出去。人们说说笑笑。有的在太阳下休息。吃午饭的人把铁锹并排插在那里，像是一束亮闪闪的袖子。这是唯一的工具，与要挖的沟渠面积相比，小得可笑，但重在数量。在四五公里的范围内，成千上万的人们不知疲倦地齐心合力着。呈现在我面前是一个常常被称为——并不总是褒义的——"不变的中国"。他们勤劳，他们人数众多。他们也曾是修筑长城的人。

我不得不承认，比我更能引发人们好奇心的是尤利西斯。可惜我没有在中国申请专利！但眼下，在这家叫北大楼的餐馆里，一位年轻女子却与我刚刚写的内容正好相反。她暗示并不讨厌我，悄悄地邀请我跟她走。她不是妓女。有那么一秒钟我被诱惑了……我最终放弃，老实说，是因为缺乏保护措施……没有人会觉得奇怪；谁都知道，真正的冒险者只会冒可计算的风险。

临近张掖，景致突然变得不同。找不到一平方米未耕种的处女地，加上绵延不断的村庄，说明了这里水源充沛。我会不会已经走出戈壁？这天早上，我心情愉快地走进了这个小村落，一阵喧闹声引起了我的注意。音乐吗？但我听到的声音是不和谐的，有点像管弦乐队在指挥到来之前调整乐器的声音。在发出声音的房子前面，一根长杆上悬挂着一个巨大的纸灯笼，由四层塔组成，每层高约一米；模仿了一座多层塔楼。颜色很刺眼，胭脂红、草甸毛茛明亮的金黄，四处点缀的蓝色。靠墙放着两个大的彩色纸轮。这些是葬礼花圈，似乎打算在死者的坟墓上焚烧。人很多。一个留着白胡子的老人招手让我进入一个院子，那里有六位坐着的乐手正在制造刺耳的喧闹。三个年轻人吹奏着像喇叭一样的唢呐。第四个人敲着两个铙钹，另一人用木槌敲击着摆在三脚架上的气势磅礴的铜钟，最后一人演奏木琴。每个人都专心于自己的乐器，根本不关心别人在弹奏什么。他们在这里是为了驱散死亡的寂静，赶走恶鬼——它们总是准备好来抢走刚刚死去的人的灵魂。他们根本不在乎音乐是否和谐。

在铺了厚厚的毯子的门槛上,两个身着白衣、包白头巾的男人跪着,双手撑地,低着头,一动不动。小祭坛旁点着蜡烛,旗幡到处摇荡,染红了天空。在喧闹声、鲜艳的旗帜和漂亮的灯光下,一个老妇人大声地哭喊着。死亡与生命的联姻——这被我们的犹太-基督教文明拒之门外的——对我来说,总是有一些振奋人心的东西。首先,这种葬礼的白色,让人觉得亲切多了。

更何况,人们的注意力从死者转移到我这个陌生人身上。与往常不同的是,这次是妇女们摸索着尤利西斯,检查胎压,让它滚动,用手指小心翼翼地按着大口袋,显然想知道这个软包里有什么。

我走了两三百米后,一个气喘吁吁的和尚追上我,递给我一张写满中文的纸。回国后索菲帮我翻译出来。那是鳏夫的留言,上面写着:"尊敬的朋友,如果您愿意,您可以拍东西(照片?)。麻烦请您给我们几张。"后面是他的名字和他在这个叫"小河村"的地址。他将会收到他的照片。

拥有四十万居民的张掖,对我来说有着非常实用的重要性:它是我此行路线的中点。如果我试图总结这四十三天的情况,我不得不给它盖上合格的印戳,尽管有戈壁狂风,尽管从巴黎开始,我的心情一直在迫使我以自我封闭取代向外界开放。312国道的确不是最有趣的。这条神话般的丝绸之路还剩下什么呢?在我看来,书本已经把它美化了,而它曾经确实存在。现实已经摧毁了它。是的,我在危险的边缘走完了一千五百公里,就像小时候,我们发现——

但拒绝接受——圣诞老人并不存在。

在酒店里,我的形象和手拉车都很引人注目,他们以九十元的价格给我开了这家三星级酒店的房间,这一定是不公开的对内价格,对外显示的只有给外国人的价格:三百八十元。

公元前一百多年在位的武帝,在甘肃、敦煌以及张掖建立了军事要塞,近两百万士兵和农民及其家属随即在这个地方生活。公元七世纪,拥有七十万匹马的唐朝将领率领他们的军队对抗突厥和吐蕃。三个世纪后,此地又被回鹘、党项占领,直到铁木真——又名成吉思汗,将他们驱逐。

来自电子邮件的消息很糟糕。我与几个朋友和许多支持者一起创建了"门槛"协会,旨在通过使用步行作为一种治疗手段,使青少年罪犯重新融入社会。在成人的监督下,他们必须在国外背包徒步旅行两千五百公里。第一支探险队比我离开法国的时间早一个月就出发去了意大利。马塞尔随行,陪伴的是一个叫克里斯托夫的顽固惯犯,还有一个同样在法院惹了不少麻烦的尼古拉。他们本该和我同时回到巴黎。这种方法在比利时的荷兰语区已实践多年,取得了非常令人满意的结果:六成的年轻罪犯在完成徒步后重新融入社会,司法系统从此也没有再收到他们的消息。但是一封邮件告诉我,在多次挑衅以及教唆尼古拉斯逃跑后,克里斯托夫打算放弃行走计划。这个消息让我震惊。我非常希望第一次尝试能够成功,并让法官和公共权力机构相信这种形式的有效性。我通过电子邮件要求朋友们随时告知我情况,但我知道自己只能在下一个有网吧的城市才能看到回复。这个消息让我不安,一连数夜睡不好觉。"门槛"是我有信心的尝试。我想在将它移交之前完成协会的建设。只有这样我才能"休息"。

七 长 城

离开张掖七个小时后,我终于见到了它。绝对不会失之交臂,因为长城挡住了你的去路。它被人们切开以便让一条沥青路通过。"高大"(grand)这个形容词不太合适①。我们应该将这纵横五千公里的城墙称之为长(longue)墙,或称之为巨墙,或者更恰切些——不朽的城墙。和北京附近给游客参观的以及我在嘉峪关看到的全新城墙不同,它带着皱纹,没有那种用石头或瓦片做的嫩肤霜。这是一堵用生坯砖和干泥砌成的墙,底部约五米宽,顶部宽四米。在"蛮人"那侧,护墙将其高度抬升了七八米。时间侵蚀了她。但两千年来,她仍然屹立。某些地方被人们推倒变成通道;泉水将它冲入山谷,但是长城,高大的城墙,历经风雨、战争、推土机,依然不倒。我走在它的影子里,被这条长长的黄色丝带迷住了,每五百米就有一座方形塔楼。这些塔楼所遭受的苦难比城墙更多,因为侵蚀,屋顶消失了;泥浆侵入房间以及"防御方"一侧通往护墙步道的级梯。它们现在只是紧凑的土块。我徒劳地寻找一个倾斜的平面,一个能让我到达顶端的台级。但土太碎,墙太陡,爬不上去。

路沿着黄色的墙根延伸,好像也在欣赏这个杰作。两千年来,

---

① 长城在法语中为 grande muraille,直译为高大的墙。

有多少平民、士兵、商人、朝圣者、外交官，在它的阴影下走过？有多少万骑兵策马寻找它的突破口，有多少军队保卫过它？十万士兵曾守卫着城墙。小规模的驻军与其说是抵抗，不如说是为了在游牧民族骑着那种性格暴烈的矮种马全速抵达时，发出警报。敌人一出现，信息就从一个塔楼传到另一个塔楼，直到西安。以声速和光速进行的通信。光即火，天气条件允许时，就以此方式传播。声音即炮声，在各种天气情况下用以确认紧急情况。暗号从一到五不等。一把火加一声炮：来了一支百人以下的骑兵部队。两炮两火：一支五百人的敌军部队。两种信号出现三次：一千人。五声炮响加五道火光，意味着超过五千人的敌军正在向中原袭来。

　　因为路途遥远，守备驻军不得不自给自足。所以士兵们同时也种地和饲养牲口。帝国因此一举两得：他们把愿意保护边疆的罪犯和在监狱里服刑的人发配到国家最遥远的边陲。通过将他们安排在最危险的位置，人们也摆脱了暴徒。

　　说到长城，人们便穿梭于神话和现实之间。例如，我在一本正规的旅游指南中读到"大火是用狼粪点燃的"。在吉尔吉斯斯坦，牛粪的确是牧民生火的主要燃料。但暗示长城上的烽火只用狼粪，应该是有节制地为历史增添些趣味吧。

　　如果说古长城的长度令人印象深刻，那么它的高度就相对逊色。与我们中世纪城堡的城墙相比，它似乎令一支坚定的军队触手可及，一个简单的梯子就可以爬上去。但这样的想法忽略了袭击者是骑兵，没有坐骑，他们什么都不是。从这个角度来看，这堵墙的确是一个无法逾越的障碍物，而不仅仅是让受袭者赢得时间来组织抵抗。轻而易举跨过长城的成吉思汗对此还有另一个定义。他说：

"一堵墙更依赖于守卫者的情操而不是它的高度。"他收买了指挥这个地方的将军……

这城墙，虽然表面脆弱，但历经沧桑巍然不倒，令我遐想联翩。晚上，我决定在墙根扎营。在被丝绸之路的幽灵侵入的帐篷里，我梦见骆驼商队在城墙的阴影下缓缓前行，起伏于这片广袤的平原之上，背上驮着珍贵的商品，在神情果断的商人的指导下。守卫城墙的士兵们漫不经心地注视着他们，但始终保持警惕，担心来自草原的骑兵。

如此强大的防御，那是因为中原非常富有，"灿烂辉煌"。丝绸之路贸易使得中华帝国遍地黄金。普林尼估计罗马每年拿出五千万银币从中国购买丝绸和其他产品，尤其是提神的胡椒、药物、壮阳药和……防蛀品。

当我突然想到这个问题的时候，我已经走了半个小时。我的笔记本和地图呢？实在不行，我也可以不用地图。可是我的笔记本上记录了我一路所遇朋友的地址，回家后我要给他们寄照片和告知近况。这种疏忽激怒了我：我怎么能这么粗心？就算这会耽误时间和增添疲劳，我还是转身往回走……直到昨晚夜宿的地方，在我昨天生火的附近，我找到了笔记本。飞来飞去的地图被卡在了墙根下。我忽略了每天大声对自己重复的规则："记得把所有的口袋都关上，我发誓！"我赶紧把笔记本塞到包底，然后拿出一个新本子。这样即使犯错也能减少些损失。

两天后的清晨，在白杨林立的道路上，在黎明中行走的强烈乐趣却被来自右轮轮毂不祥的吱吱声打了折扣。初升的太阳投下阴影，画出一种通往无限的阶梯。就在这个时候，我看到了一个与我反向而行的奇怪的小男人。一看到我，他就放声大笑；而我在走近他时也笑出了声。他是一名藏僧，经夏河的拉卜楞寺前往拉萨朝圣。我们有点像一家人：剃着光头，数日未刮的灰白胡子，在日晒雨淋中被反复烘烤的脸和手。"佛弟"舒宝胜今年五十六岁，灿烂的笑容几乎让他的眼睛闭合成两条狭长的缝隙，上面是弓形的漆黑眉毛。他身着蓝色丝绸套装、宽大的上衣和宽松的裤子，裤脚被白色长袜紧紧固定在膝盖以下。他的鞋子——或者更确切地说是他的拖鞋——是用棕色帆布和薄塑料鞋底组成的。他的背包是中国匠心独创的完美典范：带网格的竹架子组成两块彼此相联的面板。面板用一根细绳子合在一起，绳上吊着一个黄麻袋，里面装着他的物品，从包的大小来判断，那是非常简单的必需品。他躲在一顶大草帽下，右手拿着一根包铁手杖，左手拿着黄色琥珀的念珠。

他姿态优美地双手合十鞠躬问候我。放下包，他打开一块小马毛毯子铺在路边，我们面对面坐下来，对车水马龙漠不关心。我从包里拿出苹果和葡萄，他拿出馒头和杏干。我们瞬间产生了共鸣。他读我的小纸片很困难，因为中文不是他的母语。但就像去年我认识刘先生时那样，相互之间的友好吸引并不在乎语言，我们通过手势和笑声来了解对方。他从包里拿出一件珍贵的纪念品：一本智者的书，书的封面是智者的照片。一个相对年轻的和尚，在一个小佛寺前打着莲花座，经过合成的照片让他看起来有些失重。我的僧侣朋友就是去拉卜楞寺寻找这位大师。他高兴地给我看一张他和大师的合影。舒的年纪可以做这个小和尚的父亲，可这并不妨碍他表示对大师的无上敬意。

他从西安赶来，行程一千两百多公里。我惊讶于他行李的单薄，他拿我栖息在尤利西斯上的装备开玩笑。西方面对东方。要达到断舍离，我还有很长的路要走，我估计他的包不超过五公斤。这个人脱离了一切多余的东西，这并不妨碍他保持一个模范的干净外表；可我看起来像一个可怜人。在这一点上，我也有很多东西要学。西方人占有，所以变脏，这就是我该好好冥想的……

当我们充分享受了微笑、亲切的手势和彼此的善意后，他扣上袋子，大幅度地把袋子放在背上；把他的眼镜、书和照片收进缠在腰上的布袋里；他以跟到来时同样的鞠躬向我辞别，双手合十，笑容一如既往地灿烂，然后果断地转身离去。他快步走远，合着棍子的节奏，不再回头。这个人过着充实的生活，思维活跃，他生命中的每一刻都在身体力行，舍弃身外之物与欲望。现在轮到我学习了……

风神堡是一个盘踞在海拔两千三百五十米的村庄。长城在这里一分为二环绕着一座高山，在山的顶端，建有一座瞭望塔和信号塔。从那里，似乎可以眺望到世界的尽头。村里没有旅馆，餐馆老板建议我睡在餐厅的沙发上。附近高中的英语老师徐臧明闻讯赶来看望我。像大多数学过这门语言的中国老师一样，他的书写能力很好，但几乎从不开口。男人眼神坦率，面相开朗。他建议我去看他的学生。

"晚上八点三十分，他们还在上课吗？"

"在学习中。"

中国孩子学习很辛苦。早上从六点半开始，进行体育锻炼和体操，然后从早上七点到下午六点上课，接着是两个半小时的自习。

学生们被我的出现惊呆了。徐请他们和我谈谈，但他们像鲤鱼一样保持沉默。一个比其他人胆子大一点的女孩拿着她的英文书请我在上面签名。接下来孩子们蜂拥而上。四十个年轻人排起了队，手里拿着他们的书、笔记本、作业簿或一张纸。徐告诉我，在十年的教学中，他接待了两个外国人——他在大学的英语老师和我。他邀请我去家里喝茶。他和年轻的妻子住在校园内的一个单间宿舍。工作太忙，他们把小女儿托付给了徐的母亲。对我的到来感到荣幸的校长也过来问候我，并请我睡在学校里。他们会为我安排一个房间，肯定比睡在饭店的沙发上更舒服。

徐老师月薪一千元（一百六十八欧元）。学校的全体教师，十八名男教师和四名女教师，都住在校内。绝大多数学生每天晚上骑自行车返回他们的村庄。在中国，小学义务教育为六年，初中和高中各三年。想要继续升学的，必须通过大学入学考试。学年分为两个学期：从九月一日到一月十五日，然后从二月二十八日到七月十五日，中间有六周的假期。每个学生每学期交三百元学费。不言而喻，贫困农民在六年义务制后就不送孩子上学了。大多数女孩从十三岁起就开始干农活。在我去的那个班里女孩只占极少数。孩子们要求在我离开前一起合影，一位老师自告奋勇地充当了摄影师。然后，我被这些全都想靠近我身边的孩子们挤得透不过气来。我们能想象这样的场景……发生在像奥弗涅那样的法国小镇吗？

第二天，尤利西斯去拜访了村里的机械师。真正的大师。转眼间，轮子就被拆开检查了。一个不知从哪儿冒出来的孩子带回了天知道在哪里发现的弹珠,然后轮子很快就重新组装起来了。

今天越过两千五百米的山口,到达小泉子。长城的城墙将村子一分为二。一座方塔依然幸存于一户人家的院子里。户主重建了倒塌的墙体上部,并给它盖了个泥屋顶。为了保险,他又砌了一堵小墙把它围起来……以这样的保护措施,只要推土机不会哪天嫌它碍路的话,这座塔还能再持续几个世纪。在村子后面,一座古老的土堡即将倒塌。那里曾经驻扎着军队,随时准备在警报响起时增援长城的任何一个哨点。一个堡垒也是方形的,在发生袭击时作为士兵的最终撤退。它现在是村里的公共厕所,所以参观时最好穿上鞋子。

迎接我的旅馆只是徒有其名。我被安排在这对夫妇的卧室里——相当宽敞相当体面——所以他们把最值钱的财产停在那里:一辆摩托车。这台大引擎家伙在房间里非常醒目,打扮得像个新娘。手柄上套着手工编织的羊毛袖;一朵精美的纸玫瑰艺术化地突出了巨大的仪表盘;轮子被爱擦得锃亮。剩下的空间留给人使用:一个高出地面的平台——炕——上面放着垫子。这是一家人冬天睡觉的地方。炕实际上是一个烤箱,通过在屋后墙上钻孔加热。炉子同时加热了床和房间。我打算"走后门"看一下它是如何工作的。这是一个开放的谷仓。仔细挑好的牛粪被甩到墙上,贴在那儿晒干。硬化后,它们被堆叠起来:这将是下一个冬天的燃料。

在海拔两千两百米的地方,风景壮丽,地平线在一系列平面中向无限延伸,我停下来细细端详。首先是长城的黄色长丝带,紧随其后的是柔软的绿色作物带，接着是较暗的杨树林。后面仍是黑色的山脉的线条，然后，在它们和蔚蓝的天空之间，是一条永恒的雪线。

在到达永昌前，长城向东北倾斜，我向东南行走。我们不会再见面了。我想起了盖乐·霍尔，如果被允许，几天后她将经过这里。

在我歇脚的城市里，我只找到一个肮脏的旅馆。院子里到处是牲口的粪便。我的房间隔壁实际上是一个猪圈，那里有一头猪在哼哼唧唧，气味几乎和我身上的一样难闻。我希望自己不会打扰到它的睡眠。

八　抑　郁

　　我现在真的走出了沙漠。每天经过两三个村庄。到处都是农作物，小麦、玉米或棉花。我不再需要为吃饭和睡觉担心。然而，为了安全起见——这些地图给了我那么多的意外！——我的包里仍然放了两只装满的水壶和两天的食物。

　　六月一日是儿童节。在丰乐，前一天的游行大获成功，乃至今天又表演了一遍。大约有两百个孩子，从八岁到十四岁不等，都穿着节日的盛装。为首的是旗手，长竹竿上挥舞着色彩鲜艳的旗帜。男孩们穿着中国舰队水手的服装，戴着贝雷帽。接下来是小号手——也是男孩——穿着华丽的白色军官套装，上面饰有金线。第三组是锣鼓混合组，穿着传统的橙色藏族服装。女孩们穿着带有大红色圆点的白色长裙，在队伍的最后跳舞，并挥舞着粉红色和绿色的大扇子。可以说颜色是组织有序的。

　　我对此很是欣赏，惊诧不已，非常开心，对面的人们看着我，同样惊诧不已，乐不可支。我们彼此目瞪口呆。

　　我特别受到注视。集市上没有一个男人或女人不停下手上的活打量我。我能挺住，可那个提出带我去旅馆的男孩，看到这么多的目光注视着我们，变得心烦意乱。他再也受不了了，没有解释就溜跑了。我，我别无选择，继续走在大街上，不动声色，被一千双惊讶的眼睛缠绕着。事实上，尽管我在这里习惯了被人好奇地注视，但我还是感到某种不安。我们的文化不习惯被人如此打量，无节制地审视。在这里，好奇是最自然不过的事情。但是我能做什么？我不会说当地的语言，何况我也无法向遇到的每个人解释我是谁以及我在做什么。十三亿中国人，这个量也太大了！

到了旅馆后仍然不断有人流涌入。我的房间被大约二十个回族人占领了，他们摆弄着尤利西斯，大声评论我的到来。我承认，孤独——因语言造成的孤立——今年让我感到无比沉重。而不礼貌的喧嚣让我倍感恼火。我会想念戈壁的狂风吗？

至于厕所，它被规划得很大，共有六个位置，也就是说混凝土板上有六个洞。两个已被男孩们占据了，他们抽着烟，像在客厅里一样安静地聊天。我选择了第四个洞，不关心这个地方的欢乐气氛。但我刚蹲下，一群青少年就占据了我的对面、右边和左边的空间。解大便的西方人是什么样子的？长鼻子到底有一个还是两个阑尾？……

我惊恐地得知今晚将在旅馆的院子里举行一场摇滚音乐会……天哪！我安慰自己：如果睡不着，我就整理笔记。

更倒霉的是，为了给这些悲惨的噪声制造者的音响系统提供最大功率，在夜幕降临时——晚上八点半左右——整个街区的电力都被切断了。于是虽然不太情愿，我还是决定去参加音乐会。观众很是稀少：票价太贵？音乐对丰乐人来说太前卫了？晚会与我在中国电视上多次看到的一样：一位歌手在场上表演，背景有男女伴舞。明星的名声越大，伴舞部分就越重要。在这里，有六位演员和四位乐手。音乐很吓人，但观众就是花钱来听高分贝的。他们四个人就让整个因为他们而陷入黑暗的小镇无法入眠。而当他们当之无愧地休息时，就把位置腾给了一个小木偶，发出令我咬牙切齿的尖厉的假音，这个小木偶被聘用的原因无疑是因为那一头浓密的黑发和它的声线。一只被绑在院子角落里的羊无法承受这种折磨，发出长时间而痛苦的咩咩声，响亮地回应着颤抖的女高音。在我看来，羊叫声比女郎的声音更有乐感。我不是动物权利活动家，但当人们早上杀死这头可怜的牲口时，我自忖他们本该在昨晚就宰了它，至少让它免受噪声的折磨。

在丰乐有大批的穆斯林。往东走，我开始进入以佛教为主的区域。

我决定试试运气，争取在武威办好签证延期，因为稍有耽搁，到兰州就可能有麻烦。与此同时，我找到了一家旅馆，出门对城市做了第一次观光。我发现的地方很有意思。一扇巨大的门通向一个大院子，院子里建了十几个棚子。每个都大到足以容纳一架客机。取而代之的是，这里摆着可以容纳数百人同时就餐的一排排的桌子。在人群中吃饭是中国人的乐趣之一。每个棚屋都有烹饪特色菜。有卖烤肉和烤肉串；有卖面条的；有卖禽肉的——可以吃到鸡爪子——中国人独特的美食和美味，还有烤鸭。

另外两三个棚子专门做服装生意，主要是女装，另一个用来停放自行车，倒数第二个是棋牌室，最后一个是台球室。所有这一切都发生在五彩缤纷的霓虹灯下，开到最大音量的各种音乐的嘈杂声中，伴随刺耳的摩托车引擎、街头小贩的叫喊声，三轮车上的送货员用手剎敲打着车架警告行人。简而言之，我在这里遇到了构成中国人快乐的基本要素：商业、噪声、人群、玩耍和美食。

我开始寻找网吧，打算查看电子邮箱。我已经等了一个星期克里斯托夫的消息。失望是巨大的：没有回音。我灰溜溜地回到酒店一夜无眠，气恼，沮丧，时而愤怒，时而消沉：我坚持要朋友们提供这些第一次在意大利徒步的年轻人的消息。我的问题很简单："克里斯托夫还在继续行走，还是已经被要求返回法国？"两个多星期石沉大海的安静让我发疯了。这是作为记者的我职业性的误读吗？当一个问题被提出时，所有的回答我都听得进去，除了沉默。我想象所有可能发生的场景。朋友们拒绝回答，是为了保护我免受毁灭性消息的打击吗？他们是认为我的中国徒步旅行麻烦已经不少了吗？还是说，只要我人在旅途，这些事务就与我无关？一大早，我跑到网吧发了一封报复邮件，反抗这种"沉默的密谋"。但和以前一样，考虑到时差和即将开始的行程，我要等上一个星期才能有答案。我是如此忐忑不安，居然没想过可以打个电话。

在接下来的日子里，我会心情忧郁，将这次失败的主要责任归咎于自己——因为这个计划肯定是失败了。对我来说是个教训。我怀着某种心虚踏上了丝绸之路的最后一程。"门槛"第一次组织远征行动这么重要的事务，我却把全部责任交给了我的朋友。总之错全在我，我本该留在巴黎或者将自己的徒步计划推迟一年。这就是我想同时追逐几只野兔应得的教训。如果第一次旅行以惨败告终，那么所有的努力将付之东流，因为这一切都成了无用功？我可以忍受沙漠的寂寞，无法与中国人交流所带来的孤立；我愿意面对行走的疲劳，途中各种等待着我的危险，但是我承受这些磨难的前提是它们会"导致"某些结果。否则，我又何苦来着？也许我还是回家修剪我那些此刻不得不独自对抗白粉病的玫瑰比较好。自伊斯坦布尔以来，我第一次产生了放弃一切的想法并挥之不去。这种巨大挫折感将战胜我的固执①。但至少在眼下，而且在未得到回答时我尚无法做任何决定，我在武威还有一件同样重要的急务要处理：试图将我的签证延长两个月。

我被警告过成功的机会几乎为零，中国只会零星地给予签证延期。在第三个地址，我终于找到了涉外事务的警局办公室。我要求签证服务。被告知请稍等。半个小时过去了。在亚洲和中国，时间过得比我们的慢。一个小时过去了。我强迫自己保持冷静。一个从菜场回来的年轻女人，手里拿着各种塑料袋，向我走来。我花了一点时间才意识到她负责签证服务。她的英语说得不太自信，要了我的护照。她放下包，坐在让我在门房等待的那个警卫的床上，终于开始检查文件。我用尽可能慢的英语解释说，我的签证很快就会失效，我想延长两个月以便能到达西安。过了许久，她才抬起头："您的签证已经失效了。"

我跳了起来。我的签证有效期是两个月，而我才来中国一个半月。但我控制自己不提高嗓门，索菲曾经建议我："别生气，保持微笑。在中国，千万不能生气，这是很丢面子的事。微笑。"

"怎么会失效了呢？"

"您的签证有效期为三月八日起两个月，自五月八日起，您属于非正常情况。"

我保持微笑。她是故意为难我吗？

---

① 原注：克里斯托夫的确在意大利步行 1500 公里后放弃了。但是，这名青少年惯犯返回法国后遇到了一位明智的法官和一位辅导员。就此事，他们认为付出的努力应该得到回报。向他伸出援助之手并未白费力气。2005 年，也就是徒步旅行的三年后，这个少年已成年，未再犯错，他已经摆脱困境，正在学习一门手艺。

"不对。三月八日是签发日期。我是四月十六日进入中国的，所以有效期到六月十六日。"

她又把鼻子缩回纸里。她真的很困惑，不明白这个签证是怎么写的。我处心积虑，却没想到遇上了一个看不懂签证的官员。有时候我也会混淆了"有效期限"和"有效期"。但这不是我的工作……三次，四次，五次，她对我重复着让我几乎要"丢面子"的"您的签证肯定已经失效了"；"如果签发日期和入境日期相差太远，那签证就没有任何意义"。我微笑，我微笑。每次我冷静地向她解释问题时，她显得不太情愿。这不关我的事。我不过是一个被告知警察永远正确的不起眼的外国游客……我一遍又一遍地解释，始终以"Do you understand（你明白吗）"结尾。她坚定地回答我："Understand（明白）"，但她额上皱起的横纹证明她根本没有"understand（明白）"。

最后，我被要求跟着她去她在五楼的办公室。办公室有两位让我升起希望的她的同事。但是其中一个人给我倒了一杯茶后就继续回到他的工作中，另一个人干脆不理我。年轻女子——最多二十五岁——必须自力更生。在她第一百次向我重复说我的签证从六月八日（有效期限）起失效，我火气上来……拿起一张纸。我一边画出时间轴一边解释：

"看：我的签证是三月八日签发的，我必须在三个月内进入中国，即最迟在六月八日之前，这是有效期，如果我在第一个日期之前或第二个日期之后入境，我就违反了法律。 Do you understand（你明白吗）？"

"Understand（明白）。"

这次她笑了，第一步赢了，贝尔纳也笑了，微笑。

"好，看边防警察的盖章，我是四月十六日入境的，所以是三月八日到六月八日之间。Understand（明白）？"

"Yes（是的）。"

"太棒了。现在看这个数字，我的签证的有效期限是六十天，也就是两个月，这个时间必须从我入境的日期算起，也就是四月十六日，如果再加上两个月，就得到六月十六日。所以我有权在中国待到六月十六日。Understand（明白）？"

"Understand（明白）。"

"现在，我的问题是，走到西安至少还需要一个半月的时间。所以我要求延期两个月。"

她想了很久，沉浸在日期中，检查我有没有乱说话。最后她拿起手机。我微笑着，一边微笑一边吸吮着茶水，我肯定自己每分钟心跳有一百二十下。过了很久，她挂了电话，告诉我是她的领导，他同意她给我的签证延期。

"哦，两个月？"

"不，一个月，我没有给你两个月的权力。"

这让我的热情受到影响，但我继续微笑，微笑。

问题一个接一个。年轻女子通知我要花一个小时给我做文件，而且她还天真地承认：

"这是我第一次办签证延期。"

这一点我已看出来了……一个小时和入肚了许多茶水后，她把我的护照递给我，上面有一张措辞更明确的签证："六月三日签发，有效期至二〇〇二年七月十六日。"我回到酒店，并不比早上出门时乐观多少。当然，我有了签证。但是，我又要跑着去赶期限了：四十一天时间内我还有大约一千三百公里的路程。

在一座寺庙下类似洞穴的地方，我参观了"飞马"，一个小铜俑，代表一匹奔腾的马，后脚搁在燕子上。它被发掘出来的方式很奇特。在冷战时期，担心美国袭击的中国政府呼吁老百姓在地下挖防空洞。农民们就这样挖掘出一座非常古老的将军墓，在其中发现了这尊雕塑和其他一些青铜的车和马的雕像。其中一位农民灵机一动，把这件事告诉了大学教授，雕像就委托给了博物馆。中国决定将"飞马"作为国家的旅游标志。这座雕像具有一种不可思议的优雅和气质。

又是一个被问题困扰的难眠之夜：克里斯托夫怎么样了？我在没有答案的情况下再次上路。我经常说，走这么远的路，我们用的不是脚而是头脑与意志。我的脚还不算太糟糕，只是左边得了拇囊炎，右边出现了长疥子的迹象。但如果我命令它们继续走，它们就会走。相反地，我的大脑却跟不上趟了。我磨磨蹭蹭，一百米在眼中就像一千米。我机械地前进着，乐趣荡然无存的苦行。接下来的日子，我在笔记本上只留下"无事可记"。我变成了一个麻木的存在，一架被程序驱使自动前行的机器，我无语、无梦、无思。我对世界视而不见。

村庄林立，很容易找到过夜的旅馆，但我很烦恼，士气低落，宁愿疏远人类。我把帐篷搭在一个自己觉得不错的地方。才刚安顿好，农民们就不知从哪儿跑了出来。除了沙漠，在这个人潮的国度根本不可能不被打扰。农妇们送给我萝卜。很多萝卜！而我只想要来自巴黎的回复!

　　接近古浪时风景很美。一直持续到武威的极度平坦消失了,我看到山了。当然,我要穿越一个高地,还得拉着不配合的尤利西斯。但是这些绿色的曲线,这些海拔两千米以上的山口,这些高山牧场的山羊、绵羊、马和几头罕见的奶牛在开着鲜花的浅草地上吃草,这一切都让我有点精神振奋。到处是饰有琉璃瓦的寺庙;宝塔紧贴在斜坡上或建在峭壁上,只能沿着朝拜者踩出的令人眩晕的小径到达。它们高得你得拧着脖子欣赏。山中激流的另一边,接近一堵峭壁的顶端,挂着一些小小的人影,他们拿着撬棍锤石,大块的石头,从两三百米的斜坡上滚下来,跳跃着,撞击着,跌入洪流。他们用一只手工作,另一只手彼此支撑。如果其中一人松手,他也会在洪流的边缘坠毁。我后来还将看到以前的采石工人在村里拄着拐杖行走。

　　镇上的旅馆很脏,但考虑到快下雨了,我还是打算住下来。雨整整下了一个晚上。早上,恶劣的天气开始了。要等天晴起码得一天时间,我没有时间可以浪费。雨又密又冷,天空又黑又厚,海拔已达两千三百米。裹着大雨披的我吓到了一个上学的孩子。他从远处看到我,改变了道路。我放下尤利西斯,清空一只鞋内的积水。我不知道他在想什么,但他转身就跑。三个小女孩正好下山,胆小鬼把自己置于她们的保护之下。女孩们高兴地向我打招呼。雨越下越大。整整三个小时,我在洪水中行走。

　　到了安远,一个紧贴山坡的小城,街道化作激流,带着从山上冲下的红泥。我浑身湿透,全身冰冷,冻到麻木。我走进一家餐馆，室内立刻成了一个大池塘，但没有人表示不满。在人们为我准备一大盘面条的时候，我在隔壁的房间里从头换到脚，拧干我穿的所有衣服的同时，又在泥地上创造出一个新水池；我把衣服挂在老板拉的一根横穿房间的绳子上。一杯热茶和一大盘面条落肚后，我差不多准备好出发了。

雨下得依然大。没有必要弄湿我刚上身的唯一干燥的衣服，今晚我将需要它们。我于是脱掉衣服，把冷冰冰的没有时间晾干的衣服重新穿上身。在激流纵横的街上才迈出第二步，我的鞋子又变成了一桶水。但我习惯了。两个小时后，我越过了海拔两千九百五十米的山口。雨帘使我无法看到晴朗日子里这里的景色。我诅咒着整个地球，开始下山。在离打柴沟八公里的地方，一辆公共汽车停下来，一位女士要求下车小便。当我从他身边经过时，司机用手势问我：

"你要去哪里？"

"打柴沟。"

"上车吧"

好吧，出乎意料地不顾一切原则，我爬了上去。在山谷里，一辆装满石头的卡车在洪流中下山，司机被水势吓坏了，只有驾驶室的上半部分浮出水面。再往前一点，一辆开在被水泡软的护坡上的卡车翻倒了，一根根的木头散落在麦田中。在打柴沟，我躲进了一家餐馆里，又重复了一遍上午的脱衣舞操作。一碟糖醋肉，一碗米饭，伴着中国啤酒下肚，我舒服多了。今天早上走得很好，我打算继续走到天祝。因为猛烈的大雨似乎开始缓和。这样我的行走计划就可以省下一天时间。如果想在七月十六日之前到达，我还得节省更多的时间。

刚出发不久,又开始下雨了。下午六点我到达了这个藏人居住的城市,此地原则上禁止外国人进入,除非在当地取得特别许可。我没有去申请。我太冷了,我把包里的绳子全部展开,在旅店房间开了间晾衣室,我的一些东西,包括睡袋都湿透了。包上的油布并没有阻止被风推进的雨水渗入我的行李中。我在对面的餐馆里暴吃了一顿,回来后直接把自己扔到床上。当我睡着的时候,天空继续向这个城市和大山倾泻着雨水。

清晨,虽然太阳还没出来,但雨已经停了。村庄、街道变成了泥潭,为了从一所房子到另一所房子,居民们得从一块石头跳到另一块石头,或者绕过一个巨大的黏稠的红泥塘。卡车并未因此减速,将一波波赭石色的污水泼向外墙。在水位逐渐下降的洪流中,有些人家在寻找一些被洪水从高处冲下可能落在河滩上的宝贝物品。但他们找到只是老枯树。

九　黄　河

在武胜驿（索菲解释说是"换马站"）的旅店，友乐把我安排在离他的客人们最远的角落里。这样的优雅地方，很难接受像我这样的邋遢家伙。但随即有些后悔，他又回来了。

"你从哪里来的？"

"吐鲁番。"

"你要去哪里？"

"去西安。"

"这里每晚都有长途车，车站就在对面。"

"我不坐汽车，我要走着去。"

友乐很是困惑。我给他看我的小纸片，他大声地读了起来，发现我还是退休教师——他大概认为我因此就是大学问家吧？他冲到厨房，给我端了一杯茶；又端上一盘我没有点的菜；穿过马路买回两个甜瓜。他和我分享了一个，把另一个塞进我的包里。因为我称赞他的茶香甜可口，他又给了我两块难以拒绝的冰糖。我让步了，收下了一颗胡萝卜大小的冰糖。我喜欢这个动作，掰下一块糖，然后把它扔进茶里慢慢溶解，喝完几杯茶后水中仍留着甜味。友乐在餐厅里编织、传播着我的传奇。我成了一个很受欢迎的角色，我听到他在每张桌子上清晰地重复"老师"，是的，是的，面对怀疑的顾客，他重复着"老师"。他还让人叫来了另一位老师，一个沉默寡言的大个子，应该是在我出现之前这里的老师。但我不会说中文，这位博学的老人既不会说法语也不会说英语，这让我们的对话很困难。友乐很失望：两个有教养的人却无法互相理解！

那天，我在路上弄丢了两张武威至兰州之间的地区地图。因为粗心我丢了不少东西：我的瑞士小刀，尤利西斯的缰绳……幸运的是我有先见之明：在巴黎，我在一张大地图上画出了我的路线，然后剪成小片粘在笔记本上。对我来说，剩下的就是边走边用笔记本了。我已经有过地图被偷的经历：它们让那些从未见过地图的人着迷。对那些一直生活在本地的人来说，地图似乎提供了一种飞行的视角。今年我随身带有十三张道路地图和十张等高线地图。前者给我指路，后者为我显示海拔。

当天晚上，我用来将包固定在手拉车上的扳手被人偷走了。在旅馆门口卸行李时，我犯了一个错误，把它放在地上。老板因为自己的同胞在他的门口偷东西而恼火，就把他摩托车上的扳手给了我。虽然这些看起来不值钱的物件对我很重要，但我多少有一些距离感……只要让浅浅微笑的僧人的形象回到脑海，放弃自己认为不可缺少的东西并不难做到。

河口绝对称得上是"最脏城镇"。一连串的工厂向小镇所在的狭窄山谷喷出黑烟，与主干道上列队而过的货车冒出的浓烟混杂在一起。卡车蜿蜒前行以避开深坑，同时扬起难以触摸又很密集的灰尘，均匀地覆盖在道路两旁小小的砖头棚屋上。垃圾堆在人行道上。当堆积物太高或气味太难闻时，人们就点燃垃圾，恶臭中混杂着刺鼻的塑料焦味。卡车轮胎轧出的车辙中不知为何积满了臭气熏天的腐水。

到达横跨河流的大桥时，我几乎快窒息了。对岸的新建筑让我对清洁的街区升起一丝希望。那儿的确不那么脏，却是步行者的一场噩梦。在这座小镇和省会兰州之间，已经修建了一条各有三条车道的双向高速公路。那里曾经有一个集市，工程显然赶走了农民。但是，高速公路一建成，他们又重新回来了，其中一条通往兰州的车道被数百名农民占据了。他们步行，骑自行车，脚踏三轮车，电动车，推着手推车，赶着驴车来到这里。卡车、汽车和拖拉机于是被限制在另一条车道上……而这条车道也因此变成了双向行驶！想象一下这激烈的竞赛……想象一下我，试图在这种喧嚣中为自己找到立足之地，何况尤利西斯本身也是个地地道道的交通工具！它显然引起了四轮交通工具的司机们的争议。现场一片混乱，每一个空隙都被见缝插针。顺便说一句，我奇迹般地从一辆载有起重机的卡车车轮下拉回了我的尤利西斯。司机们全在按喇叭，人们为了听清对方而互相喊叫着；路边的餐馆把招徕生意的喇叭开到最大音量以吸引卡车司机。但这些本该关掉引擎去吃点东西的司机更喜欢用喇叭互相残杀。稍后我将会明白造成这种混乱的原因：最近几天的降雨和灌溉管道的破裂导致两百米外的道路坍塌，把新高速公路变成了游泳池。两个方向的车道都无法通行，司机们统统落入罗网。

去兰州很容易——由于上空覆盖着污染的空气，这座城市可以从远处被定位。全世界污染最严重的十个城市中，有九个在中国。这座城市绵延近二十公里，夹在两座高高的悬崖之间，只能沿着河流伸展。五十年前的三十万居民已经变成了今天的三百万。鼻子里塞着棉球，我兜兜转转了两个小时才到达自己要找的旅馆。像进了驿站的马儿般刷洗去垢后，我赶着在夜幕降临前去观望著名的黄河。中国人声称它是世界上最泥泞的河流；的确，在高高的两岸之间，懒洋洋地流动的液态黄土确实使它看起来像一条长长的赭土带，一条长长的淤泥。

而正是这块黄土地，与中华文明息息相关。根据汉族的创世神话，女娲是人类的母亲。她和即是她的哥哥又是她的丈夫伏羲一样，人首蛇身。她首先用黄河的泥土捏出了贵族，然后继续用泥土捏出了士兵。也应该是她发明了文字和婚姻……这只是个神话故事。不过，第一批中华文明确实诞生在黄河流域。

我绝对需要休息，于是决定在兰州待两天。我想借此机会去参观著名的炳灵寺石窟，参观甘肃省博物馆，那里有一个名为《丝绸之路文化遗迹》的常设展。在中国步行的一路上几乎未见到它的痕迹，我打算去历史博物馆看看丝绸之路……唉，博物馆因内部工程而闭馆。至于远征炳灵寺，需要坐车两个小时，乘船一个半小时，如果只有我一个游客，价格会高得令人望而却步。果真没有其他游客。只能遗憾地与那些像杂技演员般将身体用绳索悬吊在空中的艺术家们雕刻的传奇石窟失之交臂了。

相反，我在白塔山度过了整个下午，这座公园耸立在城市上空，可以乘坐横跨黄河的缆车抵达。核桃树下很凉爽，中国人一边喝啤酒一边玩牌。从高处俯瞰掩饰了许多不足，城市在远望中看起来多了些人情味。我在炎炎夏日中度过了一个美好的下午，漫不经心地在"八宝茶"中陶醉自己，任时间流逝，让心灵安静下来，彻底享受着这恬美的宁静，只有欢啾的鸟儿从挂在树枝上的鸟笼中传来的颤音才会打断这宁静。中国人非常喜欢这些鸟。清晨的城市，老先生带着他们的披羽战友去公园参加名副其实的歌唱比赛。

我已经完善了剩余的路线计划：我将离开已经沿途跋涉两千公里的312国道，先向南走，然后再次向东前行。临走前，我"加满了油"：给自己准备了速食面和干果，给尤利西斯买了一个新轮胎，它的轮胎磨损很厉害，唉。我还查看了我的电子邮件：正如我所担心的，克里斯托夫要回家。但刚到家就后悔了。太晚了。我们只能给年轻的罪犯唯一的也是最后一个机会，不能每周提供一个机会。对于我自以为是受害者的"沉默的密谋"，我也终于得到了回答：这是聋人之间的精彩对话。人们回答了我的问题，却发到了我只能在法国查看的电子邮箱中。这两天我一直在想着克里斯托夫。他这种有点自杀性——起码也是失败的——的行为，再次使他失去了融入社会的希望。十六岁的他，没有抓住机会，正面临着入狱……但这是他想要的吗？也就是说，每个人都承认，已经完成的两个月的步行使他成熟了。半途而废实在是太可惜了。

监狱，当我走近警察局大门前的人群时，我又想到了它。人们在那里张贴了该地区警察的功绩。这个国家的高度警戒俨然与犯罪行为猖獗有关。贩毒、洗钱、犯罪、盗窃、强奸。大约四十张图片展示了中国遭受的与西方国家不相上下的祸害。然而，中国对那些偏离正道的人的处置严惩不贷,令人生畏。中国警察为其行为的辩解是"杀鸡儆猴"。从大门前的人群判断,中国人对这些信息很感兴趣。有关犯罪与暴行的出版物似乎很受欢迎。

十　神圣的渭河

　　从南部出口离开兰州并非易事。关键是要找到那条小路，最终能将你带到俯瞰全城的那道山崖。迷路了一个多小时后，终于走上正道时，我遇上了一列有趣的马车队：农民们不是单独拉着他们装满蔬菜和水果的手推车，而是将它们绑成一列，由一匹马拖着。一个很好的团队合作方法。一位农民让我的尤利西斯也搭上车队，我这样做了，农民和旁观者都显得很高兴。这样走了两百米，在队伍右转之前，我趁机打听接下来要走的路。他们提供的消息是对的，不久我就看到了第一个路标，上面写着"212"。

　　道路在令人眩晕的山丘上攀升，紧贴在机器完全无法上去的斜坡上。像杂技演员般的农民用铁锹或锄头在黄土地上劳作着。由戈壁之风送来从高山与大漠撕扯下来的沙泥，造就了我眼前这片肥沃的黄土。几千年来，以万亿计的沙粒在这里沉积成厚厚的土壤，雕刻出这片最后由农民画龙点睛的景色。山口位于海拔两千七百米，但人们在两百米以下的地方钻了一条隧道。收费员禁止我进入。我费了一个多小时的口舌，他厌倦了挣扎，让我通过，但强调风险自负。嘴巴用围巾捂着，额上亮着头灯，我潜入了两公里没有照明和通风的隧道。幸运的是车流不多。因为当车辆与我同向行驶时，我必须紧贴墙壁；驾驶员可不会将尤利西斯或我视为机动车并因此偏离他的既定轨迹。再次呼吸到新鲜空气时，我还是挺高兴的。

我到了一家因为一群顽皮的孩子而气氛欢快的餐馆,三角形的门楣上和这里所有的房子一样挂着柳枝。杨玉龙,一个胖嘟嘟的小男孩,很自豪地用拼音给我写他的名字,还有他妹妹的名字:杨玉帆。我要走了,但孩子们求他们的妈妈给我找个房间。我于是被安排住在院子里的一间屋子,再次离这家养的肥猪一步之遥。玉龙和玉帆给我端来了一只脸盆、一壶冷水和一瓶热水,还有一大壶茶。我给他们拍了张照片,杨玉帆一脸傻笑,圆脸蛋的哥哥教训她:难道她不明白照片是为了留念吗?要展现你最好的一面,对吧,杨玉帆?

第二天早上,一个卖瓜的农民过来用柳枝装饰了尤利西斯,这一天是农历五月初五,端午节,也就是龙舟节,在有水泊河流的城市,人们装饰船只进行划舟比赛。在这里,人们满足于用挂柳枝来纪念公元前三个世纪的诗人屈原之死。作为大臣,他为反抗盛行的腐败行为——那时就已出现了——而投河自尽。这个相当悲伤更应该悼念的事件现在变成了节日。

这些年轻人,难道他们要以这样的方式来证明,只要有像屈原这样的老实人,未来就可以无忧无虑?年轻人深不可测的乐观将溺水的悲剧变成了欢快的庆祝活动。在这方面,中国人不是唯一的。我们不是也在七月十四日的灯笼下与女孩们跳舞来庆祝血腥的皇室终结吗?一六〇五年在伦敦,一群天主教极端分子——我们今天会说"原教旨主义者"——在议会的地下储存了足够的火药以炸毁议会、议员和詹姆斯一世国王。从那时起,英国孩子们每年都会愉快地放鞭炮庆祝"火药阴谋"。所以当我看到这一幕时并不感到意外:

在一个村子里，鼓着二头肌的年轻人欢呼雀跃，抬着沉重的轿子，让坐在上面的五颜六色的圣像在空中跳跃，这是一种让众神参与到周围欢乐中的方式。

大约有二十名穆斯林，头上戴着白色的小帽子——我们离东乡穆斯林区只有几公里——对插在尤利西斯身上的绿色树枝表示惊讶。不过端午节的他们，对一个外国人却参与过节的行为，是惊讶——还是愤慨？但我对他们没有兴趣，因为我心中还有一个顾虑：在这个十字路口立下路标的人一定喝醉了。往西，临夏在我的地图上应该在三十五公里之外。往南，也就是我正在走的路上，离临洮还有五十公里。可是在指示牌上，这两个写法很接近的城市——临夏和临洮仿佛成了同一个城市：都在一百公里以外。我决定继续向南走，直到晚上才安下心来：我的预感是正确的。

建筑物的状况和浴室里不多的污垢可以证明我所下塌的旅馆营业时间不会超过半年。一个接一个的人来敲我的门，给我竖起大拇指，告诉我很了不起。他们让我对今年糟糕的看法有所缓和。我的旅行并不有趣，因为这条路平坦无奇，人们也不像我从伊斯坦布尔出发后所遇到的其他国家那样坦率热情。当然，因为偷懒没有学习中文也为交流带来困难。我在丝绸之路上没有发现任何东西，而我寄予厚望的克里斯托夫的旅程又以失败告终。没什么好吹嘘的！大多数中国人甚至不知道"丝绸之路"这个名字。但在我走过的两千公里路途中，离吐鲁番越远，人们越是佩服我的表现。相反，我四年前从伊斯坦布尔出发的事实却让他们无动于衷。好像我说的地方并不存在。这些人显然和美国人一样热爱棒球帽，对超出国界的一切不感兴趣。

旅馆的住客很渴望交流。我刚放下包袱，门外便传来轻轻的敲门声，一个腼腆得像新娘子的小伙子出现了，手里拿着一块米糕，上面浇着浓浓的琥珀色的糖浆……第二个人被第一位的勇气壮了胆子，用有力的手势——竖起大拇指（当然！……），踢脚，翘小拇指——向我解释我才是法国冠军，而不是法国足球队……在最近的世界杯比赛中，这支球队已经从冠军宝座跌下来了。最后，第三个干脆来了就不走了，坐在房间里看当天的球赛，眼睛睁得大大的，嘴巴张开，像一只被苍蝇骚扰的牛一样平静。

虽然没什么可买的，但我仍爱在新添铺小镇的集市上闲逛。这是一场视觉盛宴，水果、蔬菜和新鲜的芳香搭配完美。为了卖出好价格，人们给西红柿洒水，擦亮茄子和辣椒，把杏子、荔枝和甜瓜排列成金字塔形。在附近的餐馆，我点了一份米饭，老板娘相当留意我满脸流浪汉的胡须、褪色的帽子和脏兮兮的汗衫。她很有提防心：三块五毛钱（五十欧分），你口袋里有吗？我露出了几张钞票。好了，她不用太担心了，可以去厨房了。

六月十七日：我已经走了两个月，走完了整整两千公里。月行一千公里太过量了。就在今天，我又走了四十三公里。我应该更明智些。为了寻找智慧和看世界，我踏上了旅程……智慧？实话实说，我一丝都没收获到。看世界？也许间歇性地看到了，当担心自己做得不够完美的顾虑或者一心想要走得更远些的"执着"——没有遮住眼前的风景时。我知道我的内心始终有一种推动力，比所有的理由都强大，比我的理智更强大。无疑因为这种我刚刚再次意识到的不理智，让我给了擦肩而过的那个可怜人——他让我想起了312号公路上的死人——一张百元钞票……第二天，我想到他很可能被指控为小偷。这笔钱装在一个如此潦倒的人的口袋中必然令人生疑。我应该给他一些小额钞票。

我花了一点时间观察一个木匠做棺材。它们又大又高，盖子很厚，像高高的船头一样隆起。木板用燕尾榫连接。我在嘉峪关古墓出土的棺材上也见过同样的工艺。这里的人们像两千年前一样工作着。棺材上涂着漂亮的深红色油漆。可是，如果说棺材很豪华，那坟墓就简陋得多了。中国人死后会被埋葬在一个"气"很完美的地方。气是生命的能量。例如，风水大师确定最好的气场来建造房屋、寺庙或坟墓。但每个家庭也可以通过气场来寻求财、福、寿、子。因此，对于埋葬的地点，风水先生会指定一个理想的地方，以确保死者永远幸福。正因如此，气变幻无穷，墓穴处处可见。我在马铃薯地中间就遇见过。块茎占领了地盘，土豆、白色的花朵和嫩绿的叶子出现在坟墓的尖顶上。这些坟墓真是再简单不过：土堆起的小坟头，其尖端最高也就一米左右；下葬当天，人们在这样的坟头顶上焚烧用彩色纸制成的大花环。在沙漠中也散落着这样的坟墓。看到这些土堆时，我有时候会怀疑这究竟是一座坟墓，还是从卡车上卸掉的装不下的泥土。在那些最讲究的坟墓上，人们会种几根枝条，或者盖上几块瓦片或石头。

一个生产太阳炉的工厂也吸引了我。这是些抛物线状的大而微凹的水泥板，上面粘着数百个微小的长方形镜子，镜子的排列方式使得它们反射的光线和热量会聚在表面上方一米处。在这个精确的地方有一个小小的铁质底座，上面可以放置一把水壶。如果方向正确，这款太阳能炊具能在几分钟内将水煮沸。小心不要把手搁在那里，灼伤是瞬间的事。中国以消耗非常油腻且污染严重的煤炭为主，现在人们被鼓励发明自然能源系统，太阳能显然在其中占有重要的地位。同样的，新式建筑的屋顶上还布满了太阳能取暖系统。

六月十八日：自兰州以来有数不清的山口要攀登。但是这个山口很特别：它标志着西部与大海的分水岭，而此处的溪流对于中国人来说无疑是最神圣的。渭河的源头，是中华帝国兴盛的地方。这条微不足道的小溪会慢慢长大，并带着我去西安——持续了八个世纪的皇都，是丝绸之路的起点和终点，也是我长途跋涉的最后一站。

过了山口，景观焕然一新：一层层的麦田、花生和土豆地向无穷延伸着，绘制出起伏的涡线。田间长着一株稀有的植物，浑身开满了蓝色和紫色的花。我很惊讶在这个国家看到这么多麦田，不过毕竟此处不是专注于水稻的中国南方。中国北方人以麦食为主——主要是面条。在西部沙漠边缘地带的人们还会做面包，这是陶炉文明的产物（tandour，莫卧儿土窑炉，这里叫馕坑或坦迪尔），是土耳其人、波斯人以及他们的堂兄弟沿着丝绸之路传播开来的。

脚下的山谷，饱足的奶牛在两个牧羊人的注视下反刍。所有国度永恒的田园风光。道路往下蜿蜒，将一片片绿色划成一个微妙的调色板。雄松鸡尖叫着，不可避免地引来杜鹃的回应。在我走过的中国，无论你身在何处，在一天中的任何时间，都可以听到它用两个音符引吭高歌。坐在草地上,我面对这向大海流去的溪水陷入遐想,目光迷失在山峰上,那里的杏树修剪成印第安头冠的发型。我想起了盘古与共工的传说。盘古被包裹在蛋中,后来蛋被一分为二,上为天穹,下为土地。盘古日长十八英尺,长了一万年后开天辟地。这个传说的非凡之处在于它应和了自宇宙大爆炸论后有关宇宙无限膨胀的最新理论。小溪流在我脚下的鹅卵石上嗡嗡作响,另一个让我无法抗拒的传说是共工。起初,天空由四根柱子牢牢地支撑着。然后这个笨拙的犄角怪物撞到了其中一根叫作不周山的柱子上,柱子断了。天地因此失衡、摇晃。从那天起,江河东去,星辰西"流"……

从梦中醒来,我意识到这条小溪的尽头是我漫长徒步的尽头。第一次,我看到了走到这条我已追随四年的道路尽头的可能性。胜利开始成形。我已能够想象自己抵达西安的城墙前。从这个山口开始,我不再计算自吐鲁番走过的路程,而是剩下的公里数。我对自己说,我的胜利会被一种有点悲伤的怀旧情绪所淡化:这也是我用九十天步行两千三百一十五公里到达孔波斯特拉时的感受。因为到达也是梦想结束的时分。只有经历过这种行走,才能理解那些拒绝醒来以及达到目标后转身返回的人。

因为出发了,行走了,我很快就会到达……将这段旅程总结为历险,我永远无法说服自己——即使磨难不少,即使差点在路上丢了命——走过的行程在我眼里突然显得荒唐。我到达了哪里?不过是一万两千公里之外的地方。但我与四年前的自己并没有多大的区别,那时的我怀着轻松的心情穿越博斯普鲁斯海峡——或者,怀着一颗忧虑显得如此微不足道的心。我得到了什么?疲惫是肯定的。

脑海中收获的美丽图像也是肯定的……但其他呢？公平地说：我得到的一些强烈的感动与许多小小的喜悦。

在渭源，没有什么可以让西方人感到惊讶。这座城市的"千年中华文化"正在消失，化为墨守成规和全球化的统一。如果说日本人在拥抱现代性的同时能够保留他们的传统和特殊性，中国人似乎更着迷于美国这个最物质的国家。他们将"东方智慧"扔到摩天大楼上，拆毁了传统街区。旅游业从自行保存下来的建筑中提取蜂蜜，这些建筑或是像长城一样坚固——或者像某些石窟一样隐蔽——经受住了破坏者、盗贼和时间的考验。旅游作为重要的外汇来源，促使人们努力拯救与恢复历史原貌。但在大城市里，我们继续夷平整个街区，根本没有改造的想法。年轻人穿着西式装束，戴着棒球帽，上衣印着象征格调的美国单词……

我遇到了两个在酒店工作的年轻女性。懂一点英语的欧阳文华和同意与我一起吃饭的赵红梅。文华很漂亮。当她全神贯注地搜索脑海里的英语单词时，噘起的嘴在脸上显出一个酒窝，让她看起来像个孩子。她今年二十二岁，在读高等教育课程，但想去税务部门工作，目前还没有成功。等待期间，她每天在这里从早上六点到中午打扫房间。红梅已婚，三十多岁。她值夜班。我们在酒店餐厅吃晚饭。我让文华选菜，我想发现一些特色菜。不幸的是，她点的东西对西方人来说并不新鲜：竹笋、蒸鱼和茄子。账单接近六十元（九欧元），可她说她点的是最便宜的菜。因为我似乎对这个数目不以为然，她向我解释说：五十九元，这是她一周的薪水。把它们花在一顿饭上超出了她的理解。我们静悄悄地谈着。她在计算机上学习英语，熟悉词汇和语法，但我听不懂她的发音；她自然也听不懂我在说什么。然后我们通过轮流书写进行对话。红梅点了面条，因为，文华写道，她不喜欢米饭。我很惊讶。在欧洲，人们以为所有的中国人以米饭为生。她们让我睁开了眼睛。一路上，我看到的主要是麦田，餐厅的标准菜单是面条。不要把北方的中国人和南方的中国人混为一谈！

文华和一个住在两百公里外的男孩订婚了。他们将在三年内结婚。

"为什么是三年？"

"因为我的父母建议等到我们都找到工作，年龄再大一点。"

"你于是就听了你父母的话？"

"父母是明智的。孩子们应该听他们的。"

多么漂亮的箴言！我得把这句话告诉自己的孩子。相信父母是明智的！这只有中国人才做得到。

十一　生　病

六月十九日。中午进了一家饭店,老板从来没见过外国人。他起初很谨慎,但很快就管我叫大哥或大叔了,这是表示敬重的称呼。他给我加了一道我没有点的甜米饭,然后搜肠刮肚地用他仅会的英语单词对我说:"不要钱"。他把我独自安排在一个大房间里,在他和服务员、厨师、以各种借口前来观看怪人的朋友们的注视下。这一切都非常感人。但三个小时后,我被可怕的偏头痛、突然发烧和无法控制的呕吐击倒了。和蔼可亲的老板会不会对大叔下了毒?最让我担心的是自己会不会得了旅行疟疾——最明显的食物中毒。

我度过了一个不眠之夜,被痉挛和对疾病的记忆所折磨,一九九九年我在土耳其突然生病,不得不乘救护车返回伊斯坦布尔。西安虽然不远,但毕竟我还没到那里。我的小药箱里确实有一包广谱抗生素,但那是去年买的,它经历了费尔干纳谷地和塔克拉玛干的熔炉,又在我家的阁楼里过了一个冬天。众所周知,擅自用药往往比疾病更糟。

我请正忙着整理酒店房间的文华叫医生。半小时后,她和一个长着娃娃嘴的小个子女人出现了,后者诊断我得了消化道感染。她通过文华的小纸条告诉我,她要给我打两次针。起码我遇到的不是给我开蟾蜍液或蛇酒的中医郎中。我坚持要新针头和注射器,我读过关于艾滋病在中国蔓延的恐怖故事。她很快就带着设备回来了……我并不放心,因为她在办公室打开包装,没有任何迹象表明这些不是已经使用过的针头。但就目前而言,我必须做出决定,我于是露出臀部进行肌肉注射,伸出手臂进行静脉注射。用衣帽架挂好输液瓶,两个女人离开了我。我咬紧牙关试图入睡。徒然。情况越来越糟,因为从昨天晚上开始一直困扰着我的弥漫性疼痛变得越来越精确,而这种痛苦,我是认识的。我可能有消化道感染,可这种刺痛,我知道它们来自肾绞痛复发。我保留了首次发作时令人心碎的记忆,那是在一个圣诞节的次日。为了避免这种情况发生在旅程中,我每年都会进行 X 光检查,确认我肾脏内的所有结石不会因迁移而导致绞痛发作。有两次,我还忍受过超声波浴缸的碎石治疗。今天它又来了,一种难以忍受的疼痛刺痛了我的后背。没什么可做的,只能等待肾脏中的压力将结石推出。"最重要的是,不要喝水",医生警告过我。但是输液会将液体输送到我的肾脏。小医生要到中午才会回来。不能等待。我拔出插在静脉中的针头。灼伤变得难以忍受。我不知道苦难会持续多久,但突然间,在一阵高过所有剧痛的浪潮之后,和平降临了。结石消失了,疼痛同时像被抹去般消失了。

中午时分,当小医生探头进来时,我已经在收拾行李了。她被仍然满满的输液瓶吓了一跳,文华的小纸条告诉我,她很不高兴,我至少需要休息两天,否则后果会很严重。可是,在这个凄凉的房间里躺上两天的前景比在路上再次生病更让我害怕。下午一点钟我离开这个城市,三点钟开始下雨;五点钟的时候,我浑身湿透地进了一家脏得不能再脏的旅馆。我小心避免再次中毒:禁食,只喝经

254　徒步丝绸之路　Ⅲ　大草原上的风

过我自己处理的茶和水,我得保护好自己。细思起来,我很幸运地在二〇〇〇年和二〇〇一年没有生病。如果运气现在离开我呢?

一夜暴雨,六月二十一日,夏日第一天①,我冒着冷冷的大雨离开首阳,雨在我到达陇西时才停下来。进入这座城市,迎面而来的是饰有怪物的三层宝塔寺。我喜欢带顶棚的木栈道,首先是因为我在那里得到了庇护,其次是因为它表现平凡生活场景的彩绘横梁很奇怪,称得上是一位原创艺术家的作品:一个女人刚给孩子喂完奶,孩子高兴得手舞足蹈;另一个女人在给蜷缩在座位上的老妇人喂奶……还有一些画则描绘了采摘水果或收获的情景。

在集市的入口,一个江湖骗子正在使出浑身解数:先是让路人摸他声称从病人身上取出来的小石子,然后声称今天他会拔出每个人耳朵里都有的蜡塞……他的讲话很有效果:在他忙活的时候,人们急切地排起了队。

在坐落于老城内的一个平淡无奇的小博物馆里,如果我相信在喀什遇到的法国向导埃马纽埃尔·林科,那么我现在发现了一幅非常罕见的画作。对他来说,身体在中国画中极为罕见,我却看到了一幅画中有一个坦露乳房的女子正在插花。

以西安为首府的陕西省在发洪水,失踪一百多人,似乎死了好几人。在小学时,我知道了大陆性气候在夏季应该是炎热干燥。这个奇特的国度和我书中的描述完全不同。

雨又下了整晚。早上七点冒着倾盆大雨离开,九点到达第一个

---

① 法国的夏天始于每年的 6 月 21 日。

村子，再次遇到没有任何路标的岔路口。一个长着两个酒窝的漂亮女孩——酒窝总是让我融化——对我说："武山？向右。"为了保险起见，我又问了一位自行车修理工同样的问题："武山？向左。"仔细察看地图，他们都是对的。武山的酒窝路线会更舒服些，因为无疑走的人很少；而自行车修理工的路线可能更安全，我会在那里轻松地解决吃住问题。要是在酒窝路线上的鸳鸯镇能找到一个旅馆就好了……

"那儿有一个。"自行车修理工向我保证，一边眯着眼睛看着尤利西斯检查它的轮胎压力。

小路很漂亮，沿着已部分废弃的铁路线。农民们忙着收集黄土地上找不到的砂石。

当我看到鸳鸯镇时，已经筋疲力竭了。我怀疑自己是否错估了体能，是否该听从那个女医生的忠告。一群人看着我到达，从每个人的眼中，我看到了常见的那种惊讶、担忧和明显的冷漠。在中国，与我走过的所有其他国家不同，我从未遇到过热情，那种渴望了解对方并建立关系的强烈的好奇心。在这里，好奇心只是对陌生事物的极度惊讶。人们在陌生人面前哑口无言，但不想去了解。

"旅馆在哪里？"

"没有旅馆。"

我坐在一块石头上，两腿发软。我才走了三十二公里，离武山还有十九公里。我会有力气走吗？恢复十分钟后，我没精打采地离开了。再走两公里，两个富有同情心的农民拦住了我。他们想知道……

"这个村子里没有住处？……有的，有一个。跟我们来。"

我跟着他们，充满希望……和怀疑。他们停在一个屋子前，门槛上坐着一位老妇人，正在让一个婴儿在她的膝盖上蹦跳。她似乎很惊讶。我的理解是车站附近有一家饭店，但是旅馆已经关门一年了。

这次我真的很失望。我又带着灌铅的双腿上路了，它们想走，但控制它们的大脑已经失灵了，况且在到达下一个镇子之前，我必须爬过一个海拔将近两千米的山口。我回想起前几年遇到相同情形时，我得在人们提供的所有盛情款待中做出选择，因为担心伤害那些被我拒绝的人！在我看来，中国和法国一样不太好客……

这时我听到有人在叫我，是那个老太太。

"十元（1.5欧元），我可以让你今晚住在我家。"

我想拥抱她。

老太太当晚没有在自己家里睡觉，她把自己的卧室留给我后去邻居家过夜。在她家里还住着她的女儿、女婿和他们的两个孩子。这是我第一次在中国的汉人家里睡觉。到目前为止，我只知道宾馆和旅馆的房间。过道很窄，厨房又暗又小。右边是我要住的房间，四平方米，有一扇面对马路的小窗户，两张单人床是唯一的家具——木箱上铺着一张垫子，牛皮纸贴在天花板上，墙面上涂着年代久远的褪色的绿漆，因为潮湿而剥落。幸运的是这种悲惨的氛围被两件艺术作品抹去了：一件是高达一米的毛泽东的肖像；另一件大小相同，但灵感来自宗教：面如神仙的人物在微笑；在海报下方，两个骑着鸭子的小孩子正在分发钞票。发财是中国人的第一幸福。最后，在海报和毛泽东之间有一张邓小平的肖像。在另一面墙上，是一张中国省份图。房东的女儿女婿和他们的孩子——一个男孩和一个女孩——住的房间和我那间相比没有大多少。一张双人床，一件用防火板做的家具，餐具柜上摆着一台崭新的彩色电视机。墙上挂着好几幅书法作品和同样的中国省份地图。在那个大家具显眼的位置上贴着一张被放大的人人皆知的照片：一个小男孩拉着自己的短裤，很自豪地展示着自己与小女孩的不同之处，小女孩靠过来认真而专注地看着那个物什，显示出她愿意学习生活的态度。

鸳鸯镇和武山之间的道路坡度陡峭，弯弯曲曲的道路迅速地攀升着。但你绝不会失望，因为从那里可以看到惊人的景色。我看到了我走过的路和刚刚离开的村庄，它像一张航拍照片一样在眼前展开。这些一排排的大头钉是杏树，而这些像长条棒棒糖的则是瓜类成熟的温室。梯田形成了一个巨大的楼梯，一直通上山口，在最高处，一个古怪的屋顶划破天空，一座喇嘛寺向我炫耀着。如果在法国你必然能在最迷人的地方找到修道院，在中国你得上天寻找僧侣。

武山严格来说不是一座城市，即使它正在重建之中。目前，它是个大工地。旧的泥屋已被夷为平地，一些在别处找不到栖身之所的穷困潦倒的人还住在那里。人们所规划的宽阔大道还只是被推土机推开的空地。在它的两边，各一百五十米的长度，人们在建筑一幢贴着一幢的楼房。唯一完工的那幢，就是我住的酒店。要到达那里，你必须穿过一摊红泥。我和尤利西斯在接待处的黑色新大理石上留下了像血一样的污迹。

几乎不可能闭上眼睛。整个晚上，附近建筑工地的工人都在浇筑混凝土地板，为了使其液化，他们使用振动器，那种噪声和对神经的影响让人想起从前牙医用的钻头。为电视供电的电缆一定撞到了铲土机上，因为在没有任何警告的情况下，我指望寻找睡意的惊悚片突然变成一片黑屏。人们说晚上八点会有热水，我等到半夜热水还是没有来。我只好洗了个冷水澡。我做得很对，因为到了早上就一点水都没有了。

我听说过堡寨，壮观的圆形围墙，其功能和起源都不清楚。仔细看，确实可以看到前"楼门"，四季豆形，上面有高高的土墙，就在悬崖边上。来自作坊的噪声引起了我的兴趣，我决定去那里看看……他们是些雕琢玉块的工人。公司负责人让我参观了展示这些艺术家作品的陈列室。相当令人惊叹。最主要的作品是一件大约一米高的帆船，耗时七个月才完成。光线被这种珍贵的材料过滤后穿过极薄的船帆。两个为"八宝茶"专用的茶杯给我留下了深刻的印象。它们具有难以想象的细腻和轻盈。玉之精气……我很想买，不管什么价格。毫无疑问，这种渴望无疑与我喝的这种令人愉悦的饮料有关。但当我看到带走它们所需要的包装时，我放弃了。

一整天，道路交替出现：沥青路和坑洼路、碎石路，尤其是粉尘路段。好像是有意为之，在村子的每个入口处，沥青路就消失了。卡车扬起飞扬的尘土，似乎把在路边玩耍的孩子们吞没了。商贩把他们的摊位藏在大片透明塑料布下——当然，塑料布已经变成灰色，这增加了这种小镇的悲伤、沉闷和可怜的一面。那里甚至有一个浅滩，我突然怀疑我是否还走在316上。但人们肯定地告诉我，这条坑坑洼洼的乡村公路确实是国道。

我在范家头这个巴掌大的小村扎营。孩子们都跑来了。他们确实是唯一仍保留些好奇心的人类。一个住在附近的孩子要给我烧热水来泡我的方便面。一个聪明的小女孩带着她的笔记本和英文书来了，这样我就可以帮她做让她头痛的家庭作业。夜幕降临，顽童们向我的帐篷投掷石块。这是我每天看到的中国的两张面孔。今天，在三个场合，骑自行车的年轻人和坐在拖拉机上的两个成年人勇敢地等我走远后对我大喊："go away（走开）"……期待北京奥运会的政府，在电视上播放英语课并把英语变成了必修课。知识有好处也有坏处，因此，外语可以欢迎或赶走外来者。

孩子们已经上床睡觉了，尽管有几个当地人在夜间过来观察我并大声评论今天发生的这件事，我还是睡着了。呼唤声叫醒了我。我想睡觉，不想搭理。但一个手电筒照进了双层帐篷，一只端着一碗面条汤的手出现了。我怎么能拒绝，即使这不是吃饭的时间，而且我在三个小时前已经吃过了！但这些人并没有说"go away"，我应该尊重他们的"welcome（欢迎）"。

在下一个村子里，一个男人和他的妻子吸引了一群人。他们熔化铝并将其转化为厨房用品：勺子、锅、煎锅等。村民把他们所有坏掉的铝制器具都拿出来了。男人购买它们作为原材料，然后将它们在村民面前熔化后制成物品再卖给他们。令人吃惊的是地上堆放的物品之多，让人以为这个村里的所有厨具都因为这个魔法师的来访而损坏了！

田野里，农民已经开始收割了。我从吐鲁番出发时，麦子刚高出地面。随着我的行程，它们渐渐成熟，然后呈现出金色。现在人们用镰刀来收割。和我们不同的是，农民把刀片放在他们的布袋里，只在工作的时候把它垂直安装在镰刀柄上。这些刀片非常锋利，一个农民大胆地让我摸了一下。要是中国理发师把剃须刀磨得这么好就完美了……

路上走着一群群的割麦人，从一个村庄到另一个村庄出售他们的服务。他们蹲着工作，抓起一把茎秆，用轻快的动作把它们从根部切开。每捆都用两把小麦首尾打结。农田里很少留下麦捆。人们在晚上把它们用手推车运走。当它们待在原地时，农民就睡在附近的草地上，以防小偷。

打麦的方式有上千种。最原始的是用连枷完成的：这些大木棍的末端链接着一根较小的棒子，用来捶打晒在非常平坦坚硬地面上的麦条堆。最现代的——我只见到一个——是一台由拖拉机发动机驱动的小型脱粒机。把麦捆放进去，碎草从一边出来，谷物从另一边出来。两者之间是些轮子。最古老的是一个两头有磙眼的石缸，被套在一匹马上，马拖着它整天压过打谷场来脱粒。一种变体则是用拖拉机和挂钩的拖车来代替马和石头。最随意最简单的办法就是把麦捆散布在路面上，开过的卡车和汽车就把活给干完了……接着，人们还要筛麦，也就是把谷物和打谷场上收集的灰尘和杂质分开。小麦和谷壳……这更多是女性的工作：她们灵巧地颠着簸箕，将谷物抛向空中，一边寻找着最好有过堂风的适合的工作场地。麦秆草飞走了，较重的谷物又落回簸箕中。倒数第二道工序包括将干净的谷物铺在路边或打谷场上，使其在阳光下晒干和硬化，然后装袋送去磨坊，磨坊主会拿取一部分谷物作为报酬。

　　我注意到收割的全过程，翻土、割麦、脱粒、簸扬，均是用手，用那些自马可·波罗时代就在使用的农具完成。唯一一抹现代感：运输珍贵货物的手推车用上了橡胶轮胎。

十二　千年古国

过了范家头，一路是陡峭、高耸、光滑的山崖，成千上万的燕子在那里筑巢。我鼻子朝天走着，欣赏它们飞行时曼妙的舞姿，然后止住脚步，说不出话来。在那悬崖中央，离地百余米处，有一座仿佛嵌在岩壁中的神殿。一位卖供香的小贩同意照顾尤利西斯，我于是跟在两个女人和两个孩子身后前往探险。她们刚买了几支小红蜡烛、一包香和几张纸。一条小路蜿蜒穿过树林，然后陡然伸向悬崖。到达陡峭的墙脚下，我们沿着奔跑着蜈蚣大军的台阶而上。节肢动物以虔诚而闻名吗？据我所知，我们的教堂里还从未出现过蜈蚣。或许它们更喜欢我几乎一无所知的佛教寺庙……我慢条斯理地拾级而上，首先是因为我尊重这些传说中的龙的传人的热情，但最重要的是因为我自己在伊朗攀爬尖塔时"折断"了大腿，我现在知道了这些肌肉是用来走路的，它们只适合闲逛，和那些人们用来攀登的肌肉是不同的。不能冒险……

无论是向上望还是向下看，岩壁的高度和垂直度都令人叹为观止。台阶似乎没有尽头。两个女人停在第一个洞窟，里面有三尊雕像，其中一尊作出非常奇怪的鬼脸。她们用已在那里燃烧着的蜡烛点燃一支小红烛；双手捧着点燃的几炷香，然后顶礼数次。最后，她们点燃薄纸，将其抛向空中，纸片被燃烧成漂亮的蜗壳然后落回地面。

这些小纸片是送给亡者的。它们象征着金钱。我们不能让死者一无所有。在中国南方，色彩艳丽的钞票、房屋和家具被印在纸上，它们被烧给亡者使用，让他们在另一个世界得到安逸。

崖壁上总共凿有十四个洞穴。最大的洞里有一尊佛陀和两个菩萨，是那种为了帮助人类而暂时放弃涅槃的圣人。中间是一个祭坛。在一个大盘子里，层层叠叠地放满了水果和信徒的供品。负责维护这个地方的和尚从中取出两个杏子给了两个孩子。只有一个大石窟里只供了一个神，全黑，肩披树叶，额上有两个白色的犄角。这个神就是神农，神圣的农夫。像伏羲和女娲一样慷慨，因为地上的人越来越多，有人开始饿死了，他就发明了农作物的耕种。

他手里拿着一个圆盘，叫作八卦或卦象，上面有九个符号，中间是一个圆圈，圆圈里嵌入了阴阳两个标志，在它们的周围，八个图像总结了宇宙的全部。

阴阳象征着生命，不同但不对立；是白与黑，但不分善恶。阴象征女性，静止，黑暗和偶数。阳是一种活跃的男性能量，明亮且为奇数。这两个符号不对立，而是互补的。因此，在一天中，有阳（昼）有阴（夜），围绕中心象征的所有八卦符号都是由三条连续或不连续的线组成的，因此，三条连续线，是天，纯阳；三条不连续线，纯阴，是地。在两个极端之间，有六个图像，均有连续或不连续的线条组成，代表水、火、湖、雷、山，最后一个则同时代表了风和木。这些非常简单的标志也可以代表许多其他的东西，如一家八口三代人，一个季节，罗盘玫瑰上的一个信标或是它的八个方向之一。当中国人想知道未来时，都会用卦象来占卜。

两个女人随同众人从一个石洞到另一个石洞，一个不漏，每到一站都重复着同样的动作。在下山的路上，我惊讶地发现，在一个凿在岩壁的洞穴里，有一股泉水从岩间喷涌而出。这些雕像很简陋，用灰泥和石膏塑成，大多已被烛烟熏黑。但是它们身上的衣服应该在定期更换，都很干净。我为这些被深沉的信仰所驱使的人们和笼罩此地的祥和气氛所感动。我注意到他们是如此专注于祈祷，没有一个人从这里眺望美丽的山谷。山谷无穷无尽地延伸着，如蚂蚁般的农民在一块块金色的麦田中不知疲倦地辛劳着。

前行十公里后，石窟越来越多，大约有五十个。最令人印象深刻的是一尊二十七米高的坐佛，直接雕刻在岩石上。当地人称这里为"像山"。和我刚刚参观的信仰场所不同，这里是由封闭洞穴组成的博物馆，是国家文化遗产的一部分。我意识到，这个国家历史的永久性可能更多地根植于第一个圣殿中追随者的姿势中，而不是这些如被正式编录的百岁老人般在栅栏后展示的雕像。

我在甘谷只停留了一顿午饭的工夫，旋即奔向山路。陡峭的山坡将我从海拔一千两百米带到了海拔一千七百米的山口。峰顶的景色如此摄人心魂，眼花缭乱中，我甚至放下尤利西斯，一屁股坐在草丛中，花了差不多一个小时来凝望奇观，心潮起伏。

道路从这里穿越山峰，景色向南、向北和向东延伸到遥远的山谷，笼罩在长春花紫的雾霭中。在此处，无论我的视线转向哪里，看到的全是数不清的梯田。有大有小，甚至小到微不足道，种着麦子、玉米、辣椒和果树。在这个非凡的花园里，从山谷的洼地到山顶，没有一平方米、一平方厘米没有被利用。被阳光反射的色彩构成了绚丽的调色板。我在瞬间与完成这杰作的人们结为一体。他们用了多少锹土、多少滴汗水才能将原本光秃的山峦变成美丽的大花园？这些不起眼的农民经历了多少代人、多少个世纪来缔造这件杰作，这无限宏伟的装饰？长城？算了吧！金字塔？也算了吧！这件没有死亡、没有暴力的作品胜过它们千万倍。这片绝妙景致的艺术家是朴实的农民，他们手持铁锹，怀着让山峦低下傲慢头颅的意志，以谋取他们以及人类兄弟的生计。

它在这里，在我眼中，不朽的中国。的确，自亘古以来，自时光的深处，这件作品一直在不断地改进和润饰。想到"伟大的作品"只有在付出了血和泪的情况下才会被认可，想到它们的重要性仅取决于它们所产生的悲伤的比例，想到呈现在我眼前的活生生的作品却没有出现在任何旅行社的目录中，我变得愤愤不平。他们可能没有错。谁愿意花钱来欣赏这部作品？联合国教科文组织永远不会将316号国道的2649公里处列为人类的共同财产。这项伟大的工作既不是为了打败敌人，也不是为了让这个世界上的伟大人物永垂不朽，而只是为了养活人类。诚然，没有哪位皇帝、哪位将军指挥过这些和平而慷慨的人群，他们自己用唯一的武器——不计时间地搬运，改造了这些辽阔广袤到在我的视野里没有边际的大山。唯有他们的美德和勇气才是这部杰作的原动力。长城在岁月的侵蚀中风化，庙宇在多少带有宗教性质的战争中被摧毁，被岁月和人类损蚀，但这些梯田一年更比一年美，它们是生动而变化的雕塑，在每一个春天被花朵、发芽的小麦和丰收的水果所覆盖。这才是世界上最大的博物馆。

沙漠的开发和正在开始的机械化是否会成为这片梯田的终结？大自然掌握了决定权。拖拉机在这些令人眩晕和脆弱的花园里能做什么？又怎能想象柴油车前来扰乱这种平静的宏伟？

沉醉于如此美景,我无法自拔。我啃起了一块馒头,毫无疑问这是用这里种植的小麦粉制成的,再配上吐鲁番的葡萄干。我腹内空空,心灵充实。重新拉起尤利西斯时,我想唱歌。今天早上寺庙信徒的虔诚和今天下午梦境般的风景,终于向我展示了历史久远的中国,而不是那个隐藏在为取悦游客而经历了拉皮术或化妆的建筑背后、只有在导游的指导下才能看到的中国。这里不需要向导,人与地,就像努力和自豪一样,清晰明了。

在山口的顶端,我追上了一个向村子方向爬坡的农民,他的推车上驮着沉甸甸的麦子。一头母牛拉着车,一个小男孩在前面牵着牛,他手握推车的两个拉杆把握着平衡。一头小牛在周围自由嬉戏。这个车队穿行于两块田之间的一条小径,随着母牛缓慢的步伐调整前进的节奏。

在泉寺镇(Quan Si Zhen),我睡觉的地方有一股粪臭味,因为这个旅馆卡在马厩和猪圈之间。我租的单人房也是一个工具间,主人或他的儿子径直出入从不敲门。他们只是在收钱的时候才稍稍关注了我一下,甚至在我清晨离开时都没有回应我用中文说的再见。在街上,我吃了十个菜肉馅的小包子——包子铺里一家人流水作业,忙碌着满足顾客的需要。这样一份早餐的能量足以支持我走上一百公里,也就是说,走四十二公里到达天水是轻而易举的事。而且我打算在这个拥有两百五十万居民的城市休息两天。这座城市在同一个名字下聚集了两个城区:我到达的那个天水市叫秦城,再往前十八公里是天水火车站,又叫北道。

第一天休息,我参观了伏羲庙。造人的女娲就是他的妻子,也是他的妹妹。一进门,我们就从喧闹的城市进入到一个寂静的世界。我参观了四个展厅,那里和所有的博物馆一样陈列着手稿、物品、陶器——甚至还有一个五千年前的瓶子——但所有的标识全用中文,无法完全满足我的求知欲。一位现代画家描绘了伏羲传授的农事,描绘了狩猎、捕鱼和放牧的场景。这位神话中的第一位皇帝似乎也传授医术,可是其他文献又将此天赋归于神农。谁知道呢……

在附近,工人们正在制作一个亭子的木制部件,这个亭子将被组装在寺庙的入口处。我在建筑工地中间待了一个小时,这是一个名副其实的活生生的古代技术博物馆。运来此地的树干由两个工匠拉着大锯锯开,这把长锯的两端都有一个把手。其他工匠使用一种类似锛子的工具在雕削木头,这个工具包括一个木柄和一大块橡木,上面固定着一把锋利的刀片。最后,亭子的每个部件被刨子刨平,刨子上的两个把手给予工匠的手势强烈的推动力。我再次跳跃回到过去。没有任何电动或机械设备扰乱附近寺庙的寂静。人们以十或二十个世纪之前的方式工作着。

第二天,我决定去旅游,参观位于天水东南约四十公里处的中国四大佛教圣地之一的著名的麦积山石窟。我请了一位英语导游,因为找不到法语导游。李二十一岁,带着迷人的微笑,嘴角有一粒黑痣,随时愿意回答我不断提取的一大堆问题。我准备了充足的时间,因为要到达那里,首先必须从秦城乘公共汽车到北道。在火车站前,我们换乘另一辆公共汽车。但因为乘客太少,出于盈利需要,运输公司将我们抛弃在旷野,然后派来一辆小面包车。在景区范围的入口处,我们了解到规则从今天早上开始发生了变化,包括中国人在内的所有游客都必须买票。当地人抗议:人们不能强迫他们付钱回家。但把守入口的人很认真,这是新规则。喋喋不休的争执没完没了,我睡着了。当我们到达"草垛山"脚下时,李叫醒了我,"草垛山"是农民以大山的形状而给这个地方起的名字。

这一百一十四个石窟开凿于公元三世纪至五世纪之间,当时正值魏晋时期,丝绸之路贸易迅速发展。这些石窟保存得相对完好,无疑得益于其险要的地理位置令侵入者难以到达。历史学家想知道工匠们如何能在山的两侧雕琢出两尊大佛。提出的假设之一是,他们将木头堆积到顶部,随着工程的进行再逐渐将它们移除。远远望去,这座山就像一块格鲁耶尔奶酪;还似乎和蓬皮杜艺术中心有点表亲关系,因为级梯走廊将一层与另一层石洞连接起来。像所有的法国人一样,我咕哝了几句牢骚,因为每个石窟前面都设置了栅栏来保护雕像。刺眼的阳光形成强烈的反光,什么也看不见。我带来的手电筒也无济于事。尽管地道的法国人总是很守规矩,我还是举起相机拍下一尊极其精致的佛像,他盘腿而坐,面带微笑,一只手缺了三根手指。从雕像和壁龛上残留的颜料可以想象出最初以蓝色为基调的辉煌色彩。

当我们环顾周围的景观时,就会明白选择这个地方的原因。从这里远眺,满眼是被森林覆盖的错杂的山丘。从沙漠返回或准备进入丝绸之路的商人在这里找到了一个神圣的地方,可以让自己准备好面对最坏的情况,或者从与它的战斗中恢复过来。在这个天堂,他们会更慷慨地解开钱袋子,感谢神灵或祈求保佑。周围到处都是芙蓉花和合欢花,这些"玫瑰窗帘"让我想起深浅不一的晕染的红色长睫毛。

一大早离开天水—秦城，我走在一条刚刚完工的宽阔大道上。优雅的女士们保护自己免受阳光照射，懒洋洋地踩着带遮阳伞的自行车。

是工程师忘记解决这个问题还是工程被延误了？在大街上，到处留着水泥大电线杆。一个马虎的公交车司机一时分心，车便一头撞上了其中一个柱子。

上午十点，我沿着墙根躲避阳光，开始我神圣的苹果仪式。我朝马路对面的一个流浪汉微笑。他停了下来，发现自己遇到了一位同事；他穿过马路来和我握手，没有松开一头系着扑克牌的绳子；然后，点点头继续走他的路。这次什么都没有发生的邂逅却奇怪地让我心安。可能是因为我觉得不那么孤单了……

在巴阳（Ba Yang），我费了点力气才找到一个旅馆。我迟到了，因为标记公里的路碑突然消失了。没有GPS，我很难确定方向和自己的位置。幸好不太多，但在每个岔路口，我唯一的办法就是等人经过，问他我打算去歇脚的城市的方向。现在，我打算早早睡觉以保持体力。但是一大清早，我就被一大群人声吵醒了。穿着短裤的我急忙出去打探情形。屋后，昨天傍晚依然空旷的大广场已经被数百人占据了，农民们大声说话，在破晓时分扯着嗓子打招呼。到处都是桃子。在推车上堆得满满的篮子里，在两个人用扁担扛着的箩筐中，在柳条篮里。所有人都带着昨夜摘下的桃子，那些我路过的大果园的桃子，急于将它们卖给批发商。到处都是这些批发商的卡车。买家们一家家地看着，满眼戒备，急于买到最好的货色。我记得童年时在集市上卖马。这种方法与诺曼底市场上的牲口交易几乎没有区别。我看着这些人并猜测着他们的对话：

——什么价？

丈夫沉默。是女人给出回答。她扔了一个数字。

买家轻蔑地撇撇嘴：

——我的可怜人，以这个价格，你的桃子到过年都卖不完。

他转过身，朝向另一个卖家。同样的对话，同样的噘嘴。几分钟后，他回去找第一对夫妇。沉默，卖家们在等着。买家将其中一个篮子顶部的大水果推到一边，伸手拉出一个小桃子。

——而且，它们很小。没有销路。

女人争辩。她的水果很棒。她拿过桃子，摸着它们，把它们放在他的鼻子底下。

男人报了一个价格。

女人也回了一个。

买家摇头表示"不"，然后再次走开。往前走十米后折返，回来再报出一个新价格。每个人都明白这是最后一次。妻子终于点了点头，丈夫没有说话。

人们将一堆堆的水果过秤，装入纸盒，然后立即装上卡车。这一幕在广场的每个角落中数百遍地上演着。刚到的小推车排成长队堵住了路。满载的卡车设法突围，喇叭按个不停。还有一些买家似乎专门购买过熟或过小的水果，无疑是用于制作糖浆或果汁的。该地区仅以此为生。每个人的狂热都证明了人们的财富和生活多么依赖于果园。在这里，人们知道自己不会挨饿。当我离开时，一位买家递给我一把大而柔软的水果：礼物。

人们又增加了一条西安至乌鲁木齐的铁路线，因为单轨已无法满足运送乘客和货物到新疆。一片巨大工地。修路是共产党执政后的首批成就之一。今天的政府希望以更快的方式将这个巨大地区的矿产财富——尤其是石油——带到东部。然而，目前的路线迫使下行列车只能进行短途旅行——然后停车——让上行列车通过。西安—乌鲁木齐特快线可以用四十个小时将相距一千五百公里的两个城市联结起来（货运列车用时翻倍）。此外，这条通常建在山坡上的铁路还受到山体滑坡的威胁。人们正在建造的工程极其庞大。在渭河、公路和旧铁路线交汇的狭窄山谷中，空间已所剩无几。也不能侵占农业用地，那是人们的口粮。未来的铁线路因此将不断穿越于高架桥或黑暗的隧道中。

在一个工地附近，我引起了工人的好奇心，其中一个走到我面前，递给我一把钞票……我最后才明白他想要买尤利西斯。我忍不住笑了出来。我不是一个出卖自己朋友的人。出于好奇，我问他出多少价，但见我不是认真的，他就退缩了。

在天水，酒店前台让我三晚换了三次房间。因为我每次都欣然接受，毫无疑问是为了奖励我，昨晚他们以同样的价格让我入住顶层的皇家套房。我一个人住三个房间，沙发像黄河水一样深，桌上放满了鲜花。

七月一日。

根据我的地图，从台禄（Tai Lu）到焦川（Jiao Chuan）有二十七公里。我刚走了三十公里，人们说还有十公里而且城里也没有旅馆。靠近西安让我意志软弱。与其像往常一样匆匆忙忙,我决定今天走三十公里就足够了。我给自己点了一顿美餐,拿出关于罗莎的手稿,和我现在已经熟悉的角色待上几个小时。接近目的地的前景对我产生了双重影响。我很高兴能离西安这么近,很想加倍步伐更快地到达那里。与此同时,我感到自离开伊斯坦布尔以来前所未有的放松。我只需要在七月十四日中午左右到达,就能赶上去北京的飞机。而且由于领先计划很多,如果机会出现,我很乐意花一天时间来想入非非或培养一段新的友谊。

我继续向平原下降。今天我的高度计显示海拔九百米,在越来越感觉不到高度变化的同时,我还感到越来越热。特别这个狭窄的山谷里根本没有风。山谷有的地方只容渭河通过,古代的旅行者大概不得不下到河床中涉水前进。今天,有穿过隧道的火车和公路。我在想,虽然到处都是岩石和泥泞,河道是不是更安全些。我讨厌隧道,它们让我毛骨悚然。我还记得二〇〇〇年六月初在伊朗穿过隧道时的恐惧,当时我以为自己会死在那里[①]。我今天要穿越的隧道有两公里长,里面没有照明。我几乎是在奔跑。一辆卡车冲过来,不停按响的喇叭被有限的空间放大,震耳欲聋。我挥动手电筒以表示我的存在,因为这里没有人行道,谁会想到居然有人在这里冒险!大卡车并没有放慢速度,不过总算靠边行驶了。

四名卡车司机走进我正在吃完午饭的餐厅。与人们擅自端上来的炒面相比,他们更渴望有人陪伴,他们邀请我午餐。不管我怎

---

① 原注:见《徒步丝绸之路Ⅱ:奔赴撒马尔罕》,同前。

么解释——用手敲肚子的手势在所有国家都可以被破译：我刚刚吃饱——我不得不重新拿起筷子。老板把菜端上桌，中国的传统救了我，大家可以随意吃每一盘共享的菜。因此，我可以一边假装喜欢一边象征性地只吃一点。这是些罕见的传统中国人，我们边吃边聊。一般来说，中国人都是先吃后谈。说是聊天，这有些夸张。我不停地在笑；点头赞同却不知道人家在说什么。多么奇怪的遭遇，却让我放心：在这次旅行中，我深知孤立对士气的破坏性——门槛协会一事可以证明我曾多么偏执——你能在瞬间失去平衡。

我在眉县休息了一天。以我目前积累的领先优势，预计七月十一日可以到达西安。我去北京的飞机是十四日，所以我时间充裕。我第 N 次重新制订步行计划，这次决定每天只走二十五公里，直到结束。真正的散步。

虽然我身经百战，仍被旅馆的浴室惊呆了。我打开洗脸盆里的冷水龙头时，水——这是一个物理定律无法向我解释的谜——却从天花板上掉下来，而且通过一个你无法定位漏水点的栅格。应该有一本专门介绍中国旅馆浴室的指南来避开它们所包含的陷阱。如果你被告知"有热水"，那只是说给愿意相信它的人。如果你被告知"热水在晚上八点到十点之间到达"，意思是在晚上十点到十点一刻之间。因为每个人都在关注它的到来，分享的结果就是热水成了只是微温的水。如果有人对你说"冲水马桶可以使用"，而你持相反意见，厌倦了解释的人们就给你派来一个工人。他爬上马桶，去吊那根靠近天花板的水箱里的绳子，他猛烈地拉扯。然后水来了，在维修工嘲弄的注视下……至于地板上的黑色仿大理石花纹，这不是瓷砖上的矫情的纹理，而是一代又一代的房客们平淡无奇掉落的头发，随着时间最终嵌入地面。

我是在七月七日至八日高考前夕抵达眉县的。考生众多：正如人们所说，愿最聪明、最聪慧的人获胜。在一间有淋浴的宾馆，我奇迹般地得到了一个空房间。里面挤满了未来的大学生，每个房间都睡了三四个人。他们来自周围所有的城镇。考试将在酒店的大房间里进行，这些房间是为这个场合特别租用的。镇上其他一些地方也被征用了。今年，中国的大学招生两百七十万，打破了纪录。但是候选人是这个数字的八到十倍。

当一个年轻女孩坐到我旁边时，我已经在一个小凉亭内安定下来写作。她手里拿着一本书。她大声地复习英语，读错了一个不规则动词。她想和我说话，我帮她纠正了错误。她的一个朋友，然后是五个，然后是十个加入她。叽叽喳喳、介绍、踌躇……被少女们恭恭敬敬问好的一位老师，他被这种情况逗乐了。"年轻的中国人，"他告诉我，"花了很多时间来学习英语。他们几乎可以流利地书写和阅读。但他们很难自我表达，也从未与英语为母语的人交谈过。她们不明白您说的话，如果您写出来，她们阅读起来完全没有问题。"我想起了我通过小纸条与之交流的文华。这个男人向我证实，只有四分之一的学生升入中学。这些就是将进入高等学府的人……前提是他们通过高考。他告诉我，当他是学生的时候，每天从早上五点学习到晚上十一点。

我很惊讶参加高考的女孩比男孩少。

"中国人是否继续偏爱男孩？"

"在城市里，人们现在对孩子的性别无所谓，有些人甚至为没有男孩而高兴。但在农村，女孩的出生仍然是一场灾难。谁来传宗接代和接管农田？这个国家很少有对农村老年人的社会保障。没有男孩子，就怕会老境悲惨。"

众所周知，在中国，男性多于女性。偏爱男孩的农村人占了百分之八十五的中国人口。女婴还在被谋杀吗？似乎没有。但是一旦被确认怀的是女孩时，就会进行人工流产。而且尽管当局试图制止，被骗到偏远地区给农民做妻子的妇女并不少见。仍让我感到惊讶的是，即使有独生子女政策，人口仍继续增加。

"目前，据专家介绍，人口会继续增加，达到十五到十六亿。这得益于卫生保健的进步。"

我不发表任何评论，默默地在脑海中滚动着我光顾过的无数旅馆……

"你要把这些人放在哪里？"

"这是个大问题。农民的外流加剧了中国人口增长带来的问题。所有这些都导致住房短缺。很多时候，三代人还挤在狭小的空间里。随着变得更富有的人想要住在更大的住宅中，这种短缺变得更加明显。因此，有必要建造数以百万计的房屋和楼房。"

从这些交流和以前的一些谈话中，我认为无论政体怎么变，中国是"永恒的"。整个中国社会都以儒家思想为标志。在儒教社会中，女人尊敬和服从丈夫，年轻人服从长辈，儿子服从父亲。青年人要尊敬老人，公民要尊敬官员。所以什么都没有动。在一个因一连串阻塞而瘫痪的社会中，一切都在努力朝着最好的方向发展。当你处于顶峰时，除非出现像中国曾经经历的大运动，否则你几乎可以一直高枕无忧。

早起的人们是中国最美的一面。天刚亮,街道上就满是这些勤劳的人,有骑车上学的学子和去上班的工人。但在所有这些人之前,小生意人已占据了城镇的人行道。中国人好像都不在家吃饭。不相信的话,眉县市中心的十字路口就是最好的观望台。汉族人不仅在这里吃早餐,也在这里吃午饭;他们在这几平方米的地方游戏、购物、做生意、修鞋、见朋友、吃晚饭,名副其实的城市中心。

为了让顾客舒服,精明的生意人甚至在天亮之前就用他们的三轮车或手推车上带来了桌椅。在法国,早餐我离不开茶和吐司;而在这里,我用这些通体冒油的油条填满肚子,它们给了我至少到中午之前所需的能量。小贩提供一两块钱(十五至三十欧分)的早点,包括油条——油炸辫子、带着洋葱和肉馅的小馒头、洋葱煎饼、辣得令我咋舌的凉面。这里也卖美味的肉汤。如果中国人——包括女人——没有大声清嗓子和随地吐痰的习惯,我会喜欢清晨大街上的气氛。

最后一批顾客刚咽下他们的最后一口早餐,还在用卫生纸擦嘴时——这里和其他地方一样用作餐巾纸——满载水果和蔬菜的手推车和三轮车已开始占据人行道。支在自行车上的糕点摊隔壁,修鞋匠把他的缝纫机放在太阳眼镜卖家的旁边,还有擦鞋匠,制造农具的工匠,比邻而居,平起平坐。

下午快结束时,这些生意人开始撤退,手推车和三轮车又到了,卸下煤气灶和装满木炭的烧烤炉。这些新来者在附近商店接上电插头,来为他们的冰柜供电,或者点亮长竹竿顶上的彩色灯泡。夜市开始了。黄昏时分的十字路口,百灯照耀,千声喧哗,空气中蔓延着劣质煤刺鼻的硫磺味。这里摆了长长的桌子,人们按家庭或朋友为单位聚坐在一起。夜市图的就是热闹,很少像我这样孤单的人。中餐是集体的节日。好吃的东西很多。羊肉串、凉拌面或热汤面、肉包子或煎包——或蒸熟或炭烤、猪肉、盛满蔬菜肉蛋并保持煮沸的砂锅、烤鱼或水煮鱼、直接在桌子中间烹制的蔬菜火锅、用大刀按需切块卖的西瓜。一切都处于令人难以置信的喧嚣中,谈话和笑声,慢慢经过人群的三轮车的铃声,孩子们在桌子之间玩耍的哭声和商人的吆喝声。地上满是垃圾,因为人们把所有不再有用的东西都扔在地上:骨头、剩菜、纸、茶叶渣,等等。在这个炎热的夜晚,人们都是夏装打扮。女人们穿着紧身的短裤和紧身上衣,或者是透明的长裙;男人们把裤子提到膝盖上,把衬衫的袖子卷到腋下,骄傲地展示着圆圆的肚子。在当今的中国,招人嫉妒好过被人可怜。

中国女人在衣服上花钱大方,但她们很少将钱用在化妆上,或许偶尔涂点口红。她们自然而然地拥有我们的西方女人得用大量粉底和化妆品获得的蜜桃肤色。最讲究的女人们脸上抹了美白粉,只有在有伞保护的情况下才会在阳光下出门。她们极少把一头黑发烫卷。我很少看到胖女人,从未遇到过度肥胖的女人。她们绝大多数都很苗条,对让欧洲和美国女人纠结的"马鞍包"[①]闻所未闻。平乳削臀,她们穿上长裙非常漂亮。不过,短裤或短裙对她们并不太

---

① 形容女性聚集在臀部和大腿的脂肪。

适合，她们的腿形大多不太好看——加上脚上的袜子，更显得怪里怪气。再大胆的中国女人也不敢不穿袜子就出门。

汉族女人很爱钱。而当邓小平提出"致富"的著名口号并指出有钱不可耻时，二十亿只耳朵都在专注倾听，他的同胞们今天只希望财富和长寿，人生的两大乐趣。

我找到了一种可靠的方法来区分信奉伊斯兰教的中国回族与外表相似的汉族。在回族人的饭店收钱的是男人；在非穆斯林经营的餐馆里，总是由女人出示账单并将钱装进口袋。

七月八日，早上。天气湿热。我睡得不好，五点钟的时候就想离开酒店。我不是唯一一个度过了几乎不眠之夜的人。院子里，年轻人手里拿着一本书，在考试开始前的几个小时，整页整页地背书。我注意到两个可爱的少女手牵着手走在街上，轻声唱歌，这无疑是一种避免焦虑的方式。

天还没亮透，街道上已经人头攒动。我以最快的速度离开小镇，但路上挤满了密密麻麻的房子。农民在田野里用镰刀割麦子。不见一块空地。每个平方都已被耕种。这里的水几乎与地面高度持平。路两旁栽着杨树。除此之外，农作物占据了所有空间。比我个子还高的玉米成熟了，随处有人向你兜售蒸玉米或烤玉米。

路沿着我右边上方的田野延伸。我看到一个檐角翘起的屋顶，出于好奇心，我爬上一条陡峭的土路，来到一座寺庙前。庙里的人正在和他的妻子在吃早餐。他们请我吃了馒头和一碗黏稠辛辣的菜汤。男人的脸上有一种公正特有的宁静和善，他带我参观了他们如穴居的房子和寺庙，里面有一尊佛像和两尊菩萨。数十件由他们缝制和绘画的穿着藏族服装或时装的小布偶，挂在陈列架上出售。

在周至，人们告诉我有网吧，但我猜想已经关门了。一大早，我离开旅馆时，人们说那里全天营业。早上五点半，我在那儿发现了一种"澳门地狱游戏"的氛围。烟雾缭绕的大房间里，电脑一字排开，有些年轻人正在一张大沙发上睡觉。其他人则交叉双臂睡着了，他们面前的屏幕上，一个杀手被冻结在射击姿势。中国年轻人对这些电子游戏非常着迷，他们将自己认同为游戏中一个角色，随机进入一个虚拟敌人出现的场景。他们每秒都在敲打，房间里充满了自动武器的枪声和手榴弹的爆炸。勉强醒来，脑袋还沉浸在梦境中，他们敲打键盘，重新开始杀戮。勇敢的中国小朋友……未来的新人类。

离西安只有七十五公里了，我脚底发痒。但我还是停下来久久欣赏着一个迷人的景观：三位牙医正在专心工作。像这里的每个人一样，他们在街上工作——或者几乎是这样。他们开业的房间位于路边，略低于将他们隔开三四米的沥青路面。这个地方以前应该是一家商店，因为它完全向外开放。墙上贴着图纸，向那些不经常刷牙或光顾牙医的人展示等待他们的灾难。门口，自行车和电动车以相互推搡的姿态胡乱停着。一辆可能属于其中某位艺术大师的自行车靠在"牙科诊所"内的一面墙上。陪伴患者前来的顾客、亲友等，或坐在店内的椅子上，或站在店外。一个年轻的女人用手试图抚平严重肿胀的脸颊，在人行道上踱着步，她沉浸在自己的疼痛中,对四周完全漠不关心。三位牙医齐心协力。其中两名患者躺在倾斜的牙医椅上。第三位中年妇女,坐在椅子上,头向后仰。手术时,外科医生——穿着像他们的顾客一样的背心——戴上捂住嘴巴和鼻子的口罩。除了钳子和针,他们没有其他器械。等待中的人们谁也不说话,被这场景迷住了,而他们也将成为这场景中的演员。每一辆经过的卡车都会扬起一片尘土,落在这些代表忍气吞声的人身上。我想起了那个对我讲述中国卫生进步的老师……确实,与中亚居民不同,几乎所有中国人都刷牙。

迟甘辉骑着自行车超过了我,刹车,并以非常随意的方式对我大喊大叫。我在这里做什么,我来自哪里,我要去哪里。他年纪不算太大,穿着汗衫和短裤,一双从不离脚的黑色拖鞋。用梳子梳理过的灰白的头发,秃掉的部分使前额显得很宽大。他一读完我的小纸片,就邀请我去他家。他住得更远一点,在一个我能够望见第一批房屋的村庄里。我们走了一条土路,然后到了一个被砖墙包围的屋子。水泥庭院面朝三个相当大的房间。在一个角落里,有一台是迟用来打发时间的织布机,因为他是个米商。他告诉我,他有一个儿子,在宝鸡工作和生活。当我称赞他年轻时,他告诉我他和我同龄,他做了一些太极的快乐手势,这些精确命名、富有含义、一丝不苟的动作,是我在大城市公园见过的运动式冥想。他邀请我分享他相当节俭的午餐:在水桶里洗了一下的两个西红柿和一片馒头。这个人充满了善意。根本不担心我是否理解,一半话一半哑剧地给我讲故事。这是关于士兵的。他曾经站在一个非常重要的人物面前,他的名字是:毛。然后,他又去找出一枚那位伟大魅力领袖的像章,非常有仪式感地送给了我。我们休息了一会儿,当我表示我必须离开时，迟坚持要陪我，他拉着尤利西斯，一路上几乎在迈舞步，一直走到村子的最后几座房子前。我们在一起只待了两个小时，但离开时，我们都被这次相遇的幸福所感动，我们像两个老熟人一样拥抱在一起。我看着他走开，脑海中闪过一个念头，我可能刚刚离开了在丝绸之路上遇到的最后一个朋友。

今天早上我出发晚了，因此必须冒着高温赶路。沥青在我脚下熔化。尽管口含盐片，我仍汗流浃背，我灌下了好几升水，然后不断地用为灌溉渠供水的管道来灌满水壶。在甘河入口处，一块牌子上写着"西安四十六公里"。在一个似乎得到街上所有人欣赏的女人的房子上面，我租了一个房间，出于仁慈或宽松，我将称之为卧室。这位女士对儿子唠叨着，让他借给我一条泳裤。然后她带我来到旁边的一个用水泥砌的大水池，大约有五十个孩子在里面嬉戏。天气又热又闷，我一刻都没犹豫，就跳进水池。必须在非常接近目的地的时候我才能承担这样的风险：迟洗得马马虎虎的西红柿，在这浑浊的显然整个夏天都没有换过的水中洗澡……一个星期前我绝对不敢这样做。但在立即死于中暑或明天死于痢疾之间，我作出了选择。我既漂浮在这片浑浊的水中，也漂浮在一团可称为"路之尽头"的难以捉摸的氤氲云雾中。

睡觉时，我涂了一层厚厚的驱蚊剂以阻止附近游泳池吸引来的蚊子，思考着自己在两天后将完成四年前开始的漫长而孤独的行走。我仍然难以说服自己尾声在即。炎热令人窒息，泳池带给我相对的清凉消失已久。我睡不着，也因为邻近的建筑工地，打钻机转个不停。在中国的建筑工地，机器从不会停止运转。只剩下两天了。我把这句话重复给自己听，可这句话毫无意义，穿不透我的大脑皮层。我在木板床上转身，问自己："旅程的尽头意味着什么？"此刻，它在我看来就像一个黑洞。它会是对其他更丰富的事物的呼唤，还是坠入可怕的未知世界的开端？我还记得当自己发现标志着孔波斯特拉之路终结的里程碑时内心的失望。为了报复，我在到达孔波斯特拉之前的五十公里路程碑前撒了一泡尿。现在，在这个潮湿的夜晚，我感觉自己似乎在沉沦。

然而，我曾经给自己定了一个，不多，唯一的一个目标：试图理解为什么我必须行走。我不确定我做到了；我的意思是，相反，我几乎肯定自己像出发那天一样对此一无所知。某种东西，一种比我更大的力量，推动着我前进。好奇心？毫无疑问，但我想这不是我的第一个动力。更可能是渴望独处，因为在这种孤独中会少一些谎言，少一些社交面具，更多隐秘的真相和更多的存在感；同样，面对世界无限的奥秘，我想把更多的时间留给相遇的奇迹时刻。但那样的话，旅程必须是无止境的，它必须是生命本身，而不是一个插曲，漫长到一如在生命的过程……

我重读了昨晚在笔记本上潦草写下的这些文字，在我看来，它们远没有给我的"历险"或所谓的历险带来任何启示。我想说：我旅行，我走路，因为有一只手，或者某种喘息，神秘而难以捉摸，在背后推着我。让我发现自己越来越孤独，越来越赤裸：更接近——至少我喜欢这种想法——我心中的真理……那种飞得比我更快，永远无法被追上的我的真理……这来自沙漠或草原让我饱受折磨的风啊，我最终爱上了它。这正是我在寻找的图像，是语言——起码我的语言——无法飞快捕捉到的。草原上的风从不需要语言。我们彼此有点类同：与空虚和沉默为友。我们不知道自己为什么要行动,但知道必须继续扫荡天下,即使它是徒劳的——或者说,看上去是徒劳的。在一个美丽的日子,我们回到家中,稍作休整。朋友们说:"他变得平静了,理智了。"但是生活还在继续,行走抑或安坐,他必须配合。因为一切,到最后可能只是一场旅行。

早上六点,当我沿着主街朝大路走去时,甘河村醒了。几乎每个人都睡在外面。卖给我西瓜的商人自语着今天生意开门红,一位顾客起床了,席子离他的摊位一米左右。人行道上,到处铺着木板、毯子,甚至还有土,人们仍然蜷缩在睡梦的甜蜜中。一个女人睡在一堆破布上,手放在一个赤身裸体的小孩子的肚子上,孩子睁大眼睛,看着我经过,一声不吭。他们得等到下一个晚上到来才能获得这曾安抚他们入睡的深夜的清凉。

是个适合走路的好天气。轻轻地,一个小魔鬼在我耳边低语:"只剩下四十六公里多一点点。为什么要等到明天,明明你今天晚上就可以走完?"无论我如何摇头否认,它追着我不放,狡猾的家伙,它坚持着。虽然我理智上反对,但身体被这行走的小魔鬼所推动,它使我体内的内啡肽大量喷射并让我身轻如燕,我加快了步伐。一直引导我走到今天,令我多次化险为夷的守护天使在我耳边白费口舌:"今天气温会升得很高,你应该保持理智。"它的声音几乎听不见了,我的脑海里只有花言巧语的小鬼的声音:"四十六公里,这算不了什么,你过去已经做到过了,然后明天、后天、大后天,你可以休息。"斗争是不平等的。"你不是应该在路的尽头找到智慧吗?"我的小天使吓坏了,发现我对它有些恩将仇报。但这对我没起到任何帮助,我越走越远。思想斗争迅速结束,诱惑者全胜。走吧,今天，七月十日，我将看到西安的城墙，不管付出什么代价。

代价是高昂的，就像上升的气温一样……从八点半开始，我大汗淋漓。九点钟，汗水从帽子下面滚落下来，顺着脸和脖子流下来，淌在前胸后背，滑向臀部，最后集中在鞋子里。我脱下上衣用手绞，挤出四分之一升的汗水，然后再穿上身，继续让它抽出通过胃输送到皮肤的我喝下的水。每十五分钟，我就重复一次这个动作。

下午三点左右，当我接近这座城市时，看到了第一批工厂，它们被笼罩在污浊的迷雾中。灰尘、高温以及烟雾和柴油的气味让我呼吸困难。我在过去参加马拉松比赛时就发现运动能刺激嗅觉。我自己做的棉质口罩，即使不能挡住异味，起码能过滤灰尘。当我在一家小饭馆停下来吃午饭时，我气喘吁吁，汗流浃背，肌肉酸痛。一位富有同情心的女服务员给我端来一盆清水，我用它来冲洗我的汗衫。她把衣服挂在院子里的一根绳子上，十分钟后把它拿回来给我，完全干了。阳光炙热而灼烫。它甚至能杀死人，因为一位会说英语的顾客告诉我，电台刚刚宣布了一名农民中暑死亡，当局呼吁野外作业人员保持谨慎。我选错了日子。我好像听到我的天使在嘲笑："我早就告诉过你了……"但是我现在怎么能停下来又不丢脸呢？我决定今天完成行程，就让我们坚持到底吧。

离开餐厅时，滚烫的空气让我的肺着了火，氧气似乎已经被驱逐了。偶尔遇到的行人走在梧桐树下，在轰鸣的推土机留下的战壕与一堆堆的土堆之间跋涉，推土机在他们身后吐出可怕的烟雾。中国有哪个城市没有在施工中？我只能走在机动车道上，体力消耗很大，经过的卡车向我吐出柴油燃烧散发的灼热空气。刚才吃饭时坐在邻桌的顾客对我说："西门？（老城的西门）还有五公里。"今早的路牌上写着:"西安四十六公里"。在停下来休息之前我已经走了四十公里,计算似乎是正确的。我本应该等到下午六点左右,温度稍微下降一点再继续赶路。但是我没有,只剩下区区五公里,走吧!我现在急着走完,先见西门,再看钟楼。为了保护自己,我将汗衫换成了我仅存的一件衬衫,另一件已经被汗水变成了破布头。袖子很长,我拉着它们,这样手指就可以免受阳光灼伤。温度计显示为四十二摄氏度。我遇到过更高的气温。但是闷热让我从未如此刻般怀念两年前伊朗卡维尔盐漠令人脱水的五十二摄氏度[1]。我慢慢走着,凝视着大道的尽头,应该很快就能看到西门了。

　　西安被周长十四公里、保存完好的锯齿状城墙所包围。底宽十六米、顶宽十三米的城墙形成一个正方形。每个基点都有一个上面建有城堡的大门。过了西门四五公里处,就是我的终极目的地——我已经瞄准了四年的那座钟楼,它坐落在老城的中央。如果我相信别人的话,西门离我还有六公里。五、四、三、二……可仍然没看到西门。体内的内啡肽已耗尽,因发烧而起的大疱疹让我的嘴唇再次肿胀,疼痛难忍。热浪把我压得喘不过气来,在熔化的沥青路上每一个抬脚动作都成了一项了不起的壮举。我殷勤地倾听卡车喘息,以免听到我的守护天使在窃笑。经过一个大十字路口,我瘫坐在一棵大梧桐树下,旁边有一群坐在人行道的路牙上聊天的老人。当我喘过气来,我大着胆子问一个问题。

　　"西门,还远吗?"

　　"一直往前走,四五公里。"

---

[1] 原注:见《徒步丝绸之路Ⅱ:奔赴撒马尔罕》,同前。

我交给他们照看尤利西斯,到隔壁的商店去买果汁。商人不明白我为什么不想要冰镇饮料:那些大鼻子真奇怪。这个人有车不坐要走路,有冷饮却要喝热饮。

再度出发,我的步伐更拖沓了。左膝很痛,右脚大脚趾下长了一个让我痒了一段时间的疣子,现在更是肆无忌惮。是时候让我到达了,我的身体在全面崩溃。但我如此固执于自己的目标,即使拿明天将瘫痪来要挟,我仍然会继续。我念叨着西门,西门……给自己信心,给小腿力量,但是这扇门始终隐藏在笔直大道尽头的热雾中。夕阳西下,在大树脚下投下阴影。这就是著名的对胜利的恐惧吗?

我避免认为这是结束,这让我士气低落。然而,我知道,很快,在一个小时、一天、一个瞬间的永恒之后,我将走出这个承载了我四年的梦。丝绸之路有它的尽头,我正在接近零公里。

暂不考虑以后。在这条路上,我活在当下。避免思考一路向前。再走一公里,然后又是一公里,第三个一公里……从尘土中冒出疾驰而过的卡车和在遮阳伞下骑自行车的人,他们慢悠悠地踩着脚踏板,只要不掉下来就可以了。

"西门?"

"直行,四五公里……"

我想杀死他,这个剃着光头的卖西瓜的小伙子,他一边愉快地回答我,一边试图卖给我一块满是尘土的西瓜。不再是是否停止的问题。我不会停步的。我也不会再问距离,答案太令人沮丧了。我一把拉起尤利西斯上路,同时贪婪地用吸管喝着水壶里的水。汗水令我全身湿透,每迈一步它都在咬着我的脚。一步,又一步,那个该死的西门终归会出现在我眼前。我停了片刻,凝视右边的大型建筑，屋顶是双层的，可以通过一条宽阔的通道进入。通道两旁伫立有身着唐朝男性长袍的巨大雕像。是博物馆吗？不，这是一个现在可以参观的电影布景。小贩们想卖给我明信片，里面有我看不懂名字的电影场景。在入口处的一间小屋的荫凉处，我脱下衬衫，穿上干燥的汗衫让它重新履行抽水机的功能。

感觉舒服了一点，我打算改变战术。放弃追逐西门，我决定慢慢来，闲逛，找乐子，偷偷懒。我停下来吃干果，拍下一个年轻的鞋匠在帆布扶手椅上打盹，穿着袜子的两双脚搁在为顾客准备的凳子上，周围是他所有的工具，中间是一台老掉牙的缝纫机。

我消除了紧迫感。我想通了。西门对我避而不见，可我人在西安，没有必要再奔跑了。经过四年努力达到的目标，我现在害怕实现它。我在一小块长方形的草地上安顿下来，靠在开花的芙蓉树光滑的树干上，想象着接下来的三天。在中国连续休息三天，自从离开吐鲁番以来，我还没有遇到过这种情况。我翻阅我的指南，了解将要参观的地点以及将在穆斯林区享受的美味佳肴。要不要再去探望一次兵马俑？

重新上路大约十分钟后，我看到了，高傲的、白墙灰瓦、顶上矗立着城堡的西门。这风骚的美人，躲在几棵梧桐树后面。我希望她能更美丽些，配得上庆祝此刻我们之间的相遇。这是一栋四层的长方形建筑，每层都有十几个排列整齐的窗户。如果没有塔顶，它看起来就像是我们的军营。在右边，我可以看到护栏步道的垛口。我把尤利西斯的拉柄放在了横跨护城河的桥的栏杆上。一个戴着大帽子的男人正在那里钓鱼，一动不动。路人从我身边经过，渴望逃离这毫无遮拦的酷暑。我请一个年轻人给我在这名胜前拍照。我想为这自己无法相信的事实留下一丝痕迹。几分钟后，我拉着我的双轮伴侣向钟楼走去。再一次，我忍不住去问路。就我目前处于的疲劳状态而言，迷路再多跑几公里是难以忍受的。

"直行，四到五公里。"

熟悉的曲调。没必要较真。这只是一万两千公里后最后的"四到五"公里。所以更应该细细品味，享受它们的每一步。道路的两侧，工厂被大型公寓或写字楼取而代之，其中一些正在建设中。这座城市和郊区有近七百万人口，他们需要安居。所以到处都是钢筋铁塔。工业使前皇都得以重生，但旅游业尤其令它飞跃。与长城一起被认为是中国古代两大奇迹之一的兵马俑的出土，吸引了来自世界各地络绎不绝的游客。又一个因深埋地下才免受两千年来人类疯狂行为破坏的奇迹。

不久，我开始像踩脚踏车的中国人那样前行；慢慢地，迷失在从长梦中醒来的迷雾中。我走过那些穿着背心小跑去卖西瓜的中国人，走过那些留着山羊胡子的小老头，他们坐在树荫下，或用脚后跟蹲成一团，下着他们永远下不完的棋……盲目地向东走着，思绪将我带回到四年前。看哪，数百万步的行程将我带到这里，许多的面孔与风景，美好与不太美好的时刻——浮现于这条漫漫长路：土耳其和那里美好的邂逅，塞利姆，哲学家伐木工；贝切特，那个慈爱的祖父，他仍然用军士长的口吻给我写信；还有阿里夫，埃伦杰的村长。想到土耳其，我的眼前仍然能看到想要吞噬我的康加犬和黎明时分的亚拉腊山的光芒。在伊朗，塔伊布和卡里姆是我在大不里士的朋友；加兹温的艾哈迈德和他那个对我仍保有一口牙齿感到吃惊的老伙伴；在商队旅馆里那个孤独夜晚的幸福；还有我亲爱的迈赫迪和穆尼尔,这些来自马沙德的艺术家怀揣着一颗伟大的心,他们承载着这个国家的所有文化。我完整地记得在乌兹别克边境那个花园的芬芳,还有布哈拉、撒马尔罕,吉尔吉斯斯坦的骑手和冰冷的高地,索塔娜德和托康,以及喀什迷人的星期日集市和那位小刘先生。他们成群结队地来到,我的丝绸之路的朋友们,在钟楼脚下,在这条传奇之路的尽头迎接我。他们赋予这条路生命与肉体,为这条路的故事点缀了光彩。人们惊叹我能够独自完成这段旅程,但我很少独自一人。他们都在那里,陪伴我一天或一个小时。那些生怕我饿死的女人在我的包里塞满食物;那些男人给了我友谊和兄弟间的拥抱,即使我们彼此无法用言语表达内心的感动。所有这些面孔、村民、激动、恐惧与快乐——所有这些我四年来如此强烈地体验过的,当我在这无一丝遮蔽的无情阳光下穿越最后几公里时,一一浮现在我眼前。

在钟楼之后我会有什么感觉?毫无疑问,有一丝骄傲,甚至会有些许虚荣,但我得小心别过分地自以为是……不过这的确是事实,在两千多年的历史中,我无疑是徒步走完丝绸之路的第一人……这可不是一桩小事①!即便如此,如果此时有人再问我来这

---

① 原注:就此,细心的日本读者纠正了我小小的虚荣心。1994 年至 1996 年间,年轻的日本步行者(24 岁)大村一郎分两个阶段完成了这条路线,并在 2004 年出版的一本日文书籍中讲述了他的冒险经历。(ISBN: 4-8396-0166-6)。2004 年还出版了中山义太郎的故事,因为他是 1957 年出生的,所以年纪稍大一些;他从西安出发到达伊斯坦布尔……行程在 2000 年 6 月到 2001 年 12 月之间(我们本可以在路上相遇)(ISBN: 4-635-28061-3)。我的朋友贾马尔·巴利——一个出色的行者(曾经从阿拉斯加徒步到火地岛)——他虽然没有完成全程,但也走过了丝绸之路的几个重要部分。这条神奇之路吸引了不少人……

里寻找什么,我会用"下一步"来回答他们。退休的时候我以为一切都结束了。可我重新开始了一切。正如我所感觉到的,通过面对自己,我找到了自我。我没有被磨损,而是再生。四年前,在迎接马可·波罗归来的威尼斯米里奥内小广场上,我问自己人生的第三阶段会是什么样子——在通常意义上,这是一个退出人生的年龄。瞧现在,年轻人在为这种他们自己不敢实践的考验感到惊讶或惊叹。那么为什么不继续呢?钟楼只是一个中转站,我在这里找到的不是智慧,而是力量——或者说是继续自己生命之路的激情。

迷失在思绪和计划中,我走完了这条大道的最后几米,突然之间,它出来了,矗立在我眼前,在十字路口的中心,钟楼,我的钟楼。四层塔楼高约二十米。游客徜徉于宝塔檐篷下的甬道。由十四世纪的明代开朝皇帝建造——当时的西安是丝绸之路上富丽堂皇的名城——它的大钟安置在二楼的阳台上用来为当地居民报时。今天,钟声无时不在回荡,游客无法抗拒通过撞击大青铜罩拨出低沉声音的乐趣。

我在最近的一家酒店安顿下来,要了一间能看到钟楼的房间。我刚洗完澡,就去窗外看着它,但内心并不澎湃。我回到浴室,站在镜子前对自己重复:"你做到了,伙计,你做到了!"但我不认识自己,也不相信自己。现实是不真实的。

最后,这最后一天的劳累令我不堪重负。可我找到了力气去一家网吧,向巴黎发送胜利的消息"我到了",并告知了我所在酒店的地址。西安晚上八点,巴黎下午一点。我慢慢地走回酒店房间。重新站在镜子前。我再次尝试这个神奇的公式:"你成功了。"我还是无法相信。然而，在与签证和行政程序的争斗中获胜的想法让我有点兴奋。但也没那么激动，因为我很快就睡着了，带着大功告成后隐隐的满足感。

我是被电话吵醒的，一个自称姓米的女人想见我，她在大厅里等我。

米热蓉，短发，高颧骨，娇小的身子消失在长长的花裙子中。她说一口流利的英语，告诉我她属于中国的一个国际文化交流组织。一个英文名叫艾伦的女孩随后也到了。她们俩都从神秘的朋友或记者中得到消息，从昨晚开始就在使尽解数，现在她们要把我带走参加一系列新闻发布会。报纸、电视、电台：我一整天都在接受采访。傍晚，法国《星期日报》驻北京的记者阿贝尔·塞格勒廷专程赶到西安。电视和摄影师非常喜欢被我折好的尤利西斯，它在钟楼前大摇大摆地摆起了姿势。最后的拍摄结束时已是午夜时分，我比昨天走完五十五公里更累。十二日早上，米来接我，让《西安晚报》的摄影师王平拍照。被这份来自亚洲的荣光惊呆了，我随他们去了城西——那里曾经是准备向西方出发的商队聚集的地方，在靠近一个代表骆驼和骑骆人的巨大雕塑前，他们拍下了我的肖像照。我坚持要去参观大雁塔，那儿依然飘浮着玄奘的影子。这个经历非凡的人是中国伟大的英雄之一。让我们回到七世纪。从前，有一个放在摇篮里的婴儿被遗弃在洛河边，僧人们收留了他。这位小摩西后来也成了一名僧侣，他经吐尔尕特偏南的帕米尔高原到达印度，用二十二匹马驮回了佛教的基本经书，旅程历时十六年。他又花了十年时间——直到他在公元六六四年去世——将经书翻译成中文。

大雁塔就是为了保存这些手稿而建的。与此同时,他还写出了在中国脍炙人口的《大唐西域记》,相当于马可·波罗游记的东方版。

  人们在街上拦住我和我握手,在餐厅里,女服务员要和我拍照留念,人们递给我小本子让我在上面签名……从这些带着笑意的单眼皮的眼睛中我所看到的,是小小的荣耀还是对我的钦佩?来到西安后,我第一次意识到,我无疑完成了一项貌似壮举的事情。如果不是那天晚上天意让我在回民区的荣华餐馆遇到一位要与我共度我在西安最后一夜的女客,我将很乐意把自己当成一个超人:这一幕讽刺性地勾起了我每当被一些光荣的东西刺激时立即就会想到的:虚空的虚空,一切都是虚空。

后　记

> 当我们只是想要到达，可以坐着马车跑。
>
> 如果想旅行，必须步行。
>
> ——让-雅克·卢梭，《爱弥儿》

　　此刻，当我为《徒步丝绸之路》画上句号，当我翻开一些新计划的文件时，我想承认一件事：从一九九九年开始，这一万一千多公里的旅程我不是独自完成的。

　　四年前，我开始了真正意义上的疯狂冒险。当时的我认为自己既孤独又苍老。和所有的退休人员一样，我感受到自己的社会存在突然被中止了。昨天，我是一名热爱自己职业的记者——即使这个职业正在走下坡路，让我越来越怀疑实践它的有效性——在这个令人日益担忧和焦躁的世界里，我曾拥有一个位置、一个头衔、一个目的。

　　然后突然之间，我变成了一个"养老金领取者"，换句话说，一个准旁观者，没有方向舵，没有目的地。也没有爱，因为我爱的人已经不在了。

　　我踏上了丝绸之路，就像一个人把瓶子扔进海里一样。为了存在。有人曾问我去那样的远方寻找什么。我能回答"为了活下去"吗？在我的想法中，自己肯定不会成功。我想，我达到目标的机会几乎为零。在我这个年纪，我怎么可能如此自以为是，独自一人徒步，跨越如此可怕的距离，完成据我所知尚未有人尝试或成功过的远征？我就像一个憋在水底的泳者，用力一蹬跃出水面。我要呼吸！那一天，在博斯普鲁斯海峡，即使我想到自己可能会死在那里，我仍没有准备好死去。我的意思是，不甘心无所事事。我不得出发。一个人只要活着，就必须前行。

到达旅程终点时，我知道，那是因为我有一位细心、勤奋和专心的守护天使，它对我一丝不苟的呵护让我这个无宗教信仰者战胜了危险。我还对我的读者欠下了令许多作者羡慕的债务。自从这三本书中的第一个本出版以来，他们一直通过友好、热情的信件和几乎过分赞扬的话语鼓励着我。在疾病、炎热、口渴、疲劳、勇气崩溃，或命运的某种转折让我觉得放弃并不可耻时，他们无声的存在总会为我灌输前进的决心。常常有读者对我说，他们觉得自己好像走在我身边。这不是印象，而是现实。没有他们的存在，我怎么可能享受到满怀的喜悦或忍受如此强烈的孤独？

最后，我想说的是，那些失足青少年，通过参与或准备参与我和朋友们（也是了不起的退休人员）创办的门槛协会组织的远足来走向他们的自由——也帮助我一路走下去。我们的文明，与我在这四年旅行中经历的那些文明不同，已经将离开"生产"系统的"老人"边缘化了。这种文明同时还疏远甚至监禁一些年轻人，他们同样为自己的存在而挣扎，违反了从未有人教过或解释过的规则。他们受到成年人或社会的如此虐待，以至于他们变得执着于报复社会。如果这些老人和青年，互相伸出援手，共同走出困境，维护他们在这个唉声叹气的世界中占有一席之地的权利，那将是一件幸事。

正如米歇尔·塞尔被问到是否应该倾听老人时,这位哲学家回答说:"我们不仅要倾听他们,而且在世纪末,他们可能会成为最受倾听的人。他们所要做的只是被听到。在我们对待文化的态度中,时间缺失了。文化需要时间,文化需要经验。老年人手中拥有所有的好牌,可以为这个日益丑陋的世界中带回一点美丽。"[1]

走路也需要时间。对我来说,"文化"这个漂亮的词还包含了一些隐藏得很好的其他概念,比如友谊、博爱或者很简单的倾听和理解。我以此书完成了漫长而美丽的丝绸之路。但这不是结束。只是一个新的开始。

让我们上路吧。

---

[1] 《如此伟大的时代:影印本》,安妮·梅尔特主编,法国国家摄影中心出版,巴黎,1987年。

附 件

AMBASSADE DE FRANCE A PEKIN

REPUBLIQUE FRANCAISE

证　明

　　法国驻华大使馆证明，Bernard Ollivier先生，1938年01月11日出生于法国芒什省Gathemo，持第00HZ04417号护照，2000年11月22日签发于巴黎，有效期至2005年11月21日。Bernard Ollivier先生徒步穿越丝绸之路，目的是锻炼身体和丰富文化，也是为了推进人民的友谊和欧亚两洲的历史关联，促进东西方文化与文明的相互了解。Bernard Ollivier先生的此项计划得到了法国驻华大使馆的全面信任。

　　鉴于以上原因，法国驻华大使馆谨请所有相关行政部门和人民解放军为其提供帮助和协助，为他徒步在中国境内穿越丝绸之路提供方便。他的行走路线是老丝绸之路，从新疆维吾尔自治区的土尔朵特山口到吐鲁番盆地。

　　法国驻华大使馆事先感谢为Ollivier先生成功穿越丝绸之路提供帮助的所有部门。

　　特此证明。

毛磊
法国驻华大使

法国驻华大使馆介绍信中文版

| AMBASSADE DE FRANCE A PEKIN | REPUBLIQUE FRANCAISE |

ATTESTATION

L'ambassade de France en Chine certifie que M. Bernard Ollivier, né le 11 janvier 1938 à Gathemo (département de la Manche), titulaire du passeport n°00HZ04417 délivré le 22 novembre 2000 à Paris, valable jusqu'au 21 novembre 2005, parcourt à pied la route de la soie en poursuivant un objectif sportif et culturel, et dans le but de promouvoir l'amitié entre les peuples, les liens historiques entre l'Europe et l'Asie et la connaissance réciproque des cultures et des civilisations. M. Bernard Ollivier a toute la confiance de cette ambassade dans son projet.

Pour ces raisons, l'ambassade de France en Chine prie tous les services concernés de l'administration et de l'Armée populaire de libération de porter aide et assistance à M. Ollivier et de lui faciliter le passage à pied sur le territoire chinois, sur l'itinéraire de l'ancienne route de la soie, entre la passe de Turugart et l'oasis de Turpan, dans la région autonome ouighoure du Xinjiang.

L'ambassade de France remercie par avance tous ceux qui auront contribué à la réussite du projet de M. Ollivier.

Attestation établie pour faire et valoir ce que de droit.

Pierre MOREL
Ambassadeur de France en Chine

法国驻华大使馆介绍信法文版

门槛协会

门槛协会为失足青少年提供长距离的戒断式行走（两千公里）。

协会与各地区儿童福利服务部门或司法部（青少年司法保护）共同合作。一些面临入监的年轻人可以通过完成徒步而取代服刑或去封闭的管教中心。此外，对于在传统结构中找不到解决方案的问题年轻人，徒步也可以作为一种预防措施。

门槛协会联络方式：

31，rue Planchat

75020 PARIS

电话：33（0）144270988

传真：33（0）140460197

电子邮件：assoseuil@wanadoo.fr

网站：assoseuil.org

参考书目

每年出发前，我都会阅读大量书籍，查阅很多地图。我不能在这里一一列举。不过，有几本是我的床头书，它们的作者是在丝绸之路上先于或陪伴我的大师。

雅克·安奎蒂尔（Jacques Anquetil），《丝绸之路，二十二个世纪的历史：从亚洲的沙漠到西方世界的海岸》，拉泰（J.-C. Lattès）出版社，巴黎，1992年重版。

尼内特·布思罗伊德（Ninette Boothroyd）、穆里尔·德特里（Muriel Détrie）编，《中国游记：从中世纪到中华帝国灭亡的西方旅行者选集》，拉丰（Robert Laffont）出版社，"旧藏"丛书，巴黎，1992年。

卢斯·布尔诺瓦（Luce Boulnois），《丝绸之路：诸神、战士和商人》，奥利赞（Olizane）出版社，日内瓦，2001年。

米尔德里德·凯布尔（Mildred Cable）、弗朗西斯克·弗兰奇（Francesc French），《中亚的挑战》，多米尼安世界（World Dominian）出版社，伦敦、纽约，1929年。

勒内·卡尼亚特（René Cagnat），《草原的喧嚣：阿拉尔、中亚、俄罗斯》，帕约（Payot）出版社，"旅行者书架"丛书，巴黎，2001年。

鲁伊·冈萨雷斯·德·克拉维霍（Ruy González de Clavijo），《帖木儿时期（1403—1406）通往撒马尔罕的道路：从卡斯蒂利亚大使馆到帖木儿宫廷的行程》，吕西安·克伦（Lucien Kehren）译自西班牙文并加注，国家印刷局（Imprimerie nationale）出版社，巴黎，2002年重版。

让-皮埃尔·德雷格（Jean-Pierre Drège），《马可·波罗与丝绸之路》，伽利玛（Gallimard）出版社，"发现"丛书，巴黎，1998年。

彼得·弗莱明（Peter Fleming），《鞑靼来邮，附：埃拉·梅拉特访谈》，布尔乔亚（S. et P. Bourgeois）译自英文，菲比斯（Phébus）出版社，巴黎，1989年，"脚本"丛书第80号，2001年。

斯维特拉娜·戈尔什尼娜（Svetlana Gorshenina）、克劳德·拉宾（Claude Rapin），《从喀布尔到撒马尔罕：中亚考古学家》，伽利玛（Gallimard）出版社，"发现"丛书，巴黎，2001年。

彼得·霍普柯克（Peter Hopkirk），《丝绸之路上的佛陀和流浪者》，克拉丽丝·博恩（Clarisse Beaune）译自英文，皮基耶（Picquier）出版社，"口袋本"丛书，巴黎，1995年。

米歇尔·扬（Michel Jan），《鞑靼人的觉醒：在蒙古追随纪尧姆·德·鲁布鲁克的脚步》，帕约（Payot）出版社，"旅行者书架"丛书，1998年（2002年重版）。

米歇尔·扬（Michel Jan）编，《中亚和西藏旅行：从中世纪到二十世纪上半叶的西方旅行者文集》，拉丰（Robert Laffont）出版社，"旧藏"丛书，巴黎，1992年（2001年重版）。

吕西安·克伦（Lucien Kehren），《帖木儿：铁血帝国》，帕约

（Payot）出版社，巴黎，1980 年。

大卫·勒布列东（David Le Breton），《对行走的赞颂》，梅塔耶（Métaillé）出版社，"续篇"丛书，巴黎，2000 年。

乔治·勒费弗（GeorgesLe Fèvres）、伯希和（Paul Pelliot），《黄色巡航：雪铁龙中亚远征》，亚文（L'asiathèque）出版社，1991 年。

埃拉·梅拉特（Ella Maillart），《被禁的绿洲：从北京到克什米尔，一个 1935 年穿越中亚的女人，尼古拉·布维耶（Nicolas Bouvier）作序，帕约（Payot）出版社，"旅行者书架"丛书，2002 年重版。

杰弗里·默豪斯（Geoffrey Moorhouse），《撒马尔罕的朝圣者：中亚之旅》，卡蒂亚·霍姆斯（Katia Holmes）译自英文，菲比斯（Phébus）出版社，1999 年。

詹姆斯·莫里尔（James Morier），《伊斯巴罕的哈吉巴巴历险记》，芬伯特（Elian J. Finbert）译自英文，菲比斯（Phébus）出版社，1983 年，"脚本"丛书第 40 号，2000 年。

毕梅雪（Michèle Pirazzoli-T'serstevens），《汉人的中国：历史与文明》，法国大学（PUF）出版社，巴黎，1982 年。

马可·波罗（Marco Polo），《马可·波罗行纪》，穆尔（A. C. Moule）、伯希和（Paul Pelliot）文字整理，菲比斯（Phébus）出版社，巴黎，1996 年。

纪尧姆·德·鲁布鲁克，《蒙古帝国见闻：1253—1255》，克劳德-克莱尔·卡普勒（Claude-Claire Kappler）、勒内·卡普勒（René Kappler）译自拉丁文并加注，罗兰·米肖（Roland Michaud）摄影，国家印刷局（Imprimerie nationale）出版社，巴黎，1993 年。

皮埃尔·泰亚尔·德·夏尔丹（Pierre Teilhard de Chardin），《旅行信札：1923—1939》，格拉塞（Grasset）出版社，重版，"红色笔记本"丛书，巴黎，1956年。

普里西拉·特尔蒙（Priscilla Telmon）、西尔万·泰松（Sylvain Tesson），《草原骑行：骑马穿越中亚三千公里》，拉丰（Robert Laffont）出版社，巴黎，2001年。

阿尔明·范贝里（Armin Vambery），《假苦行僧的中亚之旅：1862—1864》，菲比斯（Phébus）出版社，巴黎，1994年，"脚本"丛书第293号，2009年。

阿德里安·范·迪斯（Adriaan van Dis），《踏上丝绸之路：冒险之地》，玛丽·霍格（Marie Hooghe）译自荷兰文，南方行动（Actes Sud）出版社，阿尔勒，1990年。

菲利普·瓦莱里（Philippe Valéry），《沿丝绸之路走到中国》，穿越北方（Transboréal）出版社，巴黎，2002年。

伊莎贝尔·韦龙（Isabelle Vayron）、泽维尔·韦龙（Xavier Vayron），《东方的回声：音乐收集者的幻觉（附两张CD）》，穿越北方（Transboréal），巴黎，2001年。

指南类书籍

《丝绸之路导读》，"指南"丛书，奥利赞（Olizane）出版社，日内瓦，1995年。

"孤独星球"丛书：《土耳其》《伊朗》《中国》《中亚》。

对伊朗来说，"纳格尔"指南（Guide Nagel）是一本出色的向导书,虽然是在伊斯兰革命之前编写的,但包含许多有价值的信息(日内瓦,1974年)。

《丝绸之路简介:从西安到喀什,追随大商队的足迹》,奥利赞(Olizane)出版社,1996年。

致 谢

在这次长征中,数百人给了我帮助、支持和鼓励。我要感谢他们所有人,特别是:

菲利普·德·索雷曼(Philippe de Suremain),二〇〇〇年法国驻伊朗大使;

毛磊(Pierre Morel),二〇〇二年五月前任法国驻中国大使;

中国国际文化交流中心的米热蓉(Mi Re Rong)女士(西安)和刘明(Liu Ming)先生(北京);

冼照尚(Xian Zhao Shang)先生和方玉梅(Fang Yu Mei)女士(西安);

《西安晚报》的天才摄影师王平(Wang Ping)先生。

千万次感谢献给位于布朗热街上的仙女们。从伊斯坦布尔到西安,一个在辽阔亚洲可怜的孤独行者,每当我面对繁冗的官僚程序或被寂寞压垮的时候,"东方—丝绸之路"旅行社的朋友们总会通过神奇的因特网给予我的支持与安慰。感谢爱米丽(Émilie)、大小索菲(Sophie),帕斯卡莱(Pascale)、克莱尔(Claire)和安妮(Anne)以及让-雅克(Jean-Jacques)和安东尼(Anthony)。